dtv

Acht Erzählungen zeitgenössischer Autorinnen und Autoren aus Südkorea versammelt der vorliegende Band, Momentaufnahmen aus einem geteilten Land, aber auch Grenzüberschreitungen zwischen Ostasien und Europa. Die Themen sind uns dabei durchaus vertraut: Es geht um die Suche nach der eigenen Identität, um Alltag und Geschichte, Erinnern, Erfinden und Verdrängen, um die alltägliche Entfremdung in einer anonymisierten Umwelt, um Liebes(ver)lust und Kommunikationslosigkeit. Aber es werden auch traditionelle Motive der koreanischen Literatur aufgenommen. Verwiesen sei auch auf die oft in der koreanischen Literatur anzutreffenden Mutter- und Großmutter-Figuren, in denen sich Zerbrechlichkeit mit Stärke und Zuversicht vereinen. Dieser Überblick über die moderne südkoreanische Literatur bezeugt nicht zuletzt, wie sehr sich Ost und West stets künstlerisch beeinflusst haben.

Sylvia Bräsel, geboren 1952, studierte Literaturwissenschaft, Sprachwissenschaft und Geschichte und promovierte an der Universität Leipzig. Auf Vermittlung des DAAD war sie als Associate Visiting Professor an der Yonsei-Universität in Seoul tätig und erhielt 1996 den Übersetzerpreis der Daesan-Foundation. Sie arbeitet heute als Literaturwissenschaftlerin und Historikerin an der Universität Erfurt.

Lie Kwang-Sook, geboren 1948, studierte Deutsch als Fremdsprache und Germanistik an der Universität Heidelberg und promovierte in Vergleichender Sprachwissenschaft. Sie ist heute Professorin für Vergleichende Sprachwissenschaft und Deutsch-Didaktik an der Nationaluniversität in Seoul. Ihr Studium wurde vom DAAD unterstützt. Nebenberuflich war sie als vereidigte Dolmetscherin und Übersetzerin für Deutsch und Koreanisch tätig.

Koreanische Erzählungen

Herausgegeben und literarisch überarbeitet
von Sylvia Bräsel und Lie Kwang-Sook

Mit einem Nachwort von Sylvia Bräsel

Deutscher Taschenbuch Verlag

Die Angaben zu den Autoren sowie die Quellenhinweise entnehmen Sie bitte dem Abschnitt ›Die Autoren‹ am Ende des Buches.

Die Umschrift der Autorennamen folgt dem jeweiligen Wunsch der Autorin/des Autors.

Der Verlag dankt dem Korea Literature Translation Institute für die freundliche Unterstützung der vorliegenden Publikation.

Originalausgabe
Oktober 2005
2. Auflage Januar 2006

www.dtv.de
Umschlagkonzept: Balk & Brumshagen
Umschlaggestaltung: Stephanie Weischer
unter Verwendung eines Fotos von © photonica/Hideki Kuwajima
Satz: Greiner aus der Bembo 10,25/12·
Druck und Bindung: Druckerei C. H. Beck, Nördlingen
Gedruckt auf säurefreiem, chlorfrei gebleichtem Papier
Printed in Germany · ISBN 3-423-13381-3

Inhalt

LEE HOCHOL

Panmunjom[1]

Es nieselte an diesem frühen Morgen. Nur zögernd zog sich der wolkenverhangene Himmel auf. Erst nachdem der Regen aufgehört hatte, klarte es allmählich auf. Doch es blieb bedeckt, und die Sonne zeigte sich launisch. Der Wind wehte kräftig, und die Wolkenmassen trieben ihr Spiel.

Das Wetter blieb bedeckt und unbeständig. Wenn die Sonne hervorlugte, trug der Wind die regenfeuchte Luft dem Himmel zu, wo sich dunkle Wolken ballten.

Man konnte in den Himmel schauen, ohne zu blinzeln. Wie sehr die Sonne sich auch mühte, die dicken Wolken holten sie immer wieder ein.

Licht und Schatten wechselten sich ab. Mal lag auf den Blechdächern der Häuser gleißendes Sonnenlicht, mal tauchten sie in einen lähmenden Schatten ein. Dazu blies der Wind beunruhigend durch die Straßen.

Der Bus startete pünktlich um acht Uhr. Schnell ließ er Seoul hinter sich und fuhr an abgeernteten Feldern vorbei. Sie wirkten karg und unwirtlich. Dieser Eindruck wurde durch den staubigen, ausgetrockneten Boden verstärkt. Für Jin-Su war es die erste Reise an jenen Ort.

[1] Ortschaft am 38. Breitengrad, wo offizielle Verhandlungen zwischen Süd- und Nordkorea stattfinden.

Erst gestern am frühen Abend hatte er seinem älteren Bruder eröffnet:

»Morgen besuche ich Panmunjom.«

Der Bruder hatte nur entgegnet: »Panmunjom? Das sollte man gesehen haben. Aber pass auf.«

»Entsetzlich«, mischte sich die Schwägerin ein, während sie ihre Bluse schnell über den Kopf zog. »Dort wird es doch kaum etwas zu sehen geben.« Sie blickte kurz verstohlen zu ihrem Mann hinüber.

Im Zimmer roch es nach Kosmetikartikeln, die die Frau des Bruders gerade benutzt hatte. Dieser intensive Geruch hatte etwas Aufreizendes. Sogar Jin-Sus Bruder, der gelassen auf dem Boden saß, schien diesen irritierenden Duft auszuströmen.

»Was soll denn so entsetzlich sein?«

Während er sprach, machte er ihr große Augen, was in dieser Situation unpassend erscheinen musste.

»So will er wohl seine Autorität zeigen, weil ich dabei bin«, dachte Jin-Su mit einem unterdrückten Lächeln.

Kurz vorher schienen die beiden Liebe gemacht zu haben.

Die Schwägerin schmollte für einen Moment, dann kam sie aufs Praktische zu sprechen:

»Muss man nichts vorbereiten?«

Die Frage war wohl an ihren Mann gerichtet. Erwartungsvoll schaute Jin-Su zu ihm hinüber. Doch der Bruder las ungerührt in seiner Abendzeitung weiter.

So musste Jin-Su wiederholen, dass es nichts vorzubereiten gab.

Erst jetzt fühlte sich der Bruder veranlasst, mit leicht besorgtem Ton und Gesichtsausdruck zu bekräftigen:

»Auf alle Fälle sollst du vorsichtig sein.«

Der kleine Neffe von Jin-Su lag auf dem Boden, obwohl das Doppelbett der Eltern genug Platz bot. Die Schwägerin schaltete das Radio ab, das leise gespielt hatte. Ihr inbrünstiger Blick sog sich für einen Moment am Körper ihres Mannes fest. Doch der Bruder las unberührt seine Zeitung weiter und kraulte dabei abwesend seinen Kinnbart. Die Schwägerin blickte mit sichtlichem Bedauern erst Jin-Su und dann ihren Mann an.

»Wie lange dauert die Fahrt?«, hörte er die Schwägerin fragen.

»Ein paar Stunden schon.«

»Oh, ist das nicht langweilig?«

Während sie sprach, ruhte ihr Blick auf ihrem Ehemann. Die Reiseroute interessierte sie also nicht wirklich. Vielmehr schien sie auf diese Weise die Aufmerksamkeit des Gatten wecken zu wollen. Eigentlich hätte sie gleich den Satz mit »nicht wahr, mein Schatz« einleiten können.

Das Verhalten des Bruders war eindeutig. Er wollte von der Angelegenheit nichts wissen und versteckte sich deshalb mit Absicht hinter seiner Zeitung.

In diesem Moment wachte der kleine Neffe auf und begann zu quengeln.

Die Schwägerin versuchte ihn zu besänftigen, indem sie auf ihn einredete: »Ja, ja, brav hast du geschlafen, so tief hast du geschlafen. Nun strecke dich schön. Oh, das tut gut.«

Dann wandte sie sich an ihren Mann: »Schau doch mal, Schatz, wie sich der Kleine streckt, schau doch mal, bitte.«

Dabei suchte die Schwägerin mit einem leichten Schmollen den Blick ihres Mannes. Ihre Augen streiften auch Jin-Su, und sie wurde augenblicklich wieder still.

Wortlos gab sie ihrem Kind die Brust.

Doch die Schwägerin ertrug die Stille nicht lange. Sie zwinkerte Jin-Su zu, während sie zu ihrem Kind gewandt fragte:

»Jong-Hyeok, wo ist der Onkel?«

Jin-Su rang sich ein Lächeln ab.

Der Neffe, der gerade an der Brust seiner Mutter lag, zeigte mit einem Arm auf Jin-Su.

»Ja, dort!«

»Und Papa?«

Der Kleine deutete mit derselben Bewegung auf seinen Vater.

»Ja, Papa ist dort.«

Die Schwägerin presste intuitiv das Kind fest an sich.

Erst in diesem Moment schaute ihr Mann auf. Die Augen der Schwägerin begannen sofort zu glänzen. Doch das Leuchten in ihren Augen währte nur kurz. Sie senkte den Kopf, da sie spürte, dass er sie und das Kind nicht wirklich beachtete. Ihr Blick ruhte vorsorglich auf dem Kleinen.

»Wann fährst du los?«

Die Stimme des Bruders klang nachdrücklich.

»Um 8 Uhr fahren wir vor dem Hotel ›Chosun‹ ab«, antwortete Jin-Su.

Er deutete die Frage des älteren Bruders als Zeichen der Verabschiedung und verließ fast verstohlen das Zimmer der Eheleute.

Bestimmt waren die beiden froh, wieder mit ihrem Kind allein zu sein. Vielleicht tätschelte der Bruder gerade die Schwägerin und kniff ihr in den Po. »Aua, was willst du? Du bist wie ein Kind.« Die Schwägerin verstand es, ihn scharf zu machen. Ihr »bitte nicht« gehörte zum Ritual wie der Hinweis, man könne sie im Wohnzimmer hören. Wenn sie allein waren, galten einfach andere Regeln.

Autoritär wie ein Patriarch in alten Zeiten verhielt sich ihr Mann nur, wenn die Familie dabei war. Ansonsten waren die Rollen genau umgekehrt verteilt. Dann schmiegte er sich an und bettelte um Beachtung.

Frauen scheinen das zu mögen.

Der ältere Bruder hatte in der Realität zwei Gesichter.

Doch während er seine Frau und sein Kind abgöttisch

liebte, war sein Verhalten zu Mutter und Bruder zuallererst von familiärem Pflichtbewusstsein bestimmt. Dadurch wirkte vieles künstlich und steif, wenn der ältere Bruder mit seiner Frau familiäre Angelegenheiten besprach:

»Mutter isst doch sehr gern Pollacksuppe[2]. Wir sollten sie am Abend mal wieder kochen. Schließlich ist Mutter alt und fühlt sich einsam und unverstanden. Also sei nachsichtig zu ihr. Was ich noch sagen wollte, wenn Jin-Su mit mir zusammen isst, vergleicht er unauffällig seine und meine Reisschale. Das solltest du wissen. Auch wenn ein guter Mensch auf so etwas empfindlich reagieren könnte, sei aufmerksam zu ihm.

Bruder Jin-Uk hat übrigens mitgeteilt, dass er Geld brauche. Jedenfalls heißt es am Ende seines Briefes diskret ›I need money‹. Die Sache mit Jin-Su ist natürlich ein Scherz, aber dem anderen Bruder müssten wir doch Geld schicken. Was haben wir denn an Geld übrig? Ich meine nicht aus der Haushaltskasse, sondern von dem Ersparten für unser Kind. Könntest du nicht davon einen Teil nehmen?«

Obwohl der Bruder all diese Einzelheiten nur unter vier Augen und ganz ruhig seiner Frau mitteilte, blieb sein Gesichtsausdruck angespannt.

Es blieb unsicher, ob die Schwägerin zuhörte und der Meinung ihres Mannes Beachtung schenkte. Es war nicht ausgeschlossen, dass er nun noch mehr um ihre Nähe buhlen musste.

Diese Entfremdung und Distanziertheit, die Jin-Su zu Hause spürte, veranlassten ihn gerade jetzt, über Frauen und Ehe nachzudenken.

Die Bemerkung des Bruders über seine Reise nach Panmunjom, seine angebliche Fürsorge, beunruhigten Jin-Su stärker als die Reise selbst.

[2] Pollacksuppe: Eine Art einfacher Eintopf. Diese Suppe wurde besonders in Notzeiten gegessen.

Das befremdliche Gefühl, das Panmunjom auslöste, war zäh wie Kleister und lähmte ihn die ganze Nacht. Er fühlte regelrecht den Alp auf seiner Brust, der wie ein Felsbrocken ihn zu überrollen drohte. Panmunjom verwandelte sich in seinen wilden Träumen in einen bedrohlich wirkenden bezopften Alten, der wild gestikulierend im roten Gewand vor ihm stand. Deutlich glaubte Jin-Su in dem Alten den Lehrer zu erkennen, der ihn einst in der vierten Grundschulklasse maßlos prügelte.

Als Jin-Su am anderen Morgen früh das Haus verließ, ermahnte ihn die Mutter, aufzupassen und vorsichtig zu sein.

Der Sohn bemerkte den liebevollen Blick der Mutter und wurde nachdenklich. War Mutter nicht die Freundlichste in der Familie? Dabei hatte gerade sie es nicht leicht. Das Alter macht den Menschen auch einsam.

Der Bus war schon ungefähr eine Stunde unterwegs. Die ausländischen Journalisten plauderten lautstark, und ihr unbekümmertes Gelächter tönte durch den Bus. Die Atmosphäre wirkte fremd und ungewöhnlich.

Aber diese Fremdheit war von besonderer Natur. Jin-Su spürte deutlich, dass dieses Gefühl nicht mit seinen geheimen Befürchtungen vergleichbar war.

Westler sind auf den ersten Blick schwer zu unterscheiden. Doch wenn man sie in Gruppen beobachtet, fallen schnell markante Merkmale ins Auge. Meist haben sie relativ große Köpfe. Ihre Haare sind hellblond, dunkelbraun oder glänzen in einem silbrigen Weiß. Diese Farbe hat irgendwie etwas Mystisches. Auch haben diese Leute verschiedene Augenfarben. Wie farbige Glasperlen schillern sie blau, grün oder grau.

Dazu kommen auffällige Nasen und weiche plastische Gesichter, die das Profil betonen und ungewöhnlich füllig wirken. Die hellen Härchen auf Armen, Beinen, Händen … lassen sie wie imposante Wesen erscheinen. Die Mimik und Gestik der Westler scheint ein Mix aus Naivität und Schläue zu sein. Letztlich wirken sie zudem viel optimistischer als Koreaner. Wenn man sich Zeit lässt, findet man ihre Charakterzüge schnell heraus. Da sitzt zum Beispiel ganz vorn im Bus ein Mann, der einfach nicht ruhig auf seinem Platz bleiben kann, immer nach einem Gag sucht und einen etwas leichtsinnigen Eindruck macht.

Aus der Entfernung war er nicht gut zu verstehen. Nur das Fuchteln seiner Hände und sein üppiger Körper waren wahrzunehmen. Die Leute reagierten gelangweilt und mit ausdruckslosen Mienen. Sie schienen seine banalen Geschichten, die lustig sein sollten, geflissentlich zu überhören.

Nur am Ende einer Story wurde ab und an höflich gelacht. Aber auch das klang eher mitleidig. Ansteckend war dieses Lachen auf keinen Fall. Vielmehr schien die Situation die spröde Atmosphäre, die im Bus herrschte, widerzuspiegeln. All das verdoppelte in Jin-Su das Gefühl der Fremdheit.

Der Nachbar des Schwätzers hatte ein ansprechendes Äußeres und versuchte erfolglos, wie Jin-Su beobachten konnte, sich des Redeschwalls aus nächster Nähe zu entziehen. Auch Gähnen half nichts. Nach einer kurzen Pause redete der Mann wie ein Wasserfall weiter.

Jin-Su konnte ein Schmunzeln nicht unterdrücken. Dabei traf sich sein Blick mit dem des Schwätzers. Der grinste nur verschämt und wandte sich ab. Eigentlich ist es sonderbar, dass Menschen, die keinerlei Verbindung haben, für einen Augenblick einander näher kommen.

In diesem Moment wurden Jin-Sus Gedanken durch eine laute Stimme gestört. Sie gehörte einem Mann, der hinter ihm saß und auf Englisch einwarf: »Hi, Canary, was quatschst du schon wieder!«

Jin-Su nahm sich zusammen und drehte sich um.

Im Bus war es schlagartig laut geworden.

»Wie bitte?«, fragte der Mann auf dem Vordersitz, während er sich umblickte.

»Merkst du nicht, dass deine Geschichten nicht wirklich interessieren? Du redest und redest, und für die anderen ist es eine Qual. Deshalb bin ich schon auf die hinteren Sitze geflüchtet«, entgegnete der andere.

»Vielleicht hast du Recht.«

Die Antwort des Schwätzers wurde mit lautem Lachen quittiert. Die Leute lachten so stark, dass der Bus zu vibrieren schien. Doch es war wohl nur eine hilflose Reaktion auf die dumpfe Atmosphäre, die sich im Bus breit gemacht hatte.

»Es ging um Okinawa«, war der Schwätzer wieder zu vernehmen.

»Was soll denn mit Okinawa sein?«, schrie der andere Mann durch den Bus.

»Die Bräuche der Insel«, antwortete diesmal der Nachbar des Schwätzers, der zuvor gegähnt hatte.

»Das ist doch eine abgedroschene Geschichte, dass die Frauen dort barfuß laufen. Die kennt doch jeder«, warf ein Typ aus den hinteren Reihen spitz ein.

Im Bus kehrte nun wieder Ruhe ein. Doch alle blickten betreten zu Boden oder schauten unverwandt auf die Uhr.

Das Geknatter des Motors war deutlich zu hören. Irgendjemand fragte auf Koreanisch: »Ist es noch weit?«

Jin-Su fiel eine ältere Journalistin in einem rustikalen dunklen Mantel auf, die dem ganzen Treiben keine Aufmerksamkeit schenkte und angeregt auf ihren Nachbarn einredete. Offensichtlich war der Mann ihr Ehemann und auch Journalist. Er glaubte in ihrem Gesicht, während er sie beim Erzählen beobachtete, Wärme und Umsicht zu spüren. Ihr Mann trug eine handgewebte Jacke und eine schlichte Cordhose. Im Mund hatte er eine große Pfeife, aber er zog nicht daran. Obwohl Jin-Su wie gebannt darauf wartete, geschah nichts in dieser Richtung. So ein verdammter Kerl, durchfuhr es Jin-Su, seine Frau scheint ihn nicht zu interessieren. Er ist autoritär, wie der ältere Bruder gestern Abend. Endlich zog der Mann kräftig an seiner Pfeife. Aber sie war ausgegangen. Er nahm das Feuerzeug aus der Tasche und zündete seine Pfeife neu an. Die Frau unterbrach augenblicklich ihre Rede und schaute ihrem Mann gelassen zu.

Man konnte an dieser Geste ablesen, wie vertraut die beiden miteinander waren. Irgendwie wirkte all das sehr westlich. Es sprach für eine lange harmonische Zweisamkeit. Als aus der Pfeife wieder Rauch aufstieg, lag auch Zufriedenheit auf dem Gesicht der Frau.

Nahtlos sprach sie dann weiter. Berichtete ihrem Mann von dem ältesten Sohn, der an der Harvard-Universität studierte. Erzählte, dass der Große an einem empfindlichen Magen leide, wie er gestern ausführlich geschrieben habe. »Oh, mein Gott, ich habe vergessen, dir zu sagen, dass ein Brief von Freeman gekommen ist«, fuhr sie fort. »Du weißt schon, der Basketballspieler, ein etwas aufdringlicher Typ, der mit unserem Ältesten befreundet ist. Eigentlich nichts Besonderes. Aber er schreibt ganz originell und hat Grüße bestellt. Er fragt übrigens, ob ich noch immer mit dir zusammen bin. Er meint, wenn das so bleibt, würden die anderen dich als Pantoffelheld sehen. Eher sterben würde Freeman, als das zu ertragen. Ich sollte aufpassen. Ist das nicht lustig …« Der schweigsame Ehemann musste lächeln, während sie bestimmt weitererzählte: »Unser jüngerer Sohn scheint fasziniert von seiner Europareise. Er hat Italien, Spanien, die Schweiz und Griechenland besucht und bedauert nun, dass er sich nicht noch Nordeuropa anschauen konnte. Das Geld hat wohl nicht gereicht. Aber er schreibt uns auch, dass er jetzt viel besser verdient. In den nächsten Ferien will er uns Ansichtskarten von Dänemark, Norwegen und Schweden schicken können. Die Alpen haben ihm gefallen, und von

Griechenland war er richtig beeindruckt. Wie er schreibt, hat er dort erst richtig begriffen, dass Amerika groß ist, aber eben ohne feste Wurzeln. Das ist schon eine wichtige Erkenntnis. Er fragt uns, was wir von Amerika halten, und meint, dem Land fehle die innere Substanz. Dagegen habe ein Staat mit einer tausendjährigen Tradition, und sei er noch so klein oder arm, etwas Bleibendes. Das sollten wir bedenken und nicht mit oberflächlichem Wissen unsere Köpfe füllen. Die Reise muss für ihn also nachhaltig gewesen sein. Meiner Ansicht nach ist er im Denken selbstständiger als unser großer Sohn. Er ist flexibel und weltgewandt und begreift schnell wesentliche Zusammenhänge. Meinst du nicht auch? Ach, was ich noch sagen wollte ...«, fuhr die Frau fort – »gestern habe ich die Frau Botschafter getroffen. Sie fragte gleich nach dir. Ob du immer noch so wortkarg bist, wollte sie wissen, und ob das mich nicht langweilt. Ich habe geantwortet, dass dein Wesen unverändert ist. Was meinst du, ist das nicht amüsant?

Dann gab es noch diese Party vor einigen Tagen. Irgendeiner vom ICA[3] hatte eingeladen ... Wie war bloß sein Name ... er soll etwas leichtsinnig und abenteuerlustig sein. Doch man redet bekanntlich viel. Die Einzelheiten sind mir entfallen. Doch du solltest aufpassen, dass er dich nicht für seine Interessen einspannt.«

Ihr Vorrat an solchen Geschichten schien unendlich.

Jin-Su spürte den Speichelklumpen in seinem Mund. Er hatte das Bedürfnis, das Fenster zu öffnen und auszuspucken. Er machte dem Journalisten, der hinter ihm saß, deutlich, dass er das Fenster öffnen wolle. Im Halbschlaf murmelte der

[3] ICA: International Cooperation Administration. Anspielung auf die zu dieser Zeit in Südkorea tätige amerikanische Hilfsorganisation.

sein O. K. und hob als Zeichen seines Einverständnisses noch seine behaarte Hand.

Jin-Su spuckte aus. Der Bus überquerte gerade den Fluss Imjin[4]. Lautstark fuhr er über die Brücke, neben der Eisenpfeiler und Reste von Stahlplatten bedrohlich aus dem Wasser in den Himmel ragten. Mit plötzlicher Wucht wurde Jin-Su bewusst, dass er auf dem Weg nach Panmunjom war. Das Gefühl, das dabei in ihm aufstieg, war eine Mischung aus Wut und Ohnmacht.

Die Ausländer im Bus schienen seit der Ankunft in Panmunjom die bisher zur Schau getragene Lockerheit und Dynamik verloren zu haben. An ihren blassen Gesichtern war deutlich die Bestürzung abzulesen. Ziellos rannten sie umher und drückten scheinbar gedankenlos auf die Auslöser ihrer Fotoapparate. Als der Mann, der im Bus noch wie ein Wasserfall erzählt hatte, mit seiner Kamera einen nordkoreanischen Wachposten hautnah fotografieren wollte, machte dieser große Augen und wandte sich dann blitzschnell ab. Der Ausländer lachte irritiert auf, ging zu seinen Kollegen und murmelte dann völlig verwirrt, während er auf den Nordkoreaner zeigte: »Böse, der ist böse.«

Er erntete ein kurzes Auflachen. Konnte dieser mickrige Wachsoldat das Böse sein?

In diesem Moment trat die ältere Journalistin, die während der Fahrt ununterbrochen auf ihren Mann eingeredet hatte, an Jin-Su heran und fragte nach den chinesischen Kollegen. Jin-Su deutete mit einer Handbewegung in den Konferenzraum. Sie sah flüchtig in die angegebene Richtung und bedankte sich überschwänglich mehrmals auf Englisch.

[4] Fluss und letzte Bahnstation in Südkorea vor dem 38. Breitengrad. Auch Ort einer Schlacht im Koreakrieg im April 1951.

Inzwischen waren nordkoreanische Soldaten gekommen. Auf den ersten Blick waren sie kaum von den Soldaten aus dem Süden zu unterscheiden.

Doch schaute man genauer, dann fielen die roten Armbinden und die weit geschnittenen Uniformhosen auf. Sie standen eng beisammen und grüßten mit einem leichten Lächeln die bekannten Gesichter der Gruppe.

»Lange nicht gesehen«, sagte ein kleiner Nordkoreaner zu einem Mann auf der anderen Seite.

»Schön, dich zu sehen«, antwortete der, dem die Begrüßung galt, in einem unerwartet vertrauten Ton.

Die Atmosphäre schien vom ersten Moment angesichts der bekannten Situation unwirklich, gestellt und ironisch aufgeheizt.

»Sie rauchen?« Einer aus dem Norden bot Zigaretten an.

»Na, Sie gehen aber in die Offensive«, entgegnete der angesprochene Südkoreaner, während er eine Zigarette nahm.

»Ich verstehe nicht, was Sie meinen«, entgegnete der Mann von der Gegenseite.

»Reden wir doch nicht um den heißen Brei. Seien wir wirklich einmal offen zueinander«, gab der Südkoreaner zurück.

»Eine gute Idee, das sollten wir tun«, kam die prompte Antwort.

Jin-Su konnte ein inneres Lächeln kaum unterdrücken.

»Interessant«, flüsterte die ausländische Journalistin, die den Vorgang beobachtet hatte.

»Was sagt da der andere gerade?«

»Er meint, dass alle Amerikaner hier nichts zu suchen hätten.«

»Wirklich? Das ist ja furchtbar«, murmelte die Frau erschrocken, während sie starr in die betreffende Richtung schaute. Dann ging sie entmutigt zu ihrem Mann und versuchte ihm die Dinge zu erklären. Doch ihr Ehemann verzog keine Miene und wandte sich nach einem flüchtigen Blick gen Norden ab.

»Ach, die ältere Schwester ist gekommen. Lange nicht gesehen. Wie geht es Ihnen?«, wandte sich jetzt ein dicker Mann mit dunkler Brille, der wie ein Wirbelwind hinzugetreten war, an eine nordkoreanische Journalistin.

Die Worte schienen ganz mechanisch aus seinem Mund zu fließen.

Die besagte Frau war ungefähr dreißig Jahre alt und wirkte etwas fade und nicht sehr attraktiv. Da sie koreanisch gekleidet war, hätte man sie auch leicht für eine Südkoreanerin halten können. Nur die rote Armbinde verriet ihre Herkunft. Sie begann zu lachen und wirkte auf einmal viel blutvoller.

»Ah, Sie haben sich nicht verändert. Wie es scheint, leben Sie gut vom Schweiß der Werktätigen und sind noch beleibter und dreister geworden«, antwortete sie schlagfertig, während sie ihm die Hand entgegenstreckte.

»Na, was soll denn das? Sobald wir uns sehen, müssen Sie provozieren und angreifen«, entgegnete der Dicke, während er ihre Hand nahm. »Lassen wir doch die offiziellen Dinge und begrüßen uns erst einmal, wie es sich gehört.«

»Was heißt hier angreifen?«, kam es postwendend zurück. »Sie schließen wohl von sich und Ihren Schandtaten auf andere.«

Die Leute im Umkreis beobachteten amüsiert das Wortgefecht. Die ausländischen Journalisten schienen an den Mienen der Koreaner abzulesen, worum es ging. Jedenfalls lächelten auch sie in sich hinein.

»Wie geht es dem Mann meiner Schwester? Sind die Neffen gesund? Na, ist es anstrengend, den Schwiegervater bei Laune zu halten?«, war der Bebrillte wieder zu vernehmen. »Bestimmt haben Sie viele Probleme. Ich liege nachts wach, wenn ich mir all das vorstelle.«

Während der Mann sprach, schien sie sich vor Lachen kaum halten zu können. Jedenfalls hielt sie sich demonstrativ die Hand vor den Mund.

»Was sollen diese Übertreibungen«, mischte sich der kleine Mann in das Gespräch ein.

»Natürlich denken wir verschieden. Zum Donnerwetter, es ist schlimm, dass ich nicht mal meine Schwester in Ruhe begrüßen kann«, warf der bebrillte Dicke ein.

Als die Leute aus dem Süden verständnisvoll lachten, sagte der Kleine trotzig: »Zwischen uns gibt es keine gemeinsame Sprache. In meinen Augen sind Sie nichts weiter als ein erbärmliches und verkommenes Subjekt.«

Der dicke Mann nahm den Vorwurf gelassen und versuchte, die eisige Situation zu entkrampfen, indem er dem Nordkoreaner spaßig Nachhilfe zum Verstehen der Lebensart im Süden anbot.

In diesem Moment begann im Haus die Konferenz.

Es kehrte endlich Ruhe ein. Jin-Su stand am Fenster und schaute hinaus.

Da hörte er hinter seinem Rücken eine angenehme Stimme, die ihm einen guten Tag wünschte. Die Stimme gehörte einer jungen Frau mit freundlichem Gesicht und klaren Augen. Sie war hübsch, und die Sommersprossen standen ihr gut. Das Mädchen trug ein dunkelblaues Kleid mit roter Armbinde. Ihr schüchternes Lächeln war nicht anders als das anderer junger Mädchen, die einen jungen Mann ansehen.

Während er seine »Arirang«[5] weiter rauchte, drehte er sich zu ihr um. Sie begann sofort ein Gespräch und fragte, ob es in der letzten Nacht in Seoul stark geregnet habe.

[5] Zigarettensorte, die nach einem traditionellen, in ganz Korea bekannten Lied benannt wurde.

Er bemerkte, dass eine Goldbrücke in ihrem Mund aufblitzte. Da er nicht gleich antwortete, wiederholte sie ihre Frage nach dem Wetter in Seoul.

Er hatte kaum mit Ja geantwortet, da stellte sie schon die nächste Frage. »Wo arbeiten Sie als Journalist?«

Jin-Su hörte sein Herz schlagen, als er antwortete: »Ich bin für den Nachrichtensender Kwang-Myong[6] tätig.«

Von fern war wieder die laute Stimme des Brillenmannes zu hören: »Euch fehlt jeder Humor. Aber wie sollt ihr verstehen, was ich sage, wenn ihr nicht wie normale Menschen leben könnt. Ihr werdet bis in den Tod nicht begreifen, was das Leben ausmacht. Uns trennen Welten. Versteht ihr das? Ich müsste Geld bekommen, wenn ich euch das klar mache, denn es würde euch mehr nutzen.«

Jin-Su musste unwillkürlich lachen. Irgendwie fühlte er sich auf einmal ganz leicht.

»Was halten Sie von dem Mann?«, fragte er die junge Frau unvermittelt.

Sie zog etwas die Augenbrauen zusammen und fragte zurück:

»Was halten Sie von ihm?«

»Na ja, er hat etwas Faszinierendes.«

Als Jin-Su aufschaute, glaubte er ein Lächeln in ihrem Gesicht zu sehen. Doch plötzlich wurde sie ernst und entgegnete: »Der Mensch ist nicht sauber. Er jongliert nur mit den Worten. Wer das als faszinierend betrachtet, ist verdorben. Was er sagt, beruht auf Lug und Trug. Was ist Ihre Meinung?«

Sie ist nicht ungeschickt, dachte Jin-Su, während er antwortete:

[6] Frei erfundener Name für einen Nachrichtensender, der symbolisch »helles Licht« bedeutet.

»Ich denke, Sie haben da Vorurteile und sind befangen. Die wortgewandten Äußerungen des Mannes als Verdorbenheit zu deuten, ist zu einfach. Wir denken da anders. Das ist keine Manipulation, wie Sie meinen. Er sagt auf seine zugespitzte Art nur die Dinge, die offensichtlich sind. Nur so kann man Klischees aufbrechen. Es stimmt, dass man sich unter Umständen mit einer konkreten Wahrheit schwer tut. Wenn man Kakis ins warme Wasser eintaucht, geht der herbe Geschmack weg. Wenn sie aber zu lange im warmen Wasser liegen, verlieren sie ihre Schale und werden weich. Menschen sollten nicht für irgendeine Sache ihre Individualität aufgeben und sich unterordnen.«

»Das sind überflüssige Gedanken«, warf sie ein. »Man muss an ein großes Ziel glauben und seiner Gesellschaft dienen. Alles andere ist feig. Solche Fragen sind nur individualistische Fallen. Wenn Kakis reif werden, essen wir sie einfach. Es ist unnötig, über den Prozess der Reifung zu diskutieren. Das ist ja dieses süße Gift. Da bleibt man eben am Einzelfall hängen, ohne das große Ganze zu sehen. Das Ergebnis steht aber im Mittelpunkt. Das ist unsere Sicht auf die Realität. Was meinen Sie dazu? Müssen Sie mir nicht zustimmen? Nun, sagen Sie, wie ist es in Seoul?«

Jin-Su fiel auf, dass sie auf einmal geschickt das Thema wechselte und nach einem kleinen Lachen anmerkte: »Natürlich denken und handeln die Menschen verschieden. Wir sollten uns vielleicht effizienter unterhalten. Also, wie ist es in Seoul? Sagen Sie schon!«

»Wie ist es denn in Pjöngjang?«

»Großartig. Ganz herrlich.«

»In Seoul ist es auch großartig und herrlich.«

Sie konnte ein Lächeln nicht unterdrücken, und ihm ging es ähnlich. Beide begannen zu kichern.

»Lebt Ihre Familie in Seoul?«, wollte sie wissen. Kaum hatte er mit Ja geantwortet, fragte sie unumwunden: »Sie entschuldigen, aber sind Sie verheiratet?« Sie errötete dabei leicht.

Während Jin-Su kurz antwortete, dachte er an den gestrigen Abend und den betörenden und irritierenden Duft, der von der Schwägerin ausgegangen war.

»Na, was halten Sie von den Nord-Süd-Kontakten?«, fragte sie weiter.

»Was sagten Sie? Kontakte? Ja … in diesem Moment haben wir zum Beispiel Kontakt miteinander, einfach so … Aber so einfach ist es in der Realität nicht. Das zu vermuten wäre naiv und viel zu optimistisch angesichts der realen Lage. Dazu sind die Beziehungen zwischen Nord und Süd viel zu kompliziert. Wir müssen schon die grausame Reality vor dem Koreakrieg beachten … Sie verstehen wohl die Bedeutung des Wortes ›Reality‹ nicht?«

Jin-Su zögerte. Er sah sie an und hatte auf einmal keine richtige Lust mehr zum Reden.

»Sie meinen Realismus«, fragte sie unsicher.

»Ja, so etwas Ähnliches. Es hängt zumindest damit zusammen. In der gegenwärtigen Lage nützt aber der gesunde Menschenverstand wenig, weil nicht von den Realitäten ausgegangen wird. Was soll man da tun?«

»So ist es doch nicht«, sagte sie besänftigend. »Die Dinge sind weder kompliziert noch verwickelt. Letztlich ist alles ganz einfach. Meinen Sie nicht auch, dass das Schicksal in Ihrer Hand liegt? Oder? Man darf sich nur nicht pessimistischen Gedanken oder Unentschlossenheit hingeben. Eigentlich sind die Dinge doch einfach, sie werden nur kompliziert gemacht. Wenn wir Kontakt wollen, haben wir auch Kontakt.«

»Aber jeder denkt dabei nur an seinen Vorteil«, warf er ein. »Dieser Fundamentalismus ist nicht gut. Es mag bei Ihnen zwar Routine sein, einfach zu denken, doch das gilt nicht für uns. Wir sehen den Realitäten ins Auge. Kurz gesagt, es geht um diese Polarisierung in Angreifer und Angegriffene. Deshalb ist es notwendig, dass wir Vertrauen schaffen und offen miteinander sprechen.«

Sie zwinkerte mit den Augen und konterte: »Wer greift denn wen an, und wer wird angegriffen? Die Ausgangsposition ist schon falsch. Man braucht keine Zugeständnisse zu machen. Wo setzen Sie die politischen Maßstäbe? Barrieren in den Köpfen von Einzelnen oder Gruppen, aber auch Emotionen, die der Sache schaden, bis hin zu Renitenz und Desinteresse müssen ausgemerzt werden. Das, was geschehen soll, bestimmt das Kollektiv. Es entscheidet auch, was Freiheit ist.«

Sie hatte voller Inbrunst gesprochen. Dabei war ihre Stimme lauter geworden, und die Röte war ihr merklich ins Gesicht gestiegen.

Jin-Su konnte sich nicht zurückhalten und entgegnete: »Richtig, aber beschneiden Sie nicht das, was Freiheit bedeutet, indem Sie festlegen, was Freiheit ist? Gibt es bei Ihnen wirklich Freiheit, die menschenwürdig ist? Kann man in Nordkorea frei leben? Bitte sagen Sie es ehrlich und offen!«

Jin-Su spürte, dass er einen wunden Punkt berührt hatte. Sie reagierte sichtlich gereizt.

»Die Überzeugung und der Glaube an eine Sache sind wichtig. Freiheit ist ansonsten nur eine leere Phrase. Freiwillige Anerkennung von Autoritäten und bestimmten moralischen Normen macht den Wert der Freiheit aus. Gerechtigkeit und Gleichheit kommen zudem vor der Freiheit, die ansonsten nur Oberfläche und weder Fisch noch Fleisch ist. Kennen Sie die Grundlagen unserer Anschauung? Der Einzelne hat sich in das Kollektiv unseres Volkes einzufügen. Das ist unsere Auffassung von Freiheit, die auf unserer Ideologie basiert. Ihr Denken ist zutiefst dekadent und morbid. Ihnen fehlt die Überzeugung unserer Ideologie. Sie können nur im Rahmen eines triebhaften Individualismus handeln. Das wird nicht gut gehen …«

»Höchste Freiheit bleibt für mich die Selbstbestimmung«, hielt Jin-Su tapfer dagegen. »Ich bin frei in meinen Entscheidungen und kann auch faul und böse sein, wenn ich es so will. Es gibt Gesellschaften, die diese Lebenshaltungen tolerieren und akzeptieren. Eine flexible und generöse Gesellschaft gibt immer verschiedensten Anschauungen eine Chance. Nun frage ich, welche Gesellschaft wohl lebenswerter ist, die, wo man bestehen kann, oder die, wo man sich verbiegen muss …«

»Was ist ein Mensch ohne klaren ideologischen Standpunkt«, wandte sie sofort ein. »Wenn das Ich keine feste ideologische Stütze hat, wird es anfällig für oberflächliches Gehabe. Ihre Ansichten von Freiheit sind bis aufs Mark verdorben und dekadent. Man riecht es regelrecht. Wie kann es nur so eine Theorie geben!«

»Diese Theorie existiert, weil der Mensch nicht nur für ideologische Fakten und Effizienz leben kann«, entgegnete er. »Dazu wollen Sie das Volk aber zwingen. Ich kann nur vermuten, dass Sie deshalb solche engen Maßstäbe für eine richtige oder falsche Lebensweise setzen. Doch das ist eindimensional und geht an den inneren Bedürfnissen der Leute vorbei.«

»Nein«, entgegnete sie hart. »Unsere reale politische Situation verlangt diesen Weg. Wir haben keine Zeit zu verlieren. Das ist der Grund.«

»Haben Sie Dostojewski oder Shakespeare gelesen?«, fragte er unvermittelt. »Was halten Sie von diesen Autoren?«

»Ja, ich kenne beide. Dostojewski vertritt kleinbürgerliche Ansichten. Zwar kritisiert er diese Bürgerlichkeit in übertriebener Art und Weise, aber mehr auch nicht. Shakespeare gibt insgesamt ein großartiges Abbild von dem, was in der bürgerlichen Gesellschaft gut ankommt.«

»Das ist eine furchtbare Generalisierung der Dinge«, warf Jin-Su ein.

»Nein, ich bringe es nur auf den Punkt und zeige das Wesen der Sache. Man sollte doch die Welt in den großen Zusammenhängen erfassen und sich nicht an Einzelheiten verlieren«, erklärte sie unnachgiebig.

In diesem Moment ging die ausländische Journalistin vorbei, die Jin-Su schon im Bus aufgefallen war. Sie lächelte ein wenig, als würde sie »oh, wonderful« sagen. Das Gespräch stockte. Der Mann mit der Brille – der zuvor so viel geredet hatte – ließ sich mit seiner so genannten Schwester fotografieren. Beide kicherten. Insgesamt waren wohl fünf oder sechs Leute von beiden Seiten unter dem Dach des Konferenzraumes beisammen und diskutierten.

Im Konferenzraum, den man von außen einsehen konnte, herrschte eine frostige Atmosphäre wie im Winter. Es ging um die Auslieferung der verschleppten Fischer. Die Stimmung war aufgeheizt, und man konnte kaum etwas verstehen. Nur die Geräusche der Mikrofone waren deutlich vernehmbar. Wenn die eine Seite laut wurde, zeigte sich die andere sarkastisch und desinteressiert. Das ging so eine Weile. Dann schlug ein Mann von der Gegenseite endlich mit der Faust auf den Tisch. Sein Gegenüber reagierte verwirrt, hustete und bemängelte den Lärm. Dann blickte er den Partner äußerst scharf an und begann, demonstrativ etwas zu verlesen. All das machte den Eindruck, als wolle er die anderen zum Zuhören bewegen. Doch der Erfolg blieb zweifelhaft …

Es wurde wieder auf Englisch ins Mikrofon gesprochen. Erneut war die eisige Atmosphäre deutlich zu spüren.

»Man sollte die Leute aus humanitären Gründen zurückschicken.« Während sie in den Konferenzraum starrte, sprach sie leise vor sich hin. Aber sie redete so laut, dass Jin-Su es hören musste.

»Wie alt sind Sie, Fräulein?«

Jin-Sus Stimme klang auf einmal nachdrücklich und anders als vorher. Er sprach autoritär, eben wie ein Mann zu einer Frau.

»Vierundzwanzig.«

Sie schien etwas überrumpelt zu sein. Als sie Jin-Su anschaute, war ihr eine leichte Verlegenheit anzusehen.

»Fünf Jahre Altersunterschied …«, dachte Jin-Su belustigt, während er weiterredete: »Wir sollten alle Dinge etwas leichter nehmen. Sprechen wir lieber nicht mehr über solche trockenen Angelegenheiten. Sprache hat auch Grenzen. Das ist eben unsere Realität, die wir anerkennen müssen. Nennen Sie ein solches Denken ruhig feige oder gar eine Flucht. Letztlich rechnet jede Seite mit der anderen ab oder handelt nach ihren Prinzipien. An schöne Worte glaubt doch niemand mehr. Ist es nicht so? Es ist schon eine Tragödie.«

Seine Worte schienen die junge Frau aus dem Norden zu verblüffen. Bevor sie etwas erwidern konnte, redete Jin-Su schon weiter: »Nehmen wir einmal an, wir wären Ehemann und Ehefrau. Könnte das nicht ganz gut funktionieren? Wenn ich autoritär auftrete, würden Sie mich mit Schmeicheleien zu nehmen wissen. Meinem Blick würden Sie sich natürlich beugen. Dafür hätten Sie Macht über mich, wenn ich angetrunken nach Hause komme. Wäre es nicht denkbar, dass ich singe und Sie dazu musizieren? Socken und Windeln würden Sie als gute Ehefrau waschen und den Kindern Milch geben. Könnten Sie sich so ein Leben vorstellen? Aber leider zählt man Frauen mit vierundzwanzig schon zu den alten Jungfern.«

Jin-Su sprach wie ein Wasserfall, während sie ihn verwundert und mit leicht geöffnetem Mund anblickte. Dann hielt sie auf einmal die Hand vor den Mund und begann verlegen zu kichern.

Schließlich entgegnete sie amüsiert: »Das stimmt doch überhaupt nicht, dass Frauen mit vierundzwanzig alte Jungfern sind.«

Jin-Su fühlte sich herausgefordert und wiederholte: »Frauen mit vierundzwanzig sind nun mal alte Jungfern. Verstanden! Sollte das bei Ihnen anders sein, spricht das für eine Aushöhlung der guten Sitten. Wenn Frauen mit vierundzwanzig noch ledig sind, haben sie jeden Wert verloren. Merken Sie sich das!«

Die Worte von Jin-Su schienen die Nordkoreanerin zu treffen, auch wenn sie es nicht zeigen wollte. Angestrengt und etwas verblüfft blickte sie um sich. Dann stieß sie hervor: »Das ist beschämend, wenn uns jemand hört. Denken bei Ihnen die Männer wirklich so? Sie reden wie ein FS.«

Jetzt war Jin-Su irritiert. »Was ist ein FS? Ich verstehe wirklich nicht, was Sie meinen.«

»So bezeichnen wir ›Feinde des Sozialismus‹, also Kollaborateure, Dissidenten und andere bürgerlich-dekadente Typen, die keinen Platz mehr in unserem neuen Leben haben.«

»Aber sind die Männer bei Ihnen denn durchweg den Frauen unterlegen und schüchtern?«

»Bestimmt nicht.«

»Dann ist ja alles in Ordnung.«

Jin-Su sprach diesen Satz mehrmals vor sich hin, als wollte er seine Aussage bekräftigen.

Inzwischen hatten sich am Himmel dunkle Wolken zusammengezogen.

Es wurde merklich trüb. Ein Regenguss ging auf das Feld nieder. Der Wind wehte, wirbelte aber keinen Staub auf. Zwischen den dunklen Wolken lugten gleich wieder Sonnenstrahlen hervor und lagen wie ein Band über den Bergen im Osten. Ein Regenbogen leuchtete am Himmel. Er schillerte in verschiedenen Farben und tauchte die Umgebung von Panmunjom in ein morgendliches Licht. Es hatte sich merklich abgekühlt, und eine angespannte Atmosphäre lag über der Natur und den Menschen. Die Leute schienen wie hypnotisiert von der trüben Stimmung, die sich unaufhaltsam ausbreitete.

»Es wird Regen geben«, hörte man irgendeine Stimme wie zu sich selbst sagen. Es war nicht auszumachen, ob diese Stimme aus dem Norden oder aus dem Süden kam. Die Leute schien es auch nicht zu interessieren.

»Oh, wonderful«, war aus einer anderen Ecke zu vernehmen.

Die dicken Sonnenstrahlen am östlichen Himmel waren inzwischen verschwunden, und es wurde noch dunkler. Die Leute schauten erst zum Himmel, und dann ruhte ihr Blick auf den Feldern. Plötzlich griff eine sichtbare Unruhe um sich. Endlich prasselte der erlösende Regen auf die Blechdächer nieder. Der Regen trommelte so laut auf die Dächer, dass die Lautsprecher kaum noch zu hören waren. Vom dampfenden Boden stiegen Nebelschwaden auf, die Himmel und Erde zu verbinden schienen. Die Leute im Konferenzraum beobachteten mit großen Augen das Naturschauspiel. Ihre Gesichter glichen sich in dieser Situation, wie paradox es auch erscheinen mochte.

Die Wachsoldaten standen wie aufgereiht unter dem Dachvorsprung, um nicht nass zu werden. Die Leute schrieen durcheinander und begannen, zu der Kaserne zu rennen. Einer steckte den anderen an. Es war eine Kettenreaktion, die die Menschen kopflos machte. Unwillkürlich fasste Jin-Su nach der Hand der jungen Frau. Sie war sichtlich erschrocken und lief mit, ohne ihre Hand aus der seinen zu lösen. Schräg vor ihnen war ein Jeep geparkt. Jin-Su öffnete einfach die Tür und ließ sie einsteigen. Sie schien nicht recht zu wissen, was vor sich ging. Mechanisch setzte sie sich in das Auto. Nachdem auch Jin-Su eingestiegen war, verriegelte er die Tür. In diesem Moment erfasste die Frau Panik. Ihr Gesicht verzerrte sich, und sie schaute Jin-Su fast flehend an. Sie versuchte, aus dem Auto zu springen. Wieder griff er nach ihrer Hand.

»Beruhigen Sie sich, das ist ein Wagen von Ihrer Seite.« Jin-Su versuchte, ruhig zu wirken. Sie lachte ahnungsvoll auf und schien erleichtert zu sein. Er sprach weiter, obwohl er selbst nicht sicher war, ob sie in einem Auto der nord- oder südkoreanischen Seite saßen.

Auf einmal fragte sie schwer atmend mit zitternder Stimme: »Sie wollen nach dem Norden? Oder? Sagen Sie es mir!«

»He, wo hat Ihnen ein Zahnarzt diese Goldbrücke eingesetzt?«

»Was sagen Sie …?«

Sie hielt sich die Hand vor den Mund, damit er ihre Zähne nicht mehr sehen konnte.

»Wo haben Sie das machen lassen?«, fragte er erneut und riss dabei wie zur Bekräftigung die Augen auf.

»In Pjöngjang.«

»Machen Sie mal den Mund auf.«

»Nein«, antwortete sie trotzig.

»Wie groß ist Ihre Familie?«, bohrte er weiter.

»Wir sind sieben.«

»Wer unterhält alle?«, wollte Jin-Su wissen.

Er erntete wieder ein Kichern.

»Es ist nicht gut, so was zu fragen«, sagte sie dann. »Wir kennen solche Dinge nicht.«

»Richtig, so heißt es immer«, gab er zurück.

Sie rubbelte ihre nassen Haare.

»Ihr Haar duftet nach frischen Pflaumen.«

»Wie bitte?«

Sie hörte kurz auf, ihr Haare abzutrocknen.

»Ihr Haar duftet so«, erklärte er.

»Sie kommen mit in den Norden? Ja?«, fragte sie wieder mit belegter Stimme.

»Sie können mich mitnehmen.«

Vorsichtig blickte sie sich um.

Noch immer regnete es stark, und man konnte kaum die Hand vor den Augen sehen.

»Sie können mich mitnehmen«, wiederholte Jin-Su.

»So einfach ist das nicht. Ich weiß nicht, wie ich mich verhalten soll. In diesem Fall sollte man vielleicht zuerst ...« Sie unterbrach plötzlich ihre Rede und rief: »Schauen Sie nur, warum regnet es bloß so viel? Haben Sie eigentlich Mut, ich meine, wirklich Mut?«

»Schauen Sie mich an.«

Die junge Frau blieb stumm, auch als er seine Worte wiederholte, reagierte sie nicht.

»Wissen Sie, wie es ist, wenn Mann und Frau miteinander allein sind? Vermissen Sie denn gar nichts?«

»Oh, bitte, lassen Sie das«, die junge Nordkoreanerin begann spürbar zu zittern, während sie ihr Gesicht in den Händen verbarg. Zwischen ihren Fingern konnte man ihre verängstigten Augen erkennen.

»Schauen Sie mal«, presste sie mit Mühe hervor.

»Warum?«, fragte er zurück.

»Ich stehe vor einer komplizierten Situation. Helfen Sie mir, bitte«, versuchte sie sich zu erklären. »Wenn das wirklich ein Auto von uns ist, müssen Sie sich jetzt entscheiden. Sagen Sie, was Sie tun wollen! Ich will Sie nicht überreden, aber ich muss es wissen!«

»Ich verstehe. Nun, dann überreden Sie mich doch, bitte.«

Sie vermochte nicht auf seinen spielerischen Ton einzugehen.

»Zuerst müssen Sie sich klar für eine Seite entscheiden. Alles andere kommt später«, sagte sie förmlich.

»Können Sie sich denn nie frei machen von solchen Gedanken? Hier geht es nur um uns beide. Begreifen Sie doch!«

»Von solchen Dingen sollten wir nicht reden, nicht jetzt«, warf die Frau ein.

»Gerade das nennen wir aber Freiheit«, entgegnete Jin-Su hartnäckig. »Kennen Sie denn nicht das Gefühl, wenn man die Zügel einmal loslässt? Glauben Sie denn wirklich, so etwas sei unnatürlich und verdorben?«

»Ich muss aufpassen, ganz stark aufpassen«, stammelte sie. »Diese verdammte Verkommenheit, sie stinkt widerwärtig.«

Die junge Frau begann krampfhaft zu weinen.

Aus dem Koreanischen von Lie Kwang-Sook und Sylvia Bräsel

Kim Wonil

Unvergessen

»Du hast doch schon wieder Degenfisch[7] gebraten«, hörte ich meine Mutter sagen. Ihre Stimme klang vorwurfsvoll. Sie schien wieder einmal mit meiner Frau unzufrieden zu sein. Man muss wissen, dass in Salz eingelegter, gebratener Degenfisch die Lieblingsspeise meiner Großmutter war.

Inzwischen hatte meine Mutter gemeinsam mit meiner Frau den Esstisch auf die Veranda getragen. Unsere Kinder schienen auf diesen Augenblick nur gewartet zu haben. Blitzschnell setzten sich Jun-Gu und Jun-Ok als Erste an den gedeckten Tisch.

Meiner Mutter war das offensichtlich nicht recht. Sie schnalzte mit der Zunge und nannte die beiden »verfressene Teufelchen«. Gewöhnlich war in einer solchen Situation von Mutter noch zu hören, dass es einer Familie sehr schlecht gehe, wenn die Kinder sich derart auf das Essen stürzen müssten. Nach ihrer Meinung war es ein Zeichen von Wohlstand, wenn Kinder nicht jede Speise aßen und auch einmal am Essen herumnörgelten. Doch heute verzichtete sie auf diesen Satz. Sie reichte den Kindern Bratkartoffeln und weich gekochte Eier, die sie gern aßen und die nicht so scharf gewürzt waren wie die üblichen Speisen. Ich hatte mich gerade gewaschen und stieg den schmalen Gang von der Küche zur Veranda hoch. Mutter hielt die Stäbchen fest in der Hand und schaute mich an. Sie ermahnte mich zum Essen. Eigent-

[7] Koreanisch: Galchi; ein Fisch, der in Korea sehr gern gegessen wird.

lich benahm sie sich ganz wie immer. Nur empfand ich ihre Stimme heute als noch strenger und frostiger und ihr Gesicht als noch verschlossener als sonst.

Vor dem gestrigen Abendessen hatte es wieder einmal Streit zwischen meiner Mutter und meiner Großmutter gegeben. Großmutter war dann ohne Essen ins Bett gegangen. Ich selbst war erst nach zweiundzwanzig Uhr nach Hause gekommen, da ich im Büro noch die Lohnabrechnung fertig machen musste. Doch meine Frau hatte mir schon am Tor alles erzählt. Wie befürchtet, wollte Mutter nach dem Streit um keinen Preis wie gewohnt mit Großmutter in einem Zimmer übernachten. Sie hatte ihr Bettzeug gepackt und war auf die Veranda gezogen. Fünf Monate wohnte Mutter nun bei uns in Seoul. Sie hatte ihren kleinen Laden in Ulsan[8] verkauft und war zu uns gezogen. In dieser Zeit hatte sie sich schon sechs Mal mit Großmutter gestritten. Ich musste also davon ausgehen, dass es auch in Zukunft einmal im Monat zu größeren Zerwürfnissen zwischen den beiden kommen würde. Normalerweise fallen bei Streitereien die Parteien wortreich übereinander her. Doch bei den beiden war das anders! Mutter fiel wie eine Hyäne über Großmutter her, sie kritisierte und beschimpfte sie, während Großmutter all die Demütigungen wortlos ertrug. Sie presste lediglich fest die Lippen zusammen. Mutter konnte sich schlecht beherrschen. Zornig zerrte sie immer wieder längst vergessene Geschichten aus der Zeit in Mohwa[9] ans Licht. Manchmal zog sie eine geschlagene halbe Stunde über Großmutter und auch meinen Vater her. Großmutter verzog die ganze Zeit über keine Miene. Sie kehrte Mutter den Rücken zu und rührte sich nicht vom Fleck. Sie ließ den Wortschwall einfach über sich

[8] Große Industriestadt im Südosten Koreas.

[9] Stadt in der Nähe von Gyeongju.

ergehen. Rauchend unterdrückte sie ihren angestauten Groll, bis Mutter erschöpft vom Keifen still wurde. Diese Streitereien hätten wohl glimpflicher ausgehen können, wenn Großmutter aufgestanden und gegangen wäre. Doch sie hörte sich Mutters Schelte immer hilflos wie ein geschlagenes Kind an. War dann Mutter endlich mit ihrem Geschimpfe fertig, schien Großmutter die Anschuldigungen ihrer Schwiegertochter sogar noch leise zu bestätigen. »Was hat eine alte Schwiegermutter, die dumm wie ein Tier ist, schon Gutes getan«, murmelte sie vor sich hin. »Nicht einmal die eigenen Kinder konnte sie ordentlich aufziehen und beschützen. Nichts hat sie im Leben richtig gemacht! Ich sollte als Bettlerin vor dem Himmel büßen oder mich vergiften. Doch was soll ich machen, wenn ich nicht die Kraft dazu habe? Dann kann ich nur zu denen in Hoya gehen. Aber wie soll ich diese verdammte Autofahrt überstehen?«

Man muss wissen, dass Großmutter eine Abneigung gegen Autofahrten hatte. Ihr wurde dabei übel. Mit dem Wort »Hoya« spielte Großmutter auf meine Tante in Bulgwangdong[10] an. Großmutters Klage ließ also Mutters Zorn erneut hochkochen. Es war, als hätte man Öl ins schon abflauende Feuer gegossen. »Warum redest du nur jeden Tag tausend Mal vom Sterben und tust es nicht«, giftete sie Großmutter an. »Geh doch zu deiner Tochter, die es im Leben zu nichts gebracht hat. Bitte geh! Es fragt sich nur, warum dir deine Tochter bis auf den heutigen Tag kein einziges Mal den Hintern gewischt hat, obwohl du dich dein ganzes Leben gerade um sie gekümmert hast!«

Sogar meine Tante wurde von Mutter in solchen Situationen nicht verschont.

Nach so einem Streit herrschte gewöhnlich drei bis vier

[10] Bezirk im Nordwesten von Seoul.

Tage eine eisige Atmosphäre im Haus. Da unsere Mietwohnung nur aus zwei Zimmern und einer Veranda von gerade mal zwei Pyeong[11] bestand, musste ich den Friedensstifter spielen und diesen nervenzehrenden Kriegszustand beenden. Schließlich gaben wir Mutter unser Schlafzimmer, weil beide Frauen unmöglich weiter in einem Zimmer schlafen konnten. Wir mussten uns wohl oder übel mit Kissen und Decken in das Zimmer neben der Küche zurückziehen.

Da ich für keine Seite Partei ergreifen durfte, war die Vermittlerrolle wirklich nicht einfach. Zweimal war es schon passiert, dass meine Frau zu guter Letzt in Bulgwang-dong anrief und Großmutter für mehrere Tage in die Einzimmerwohnung der Tante einquartierte. Wenn meine Tante dann Großmutter, meist nach einem Anruf meiner Frau, zu uns zurückbrachte, schaffte sie es mit knapper Not, die beiden wieder an einen Tisch zu bringen. Meine Tante war eine Frau, die in ihrem Leben schon allerhand erlebt hatte. Sie kam zu uns nach Suyu-ri[12] geeilt und verstand mit ihrer gewandten und beredsamen Art Mutter zu beruhigen. Da sie ihr nach dem Mund redete, waren ihre Bemühungen meist erfolgreich. »Ihr seid doch beide schon alt und grau«, sagte sie zu Mutter. »Begrabt euren Hass und lebt nicht wie Hund und Katze.« Zudem versuchte meine Tante ihr klar zu machen, dass meine Frau und ich sehr unter diesen Streitereien zu leiden hätten. »Ich frage mich, wie die beiden das auch nur einen Tag ruhig aushalten können. Wenigstens auf die jungen Leute sollte man Rücksicht nehmen und seine Gefühle im Zaum halten«, empfahl sie im sachlichen Ton. Um meine Mutter zu besänftigen, erzählte sie sogar, wie froh sie sei, dass sie selbst im Hause ihres Sohnes wohnen dürfe. »Man wird

[11] Maßeinheit: 1 Pyeong entspricht ca. 3,3 m^2.

[12] Bezirk im Norden von Seoul.

ohnehin nicht mehr tausend Jahre leben«, fügte sie hinzu. Meist schlug Mutter dann versöhnlichere Töne an. »Ich habe mir ja vorgenommen, beide Augen zuzudrücken«, warf sie ein. »Aber das kindische Benehmen der Alten, das nicht einmal Altersschwachsinn zu sein scheint, regt mich immer wieder auf …« Wenn Mutter so sprach, war das Schlimmste überstanden.

»Wo bleibt Großmutter? Sie soll doch mit uns essen«, fragte ich vom Tisch aus. Ich hatte diese Worte mit Absicht gesagt, da ich genau wusste, dass Großmutter nach so einem Streit am Vortage gewiss nicht mit Mutter am Tisch sitzen wollte.

Meine Frau, die gerade Jun-Ok fütterte, ohne selbst etwas zu essen, warf einen vorsichtigen Seitenblick auf Mutter. Ihr lag wohl der Satz auf der Zunge: »Wir sollten für Großmutter lieber ein Extra-Tischchen decken.« Doch sie sprach die Worte nicht aus. Auch ich fühlte mich an solchen Tagen so gestresst, dass ich kaum etwas zum Frühstück essen konnte. Ich bekam kaum etwas hinunter und weichte mir schließlich einige Bissen in Reiswasser auf. Aber im Vergleich zu meiner Frau, die den ganzen Tag seelisch mit den Querelen der beiden Alten belastet war, kam ich noch glimpflich davon.

»Warum nötigt ihr sie noch zum Essen? Wenn sie hier hungern will, muss sie eben zu ihrer reichen Tochter gehen und sich dort den Bauch voll schlagen«, bemerkte meine Mutter schnippisch. Sie sprach so laut, dass Großmutter es hören musste, und blickte zudem noch demonstrativ zum Zimmer neben der Küche hinüber. »Iss du wenigstens etwas. Du hast einen langen Arbeitstag vor dir«, sagte sie dann unvermittelt zu mir.

Obgleich es die Sitte verlangt, seiner Mutter nicht zu widersprechen, brachte ich es nicht fertig, ungerührt am Tisch zu sitzen und zu essen. Ich blickte zu meiner Frau, die gerade ein Stück Degenfisch entgrätete und in Jun-Oks Reisschüssel legte. Dann stand ich auf und ging zu Großmutter in das Zimmer neben der Küche.

Großmutter saß zusammengekauert in einer Ecke des Zimmers und zog an einer Zigarette. Sie war schon so stark aufgeraucht, dass sie sich fast die Finger verbrannte. Großmutter war kaum noch einen Meter und fünfzig groß, und ihre gehockte runzlige Gestalt erinnerte an eine alte Äffin. Das lange, schwere Leben hatte sie deutlich gezeichnet.

»Steh schon auf, Großmutter! Du hast schon gestern nichts gegessen. Du wirst uns noch krank werden«, sagte ich voller Mitleid zu ihr.

»So empört, wie ich bin, bekomme ich einfach nichts hinunter, weder Reis noch etwas anderes«, antwortete sie. »Ich habe auch keinen Appetit. Ich sollte sterben, und zwar möglichst bald. Wenn ich verhungere, brauche ich wenigstens dieses Elend nicht mehr zu ertragen.«

Großmutters Stimme klang kraftlos. Offensichtlich fiel ihr das Atmen schwer. Sie keuchte und schien Schleim im Mund zu haben. Neben dem übervollen Aschenbecher stand eine große Flasche Tonikum. Das war ihr Hausmittel gegen nervöse Magenbeschwerden. Schon bevor meine Mutter zu uns nach Seoul gezogen war, hatte Großmutter bei Wechselfieber über innere Beschwerden geklagt und dann eine Mahlzeit ausgelassen.

Meine Mutter war erst zu uns gekommen, als mein jüngerer Bruder, ein Ingenieur für Kältetechnik, für zwei Jahre zum Arbeiten nach Saudi-Arabien gegangen war. Ungefähr zu jener Zeit begannen ihre Schmerzen im Hinterkopf, die wohl mit ihrem hohen Blutdruck in Verbindung standen. Sie musste oft im Bett bleiben. Dennoch hatte sie auch nach ihrem sechzigsten Geburtstag auf ihrer Selbstständigkeit beharrt und ihren Verkaufsstand für Sardellen, den sie schon siebenundzwanzig Jahre vor dem Kreisamt betrieb, weitergeführt. Auf die Fragen der Nachbarn, warum sie in ihrem Alter noch arbeite, obwohl sie zwei Söhne mit solidem Auskommen habe, ging sie nicht ein. Erst als sie bei zwei Zinsspekulationen eine beträchtliche Summe verlor und darüber hinaus von jungen Leuten geschäftlich ausgebootet wurde, entschloss sie sich zur Aufgabe ihres kleinen Geschäfts in Ulsan. Sie verkaufte ihr Haus mit den drei Zimmern und der Veranda von drei oder vier Pyeong. Für dieses Anwesen hatte sie ihr ganzes Leben lang jeden Pfennig gespart und sich nie ein gutes Kleidungsstück gegönnt. Obwohl die Frau meines Bruders ihr anbot, bis zur Rückkehr ihres Mannes gemeinsam in Ulsan zu leben, zog Mutter kurz nach dem Verkauf des Hauses und der Anlage eines Sparguthabens zu uns nach Seoul.

Eine Woche vor Mutters Ankunft bekam Großmutter wieder ihre Magenbeschwerden. Ein gemeinsames Leben mit ihrer Schwiegertochter, diesem Tiger, schien für sie die Hölle zu sein. Sie hatte solche Angst, dass sie nachts kaum noch schlafen konnte. Schließlich wurde sie krank und musste ganze drei Tage im Bett bleiben.

Gleich nach ihrer Übersiedlung hatte Mutter mit ihren ersparten zwanzig Millionen Won[13] ein Konto eröffnet. Sie war von dem Gedanken besessen, dass ein alter Mensch ohne Geld bis zum Tode nur Sorgen haben würde. Auch ihre Entscheidung, zu uns zu ziehen, hatte Mutter genau durchdacht. Sie war der Meinung, dass man sich bei einem Umzug zu den Kindern immer zuerst für den ältesten Sohn entscheiden müsse.[14] »Zwar hat mir die zweite Schwiegertochter angeboten, mit ihr zusammenzuleben« – erzählte sie meiner

[13] Koreanische Währung.

[14] Nach konfuzianistischer Tradition hat der älteste Sohn die Eltern zu unterstützen.

Tante, die am vierten Tag zu Besuch kam –, »aber wenn man gleich den jüngeren Sohn wählt und dort unter Umständen schlecht behandelt wird, ist es peinlich, den Erstgeborenen zu fragen.« Mutter verschwieg auch nicht, dass sie wenig begeistert war, mit uns in der winzigen Dreizimmerwohnung Kopf an Kopf zu leben. Aber andererseits entsprach das der Tradition und ihrer Lebenseinstellung.

»Komm, steh auf!« Ich nahm Großmutters Arm und versuchte, sie aufzurichten. »Wir haben sogar Degenfisch gebraten, den du so magst«, sagte ich leise, damit Mutter es nicht hörte. Großmutter war zeitlebens kein großer Esser gewesen. Jedoch hatte sie stets auf drei geregelte Mahlzeiten am Tag geachtet. Als Beilagen aß sie gern in Salz eingelegten, gebratenen Degenfisch, Makrelen oder anderen marinierten Fisch. Im Vergleich zu ihr war Mutter, die auch vom Körperbau eher einem Mannweib glich, ein regelrechter Vielfraß. Gierig verschlang sie alles, was auf den Tisch kam. Trotz ihres hohen Blutdruckes mochte sie jegliche Gerichte aus Schweinefleisch. Mühelos vertilgte sie zur Fischsuppe mit Sojapaste noch anderthalb Schüsseln gewürzten Reis mit Salat. Sie hatte uns oft erzählt, wie sie in ihrer Jugend gehungert habe. Wohl deshalb vermochte sie beim Essen keinerlei Genuss zu empfinden und stopfte die Nahrung regelrecht in sich hinein. Sie konnte nicht verstehen, warum Großmutter genüsslich wie eine Katze Stück für Stück in den Mund schob. Sie warf ihr dann böse Blicke zu und schimpfte über Großmutters pingelige Art, die beim Essen den Blick schweifen ließ. Für Mutter war das ein Beweis, dass Großmutter wählerisch war. Nach ihrer Meinung hatte sie nie richtig begriffen, wie schlimm Hunger sein kann.

»Ich brauche kein Essen. Aber du sollst wenigstens etwas zu dir nehmen. Immerhin musst du noch arbeiten«, sagte Großmutter und entzog mir ihre Hand. Sie drückte ihre bis zum Filter abgebrannte Zigarette im Aschenbecher aus. Sie hustete stark. Dann seufzte sie leise, während sie murmelte: »Warum holt der Bote der Unterwelt mich alte Frau nicht zu sich? Ich habe weder Eltern noch Mann und Kinder, an denen ich mich erfreuen kann. Nur Grämen und Grübeln ist mein Los! Wie schön wäre es, wenn ich einfach für immer die Augen schließen könnte …« Großmutter vergrub ihr Gesicht zwischen den Knien und schluchzte leise. Ich sah, wie ihre schmalen Schultern unter der Bluse bebten. Vor einigen Jahren waren ihre schon schlohweißen Haare plötzlich ausgefallen. Seitdem wuchsen auf ihrem Kopf wieder schwarze Haare nach. Inzwischen hatte sie weniger graue Haare als meine Mutter. Während sie krampfhaft weinte, schien ihr feines Haar zu erzittern. Obgleich es ihr Mühe machte, die dünnen Strähnen zu einem Knoten zu binden, nahm sie sich frühmorgens nach dem Waschen viel Zeit zum Kämmen. Auch ihre Socken und ihre Unterwäsche wusch Großmutter noch selbst. Sie wollte offensichtlich der Frau des Enkels etwas Arbeit abnehmen. Sie mochte, da sie schon nicht rechtzeitig gestorben war, nicht auf Kosten anderer leben. Auch achtete sie darauf, stets sauber und adrett auszusehen. Doch heute hatte sie sich weder gewaschen noch gekämmt.

»Du kennst doch Mutters Nörgelei. Du hörst sie ja nicht zum ersten Mal«, versuchte ich Großmutter zu trösten. »Sie hat im Leben viel durchgemacht und lädt nun ihren Zorn auf die Welt ab. Lasse ihr Gezeter einfach vorbeirauschen. Hör auf zu weinen und komm jetzt!«

Aber Großmutter vermochte sich nicht taub zu stellen. »Ich bin doch kein Tier«, warf sie ein. »Wie soll mich all das unberührt lassen? Ich weiß, dass es deine Mutter schwer hatte, da sie nicht den richtigen Mann erwischte. Sie ist verbittert über ihr verpfuschtes Leben …«

In diesem Moment schrie uns Mutter von der Veranda zu:

»Wer nicht arbeitet, der soll auch nicht essen! Kümmere dich nicht um die Alte und iss endlich mit uns. Eine alte Frau stirbt nicht gleich, wenn sie mal ein paar Mahlzeiten auslässt.«

Großmutter zupfte ein Taschentuch aus ihrem Ärmel und putzte sich die Nase. Dann wischte sie sich über ihre runzligen, welken Augen. »Iss du wenigstens etwas und geh in deine Firma«, sagte sie zu mir. »Ich kann vor Ärger doch nichts zu mir nehmen. Habe ich dir nicht gesagt, dass ich nicht mal einen Schluck Wasser runterbringe?« Großmutter griff mit ihrer zittrigen Hand wieder nach der Zigarettenschachtel. Obgleich sie jede Zigarette an die zehn Mal anrauchte, reichte eine Schachtel kaum für zwei Tage. Deshalb kaufte ich ihr am Gehaltstag immer vorsorglich fünfzehn Schachteln der Marke Hwanhui[15]. Doch anscheinend reichte das nicht. Denn sie sammelte zusätzlich noch Zigarettenstummel aus meinem Aschenbecher und rauchte sie bis auf den Filter auf.

»Papa! Uroma und die Oma aus Ulsan haben sich schon wieder gestritten! Uroma hat fürchterlich geweint«, erzählte mir Jun-Ok, die vor zwei Monaten in die Schule gekommen war, am Tisch mit kindlicher Offenheit.

»Ja, ja!«, entgegnete ich zerstreut. »Denk an das Essen. Du musst gleich zur Schule!«

Jun-Gu, der bereits die dritte Klasse besuchte, löffelte, wie es sich für ein reifes, verständiges Kind gehört, stumm weiter seine Suppe. Ich mischte fünf Löffel Reis unter meine Bohnensuppe und schlang alles ohne zu kauen hinunter. Ich wünschte mir nichts sehnlicher, als diesen Ort schleunigst zu verlassen. Auf der Arbeit würde ich nichts von diesem Gezeter sehen und hören müssen.

[15] Der Name der Zigarettensorte bedeutet übersetzt »Freude«.

»Ihre Bauchschmerzen kommen doch nur vom Rauchen«, begann Mutter nun Großmutter vorzuwerfen. »Weshalb muss eine Alte mit fast neunzig Jahren auch noch so viel paffen? Schon als ich in die Familie einheiratete, hat sie wie eine Füchsin zusammengerollt dagesessen und geraucht. Dabei war sie damals noch eine recht junge Frau. Immer hat sie nur eine Zigarette nach der anderen gepafft. Von dem Geld hätte sie sich ein schönes Haus kaufen können. Dazu raucht sie nur die teuren Zigaretten aus der Fabrik. Selbstgedrehte will sie nicht, obwohl die nur die Hälfte kosten würden. Ohne Rauchen scheint sie gar nicht existieren zu können. Sonst würde sie nicht wie ein Kind die Zigarette andauernd anzünden und wieder ausmachen. Es ist doch lächerlich zu glauben, dass man damit weniger Zigaretten verbraucht. Ein normaler Mensch würde eine Zigarette rauchen und nach ein paar Stunden die nächste anzünden. So aber benötigt sie obendrein noch mehr als eine große Streichholzschachtel pro Woche!«

»Aber Mutter, kannst du nicht aufhören. Diese Streiterei bringt doch nichts. Ihr schadet nur euch selbst«, versuchte ich noch einmal zu schlichten und legte dabei demonstrativ meinen Löffel auf den Tisch. In diesem Moment hörte man durch den Türspalt Großmutter, die offensichtlich unser Gespräch belauscht hatte, murmeln:

»Hast du jemals deiner Schwiegermutter auch nur eine Stange Zigaretten gekauft, obwohl du weißt, dass sie gern raucht?«

»Warum sollte ich auch welche kaufen«, kreischte Mutter zurück. »Verleiht der Staat etwa Prämien an starke Raucher? Oder denkst du, man kann für Zigarettenasche etwas zu essen kaufen? Wenn ich Reis in Geldscheine wickle, kann ich ihn schlecht essen. Aber diese verdammten Zigaretten lösen sich nur in blauen Dunst auf! Hast du mir vielleicht ein Haus oder ein Feld vererbt, dass ich dir die Glimmstengel, die du tagein, tagaus paffst, bezahlen müsste?« Geräuschvoll legte Mutter ihre Stäbchen beiseite.

»Mutter, der Vermieter wird das Geschrei hören. Schon wegen deines hohen Blutdrucks solltest du dich nicht aufregen«, bettelte meine Frau. Sogar ihr wurde es langsam zu viel. Trotzdem warf sie mir einen prüfenden Blick zu, um sicherzugehen, dass sie nichts Falsches zu ihrer Schwiegermutter gesagt hatte.

»Oma, hör doch endlich auf! Uroma weint schon«, sagte plötzlich Jun-Gu, der bisher ruhig gegessen hatte, mit kindlich erregter Stimme.

Erst durch diese Bemerkung ihres Enkels schien meine Mutter zur Besinnung zu kommen.

»Schon gut. Hören wir auf damit! Du bist natürlich auch auf ihrer Seite. Schließlich hat sie dich auf ihren Armen getragen und aufgezogen. Wie heißt es so schön: ›Der Arm biegt sich immer nach innen‹[16].«

Ich ging in unser Zimmer. In der einen Ecke hatte meine Frau Wolle geschichtet, die sie von einem Zwischenhändler erhielt. Seit etwa vier Jahren verdiente sie mit dem Stricken von Pullovern etwas zum Familienunterhalt dazu. Pro Stück erhielt meine Frau fünfhundert Won. An guten Tagen schaffte sie drei Pullover. Das war für uns eine echte finanzielle Hilfe.

Ich zog meine einfache Alltagskleidung, die ich zu Hause trug, aus und machte mich für das Büro fertig. Da ich in einer Vertriebsfirma arbeitete und unser Chef von allen Mitarbeitern offizielle Kleidung verlangte, musste ich mit Ausnahme der heißen Sommertage immer ein Jackett tragen. Nachdem ich mir ein weißes Hemd und eine ordentliche Hose ange-

[16] Sinngemäß: Man kümmert sich zuerst um den engsten Familienkreis. Wörtliche Übersetzung eines koreanischen Sprichwortes.

zogen hatte, band ich noch einen Schlips um. In diesem Augenblick trat meine Frau ins Zimmer. Durch das Fenster konnte ich in den Garten des Vermieters schauen. Ich sah, wie der Vermieter, ein pensionierter Angestellter, den Schlauch an den Wasserhahn anschloss und die Blumenbeete und hohen Bäume im Garten goss. Es war ein klarer Vormittag im Mai. Im Garten standen die Azalien in voller Blüte, und der Weinstock trieb unzählige neue Reben, die sich schon an der Veranda des Seitengebäudes hochrankten. Das üppige, frische Grün des Gartens konnte mich heute aber nicht aufheitern.

»Gestern Abend hat deine Mutter die Veranda gereinigt und dabei Asche von Großmutters Zigaretten entdeckt«, sagte unvermittelt meine Frau, die mit dem Jackett in der Hand hinter mir stand. Dann erzählte sie, dass meine Mutter bis in den Tod nichts sehnlicher wünsche, als dass Großmutter zu rauchen aufhöre. Dabei habe sie betont laut zu Großmutters Zimmer hin gesprochen.

»Ich habe verstanden. Aber nun Schluss damit«, brummelte ich mürrisch, während ich das Jackett anzog.

»Es ist wirklich zum Verzweifeln ... Was sollen wir nur machen?«, begann meine Frau leise zu jammern.

»Was bleibt uns schon übrig? Wir sollten ein, zwei Tage abwarten und, wenn sie sich dann noch nicht beruhigt haben, wieder die Tante anrufen«, gab ich zu bedenken.

»Versuch doch einmal, mit ihnen zu reden«, schlug meine Frau vor. »Obwohl du das Familienoberhaupt bist, hast du nie ein Machtwort gesprochen, sondern ihnen immer nur jeden Wunsch von den Augen abgelesen ...«

»Übertreib es nicht mit deiner Vorwitzigkeit«, schnitt ich ihr das Wort ab. Dabei war ich eigentlich auf mich selbst wütend. »Es steht nicht in meiner Macht, die beiden vom Streiten abzuhalten. Wie du weißt, habe ich das schon mehrfach ohne Erfolg versucht. Im Prinzip war es mein Fehler, die beiden aufgenommen zu haben. Aber das hilft uns jetzt nicht weiter. Es ist wohl unser Schicksal, dass wir nicht ändern können«, fügte ich hinzu. Meine Stimme klang wenig überzeugend. Aber was blieb uns übrig? Wir mussten uns halt in Geduld üben. »Bedenke doch, ewig wird Großmutter nicht mehr leben ... Auch wenn es schwer fällt, du musst dich zusammennehmen«, empfahl ich meiner Frau.

Ich klopfte ihr leicht auf die Schulter. Sie nickte mit gesenktem Kopf. Für mich war sie die gutmütigste Frau, die nie aufbegehrte oder ungeduldig wurde. Nach der Beendigung des Militärdienstes hatte ich einige Zeit bei meiner Mutter in Ulsan gelebt. Aber schon bald hatte ich die Vorhaltungen meiner Mutter nicht mehr ertragen. Sie war nicht bereit, mich weiter zu ernähren. Ich sollte nach ihrer Meinung endlich selbstständig werden und ein eigenes Leben führen. So war ich auf gut Glück nach Seoul gefahren. Ich bewarb mich auf eine Zeitungsannonce. Bei einem Verlag, der Bücher auf Ratenzahlung anbot, bekam ich eine Anstellung als Geldeinzieher. Es war eine Arbeit, die keine besonderen Fähigkeiten verlangte. Man brauchte lediglich flinke Beine, Fleiß und Ehrlichkeit. Meine Frau arbeitete zu jener Zeit schon in diesem Verlag. Sie hatte dort unmittelbar nach Beendigung der Mittelschule als Bürogehilfin begonnen. Ihre familiäre Situation ließ keine höhere Schulbildung zu. Selbst ihren Mittelschulabschluss musste sie auf der Abendschule ablegen. Weil ich anfangs als Lokalvertreter in den verschiedensten Landesteilen arbeitete, begegnete ich ihr erst, als ich in die Zentrale versetzt wurde. Zu diesem Zeitpunkt war ich schon anderthalb Jahre in Seoul. Meine Frau, die bei unserem ersten Treffen zwanzig Jahre alt war, half im Verlag beim Versand der Bücher. Zudem musste sie die Büroräume säubern. Es war Liebe auf den ersten Blick. Drei Jahre lang konnten wir uns nur auf der Straße treffen. Das ist nicht gerade eine romantische Situation für ein junges Liebespaar. Doch die ärmlichen Lebensverhältnisse, die Kindheitserinnerungen an Hunger und Entbehrung schweißten uns zugleich zusammen. Schließlich heirateten wir. So jung, wie wir waren, hofften wir, durch Fleiß vorwärts zu kommen. Mit diesen Träumen und Wünschen starteten wir in einem gemieteten Zimmer in unser gemeinsames Leben. In den Augen meiner Mutter und meiner Schwiegermutter waren wir ein ideales Paar. Man muss wissen, dass meine Mutter ihre zwei Söhne seit ihrem zweiunddreißigsten Lebensjahr allein großziehen musste. Meine Schwiegermutter hatte ihre vier Kinder durch Hausieren und das Verkaufen von Gemüse durchgebracht.

Als ich die Veranda wieder betrat, stand der Esstisch noch immer an seinem Platz. Aber meine Mutter und die Kinder waren nicht zu sehen. Jun-Gu, der die angespannte Situation im Haus zu spüren schien, hatte schleunigst seine Mappe gepackt und war zur Schule gelaufen. Jun-Ok, die erst später Unterricht hatte, war wohl mit Mutter zum Spielen gegangen. Ich schaute noch einmal nach Großmutter. Ihr zarter, kleiner Körper musste Mitleid erwecken. Sie schien leicht wie eine Feder zu sein. Ganz gekrümmt lag die alte Frau da. Ich sah in ihr runzliges, verhärmtes Gesicht. Sie hatte die Augen leicht geschlossen. Als ich die Tür öffnete, richtete Großmutter sich auf. Ihre verweinten Augen und ihr resignierter Blick rührten mich. »Mutter ist jetzt nicht im Haus. Steh auf und iss wenigstens etwas aufgewärmten Reis«, bat ich sie.

Großmutter bewegte nur leicht die Lippen. Ich konnte nicht einschätzen, ob ihr die Kraft zum Sprechen fehlte, sie einfach nur Ruhe brauchte oder ein starker Bauchschmerz sie wieder einmal quälte. Großmutter atmete geräuschvoll durch die Nase. Ihr Körper zitterte. Da ich es für Schüttelfrost hielt, legte ich ihr eine leichte Wolldecke über die Schultern.

Aber sie wehrte erregt ab. »Ich glühe vor Zorn. Da kann ich nicht noch eine Decke gebrauchen«, hörte ich Großmutter sagen. »Ich weiß wohl, was die Stunde geschlagen hat. Ich habe keine Illusionen. Erst verliert man vor Schmerzen das Bewusstsein, wie bei der Geburt eines Kindes. Diesen schweren Moment muss man überstehen. Dann wird man von einem Boten der Unterwelt friedlich in eine andere Welt geleitet und kann aufhören zu atmen. Ob es wirklich so sein wird ...«

Ich wusste nichts zu entgegnen. Ich sagte, dass ich zur Arbeit müsse, und wünschte ihr gute Besserung.

»Verabschiede dich noch von deiner Mutter, bevor du gehst«, sagte Großmutter röchelnd, als ich die Tür schloss.

Doch auch in unserer Gasse waren Mutter und Jun-Ok weit und breit nicht zu sehen. Vielleicht waren die beiden zum Wald in der Nähe des Dobong-Berges[17] gegangen. Mit diesen Gedanken im Kopf lief ich zur Bushaltestelle. Ich schaute auf die Uhr. Es war halb acht. Ich musste mich beeilen. In einer Stunde begann meine Arbeitszeit. Meine Firma befand sich unweit von Euljiro-sam-ga[18]. Ich reihte mich, wie gewohnt, in die Warteschlange an der Haltestelle ein. Da sehr viele Leute zu dieser Zeit unterwegs waren, bekam ich im ersten Bus keinen Platz und musste auf den nächsten warten. Dafür ergatterte ich in der letzten Reihe einen Fensterplatz. Während sich der Bus langsam durch den Verkehr kämpfte, starrte ich aus dem Fenster und dachte nicht ohne Sorge über unsere Familie und Großmutters schweres Leben nach.

Großmutter war in diesem Jahr achtundachtzig geworden. Sollte sie noch zwölf Jahre leben, hatte sie ein ganzes Jahr-

[17] Ein Berg im Norden von Seoul.

[18] Bekanntes Geschäftsviertel in Seoul.

hundert mit eigenen Augen gesehen. Geboren war Großmutter in dem kleinen Dörfchen Haseo. Um dorthin zu gelangen, musste man von Mohwa aus den sechshundert Meter hohen Berg Samdaebong umwandern und einen kleinen Weg gen Osten einschlagen. Nach fünfzehn Li[19] hatte man dann sein Ziel erreicht. Heute ist Haseo ein großes Dorf mit über hundert Häusern, eine Zentralgemeinde, die zwischen dem Fischereihafen Bangeo[20] und dem Dorf Gampo[21] liegt. Zu Großmutters Zeiten war der Ort nur ein unbedeutendes Fischerdörfchen. Ich selbst bin nie in Großmutters Heimat gewesen. Auch Großmutter ist wohl später, wie Mutter sagt, nicht mehr nach Haseo gereist. Eigentlich hatte uns Großmutter nichts von ihrer Heimat und ihrer Familie erzählt. Hartnäckig schwieg sie über diesen Teil ihres Lebens. Alles, was ich über Großmutter wusste, schnappte ich zufällig auf. Meine Mutter und meine Tante unterhielten sich manchmal über solche Dinge. Großmutter hatte mit neunzehn Jahren einen Witwer aus Mohwa geheiratet. Mein Großvater war ein armer Pächter, der sich mit Ach und Krach über Wasser hielt. In seiner Familie zählte jede Arbeitskraft, denn er war der einzige Sohn. Als er Großmutter heiratete, rechnete man ihn mit seinen einunddreißig Jahren schon zu den alten Witwern. Von seiner verstorbenen Frau hatte er keine Kinder, und so entschloss er sich zu einer zweiten Heirat. Ein Kurzwarenhändler vermittelte ihm meine Großmutter. Wie man mir erzählte, war mein Urgroßvater noch Leibeigener des reichen Herrn Choe in Mohwa, der über tausend Seok[22] Reis besessen haben soll. Erst mit der koreanischen Reform-

19 Maßeinheit; 4 km entsprechen ca. 10 Li.
20 Ortschaft in der Nähe von Ulsan.
21 Kleiner Ort auf dem Weg nach Gyeongju.
22 Koreanisches Hohlmaß.

bewegung wurde er aus der Leibeigenschaft entlassen und erhielt vom reichen Herrn Choe ein Reisfeld von fünf Majigi[23] sowie zwei kleine unbewässerte Felder zur Pacht zugeteilt. Damit konnte er ein eigenständiges Leben aufbauen. Über Großmutters Eltern war noch weniger bekannt. Wie Mutter erzählte, hatte die Familie kaum Verwandte und war somit völlig auf sich gestellt. Man munkelte von einer Witwe, die in einer winzigen Strohhütte direkt am Meer ihre zwei Töchter aufgezogen habe. Die Familie soll so arm gewesen sein, dass man sich nur zwei niedrige Räume und nicht einmal eine richtige Mauer um das Gehöft leisten konnte. Wie Mutter wissen wollte, war Großmutters Vater ein Fischer gewesen, der schon in jungen Jahren Opfer der wilden, unberechenbaren See wurde. Die Witwe konnte sich nur durch das Sammeln von Seetang ihr bescheidenes Auskommen sichern. Aber sie hasste das Meer, weil es ihr den Mann und Ernährer genommen hatte. Aus diesem Grunde wollte sie auf keinen Fall ihre Töchter mit Fischern verheiraten und empfand die Werbung eines Pächters, der ein Stück Land bewirtschaftete, als Glück. Nach Mutters Erzählung muss Großmutter in ihrer Jugend eine recht hübsche Frau gewesen sein. Das kann man auch heute noch an ihrem ovalen Gesicht und der klaren Stirn erkennen. Nach der Heirat soll Großmutter ihr Elternhaus nur noch zur Hochzeit ihrer Schwester und beim frühen Tod der Mutter betreten haben. Aber das wusste Mutter auch nur von anderen Leuten. »Seit ich zur Familie gehöre, kann ich mich nicht erinnern, dass sie jemals in die Heimat gefahren ist«, fügte Mutter hinzu. »Dafür habe ich immer wieder gesehen, wie sie beim Rauchen gen Osten schaut und von einer großen Traurigkeit erfüllt ist, obwohl sie nie über ihr Elternhaus ein

23 Koreanisches Flächenmaß.

Wort verloren hat. Sicher denkt sie in solchen Momenten an ihre verstorbenen Eltern oder an ihre Schwester, die nach Gampo heiratete. Großmutter hat seitdem nie wieder etwas von ihr gehört. Doch sie hält sich noch heute die Ohren zu, wenn Kinder zufällig das Lied von der Grashütte am weiten, weiten Meer singen. Großmutter kann es wohl nicht ertragen.« Zudem hatte Mutter mir vor langer Zeit erzählt, dass Großmutter während der Opferzeremonien am Gedenktag für die Ahnen oder am Neujahrstag immer zwei zusätzliche Schalen mit Reis auf den Opfertisch stellte und in Richtung Tür drehte. Dann verbeugte sie sich zwei Mal. Das bedeutete, dass sie die Opferzeremonien für ihre Eltern übernahm, weil es in der Familie keinen Sohn oder Enkel gab.[24]

Auf der Arbeit hatte ich so viel zu tun, dass ich meine familiären Probleme für eine Weile vergaß. Es war ungefähr elf Uhr, als mir unser Abteilungschef den Telefonhörer reichte und sagte: »Herr Shin, ein Gespräch für Sie.« Erst in diesem Augenblick wurde mir die ganze Situation wieder bewusst, und ich dachte intuitiv: »Das ist ein Anruf von zu Hause!« Am Telefon meldete sich meine Frau.

»Großmutter benimmt sich ganz merkwürdig, ganz anders als sonst, wenn sie Magenbeschwerden hat.« Die Stimme meiner Frau zitterte. »Sie hat mich gebeten, einen Arzt zu rufen. Das hat sie doch sonst nie getan!«

Meine Frau hatte Recht. Wir kümmerten uns jetzt sieben Jahre um Großmutter. Im dritten Jahr unserer Ehe war sie von der Tante zu uns gezogen. Ich konnte mich nicht erinnern, dass sie jemals ernsthaft krank war oder ins Kran-

[24] Ein aufwändiges, sehr feierliches konfuzianistisches Ritual zum Gedenken an die verstorbenen Ahnen.

kenhaus musste. Lediglich über Magenbeschwerden klagte Großmutter ab und an. Doch sogar, wenn sie einmal erkältet war, hatte sie jegliche Medizin aus der Apotheke verweigert. Angeblich wurde ihr von diesen Dingen nur übel. Aber ich glaube, sie wollte mir auch nicht zur Last fallen, da wir ohnehin mit dem Geld rechnen mussten. Deshalb blieb sie einfach im Bett, aß Reissuppe und wartete darauf, dass es nach ein oder zwei Tagen besser wurde. Dann stand sie auf, brachte ihr Äußeres in Ordnung und trippelte zum Brunnen. Sie ließ es sich nicht nehmen, ihre Kleidung selbst zu waschen. Oft säuberte sie auch noch die Veranda.

»Wenn sie um einen Arzt bittet, muss es wirklich ernst sein. Was hast du denn unternommen?«, fragte ich hastig.

»Ich bin gerade bei Doktor Yuns Klinik für Innere Medizin in der Nähe des Marktes. Was soll ich machen? Muss ich nicht auch der Tante Bescheid geben?«, fragte meine Frau.

In der Mietwohnung meiner Tante, in der fünf Leute auf engstem Raum lebten, gab es natürlich kein Telefon. So hielten wir die Verbindung über den Onkel, der in einer Kohlenhandlung als Lieferant arbeitete und telefonisch erreichbar war.

»Sag der Tante, dass sie kommen soll, und bring den Arzt so schnell wie möglich zu Großmutter«, riet ich meiner Frau, die mich bat, gleich nach der Arbeit nach Hause zu kommen. Ich beruhigte meine Frau und versprach ihr, mich zu beeilen. »Wenn es nötig ist, ruf mich noch einmal an«, fügte ich noch hinzu, bevor ich den Hörer auflegte.

Kurz nach vierzehn Uhr meldete sich meine Frau erneut bei mir in der Firma.

»Du musst kurz nach Hause kommen«, rief meine Frau außer Atem in den Hörer. Sie schien von der öffentlichen Telefonzelle an der Hauptverkehrsstraße gleich neben der Apotheke anzurufen, denn ich konnte das Hupen der Autos vernehmen.

»Ist es so ernst?«, wollte ich wissen.

»Sie bekommt schlecht Luft und hat Schweißausbrüche. Irgendwie …«

Ich unterbrach meine Frau: »Was hat denn der Arzt gesagt?«

»Er hat festgestellt, dass die Bronchien entzündet sind und der Hals geschwollen ist. Der Arzt meint, es gäbe kein Medikament für Großmutter. Sie wäre ohnehin schon zu alt und zu schwach. Deshalb hat er ihr nur eine Spritze gegeben und ist wieder gegangen. Heute oder morgen kann es nach seiner Meinung mit Großmutter kritisch werden …«

Ich versprach meiner Frau, gleich nach Hause zu kommen.

Ich teilte meinem Abteilungsleiter die Situation mit und erhielt von ihm die Erlaubnis. Als ich aus dem Bus stieg, sah ich schon Mutter mit Jun-Ok vor dem Tor spielen. Der Unterricht war offensichtlich schon zu Ende.

»Wie geht es Großmutter?«, fragte ich.

»Es wird wohl teuer, wenn sie nicht stirbt«, entgegnete meine Mutter scheinbar ungerührt. »Sie schreit so laut vor Schmerzen, dass ich es nicht mehr ausgehalten habe und rausgegangen bin.« Dabei richtete sie ihren Blick starr auf den üppig grünenden Berg unweit von unserem Haus. Ich glaubte einen Anflug von Trauer in ihren Augen zu bemerken. Dann hörte ich sie vor sich hin murmeln: »Einerseits ist das Leben so schnell vorbei, aber andererseits ist es auch so unbarmherzig lang. Als ich ohne Hab und Gut in Ulsan mit euch kleinen Kindern vor der amerikanischen Kaserne um Essen betteln musste, habe ich mehrmals daran gedacht, uns zu vergiften. Aber ich habe es nicht fertig gebracht. Vielleicht ist der Groll deiner Großmutter auf dieses Leben so groß wie der Berg da drüben. Gott wagt es wohl deshalb nicht, sie einfach heimzuholen.«

Als ich die Veranda betrat, sah ich meinen Onkel bei einer Flasche Reiswein sitzen. Dazu aß er eingelegte Rettichstücke.

Er trug seine Arbeitskleidung, eine dunkel gefärbte Militäruniform, so schwarz wie Briketts. Obwohl er schon fünfundfünfzig Jahre alt war, arbeitete er immer noch als Lieferant für eine Kohlenhandlung. Gesicht und Hände trugen Spuren von Kohlenstaub, obwohl er sich bestimmt gewaschen hatte.

Er begrüßte mich und fügte dann mit belegter Stimme hinzu: »Wie es aussieht, wird uns Großmutter verlassen.« Er leerte sein Glas auf einen Zug. Seine Lidränder waren vor Trunkenheit geschwollen. Seit diesem Jahr suchte er sein Glück im Alkohol. Er war ein echter Trinker geworden. Kaum hatte er morgens die Augen geöffnet, nahm er schon ein Gläschen gegen den Kater. Von früh bis spät trug er eine Flasche Reiswein bei sich und trank ohne Unterlass, jedoch nie bis zur Bewusstlosigkeit. Er hatte sich sozusagen einen umsichtigen Trinkstil angewöhnt.

Ich nickte nur mit dem Kopf und ging wortlos in Großmutters Zimmer. Großmutter lag ohne eine Zudecke auf dem Rücken. Ihre Augen waren wie im tiefen Schlaf geschlossen. Wäre nicht ab und an ihr Röcheln zu hören gewesen, hätte man Großmutter schon für tot halten können. Ihr runzliges Gesicht sah ungewöhnlich dunkel aus, und ihre Augen wirkten eingefallen. Meine Frau und die Tante, die mit ihrer spitzen Nase und ihrem vorspringenden Kinn Großmutter ähnelte, saßen an ihrem Lager. Meine Frau tauchte ein Gazetuch in eine Schüssel mit Wasser und tupfte Großmutter den Schweiß von Hals und Stirn. Meine Tante hielt sich ein Taschentuch vor den Mund, um ihr Schluchzen zu unterdrücken. Unverwandt starrte sie auf Großmutters Gesicht. Ihre Augen waren gerötet.

»Yeol«, sprach sie mich an. »Warum ist diese Welt nur so grausam? Mein Gott, wie konnte das geschehen? Weshalb bist du nicht früher mit ihr zum Arzt gegangen? Hattest du kein Geld für Medizin?«, fragte meine Tante mit vorwurfsvoller Stimme.

»Bis ich zur Arbeit gegangen bin, hat sie noch normal geredet und konnte sitzen«, antwortete ich. Dabei setzte ich mich neben meine Frau zu Großmutters Füßen, während meine Tante sich am Kopfende platziert hatte. Großmutters knochige kleine Füße blinkten sauber wie blank geputzte Rettiche. [Hier und da zeichneten sich schon Sterbeflecken ab.] Unwillkürlich hatte ich das Gefühl, Großmutters Füße heute zum ersten Mal in voller Größe wahrzunehmen. Der Anblick tat weh. Ich fühlte ein Stechen in der Herzgegend.

»Eine Familie, der es halbwegs gut geht, würde alle Hebel in Bewegung setzen und so einen schwer kranken Menschen ins Krankenhaus bringen«, jammerte meine Tante, die ihr Schluchzen nicht unterdrücken konnte. »Es ist traurig, Großmutter, die nie ein Krankenhaus von innen gesehen hat, so sterben zu sehen. Sie hat zwar eine Tochter, aber was nützt ihr das? Ich habe ja nicht einmal ein paar tausend Won zur Hand. Herrgott, wo geht nur das ganze Geld hin …?«

Man muss wissen, dass es der Familie meiner Tante früher gar nicht so schlecht gegangen war. Das galt insbesondere für die Zeit, in der mein Onkel in seiner Heimat Hogye, der letzten Station vor Mohwa, eine Bahnhofsgaststätte betrieben hatte. Damals war auch Großmutter von ihnen betreut worden. Doch mein Onkel verlor erst wegen einer Bürgschaft sein Haus und brachte schließlich das restliche Vermögen beim Glücksspiel durch. Seitdem lebte Großmutter bei uns. Sie muss in jener Zeit bei meiner Tante viel gehungert haben. Mir gegenüber hat sie das zwar nie eingestanden. Aber meiner Frau erzählte sie kurz nach ihrer Übersiedlung nach Seoul, dass sie beim Anblick der drei hungrigen Kinder der Tante auf ihr Essen zu Gunsten der Kleinen verzichtet habe. Sie wusste, dass Kinder in diesem Alter »wie die Scheunendrescher« essen können. Deshalb hatte sie verzichtet. Besser gesagt, sie brachte in dieser Situation kaum einen Bissen hinunter. »Oft habe ich nicht mal zwei Mahlzeiten am Tag gegessen, und manchmal musste ich sogar mit einer dünnen Mehlsuppe auskommen«, berichtete Großmutter meiner Frau. So waren sie schließlich vor vier Jahren nach Seoul gezogen. Sie hatte sich blindlings dafür entschieden, auch in der Hoffnung, dass der Onkel in der Kohlenhandlung seines Cousins in Bulgwang-dong eine Beschäftigung finden möge. Auch die Kinder von Tante und Onkel kamen mit nach Seoul. Der ältere Sohn fand Arbeit auf einer Baustelle, und seine zwanzigjährige Schwester verdiente ihr Geld als Kellnerin.

»Soll ich noch mal den Arzt rufen?«, fragte meine Frau, die den Wink meiner Tante wohl verstanden hatte.

»Das habe ich damit wahrhaftig nicht sagen wollen«, entgegnete beschwichtigend die Tante. »Aber meine Schwägerin geht wirklich zu weit. Immerhin ist Großmutter ihre Schwiegermutter – ob ihr das gefällt oder nicht! Warum schaut sie nicht ein einziges Mal nach ihr? Sie lebt schließlich auch unter diesem Dach. Gerade stirbt hier ein Mitglied der Familie, das kann sie doch nicht unberührt lassen«, schimpfte zähneknirschend meine Tante über Mutter. Ihr hatte wohl die Bemerkung meiner Frau nicht gefallen.

»Es ist wohl die Angst, dass ihr in absehbarer Zeit Gleiches geschehen könnte«, versuchte meine Frau erneut zu erklären. »Deshalb will man nicht beim Sterben dabei sein. Aber Mutter hat heute schon bei Großmutter gesessen, jedoch bevor ihr gekommen seid.«

In diesem Moment wurde mir klar, dass meine Frau und meine Tante sich bereits mit Großmutters Ableben abgefunden hatten.

»Das mag schon sein! Aber wenn sie schon ihr Haus in Ulsan verkauft hat und zu ihrem Sohn gezogen ist, kann sie doch wenigstens für einen solchen Fall etwas Geld lockermachen, oder nicht? Auch wenn sie nicht genügend Geld besitzt, um ihrem Sohn ein Haus zu kaufen … Über euch und uns will ich nicht reden! Unsere Familien müssen ohnehin schon sehr bescheiden leben. Kurz, das Benehmen der älteren Schwester[25] ist wirklich ungehörig! Wartet ab, sie wird ihr Geld noch mit ins Grab nehmen«, schloss meine Tante mit beißender Ironie ihre Rede. Dabei schaute sie durch die offene Tür auf die Veranda.

Schon ein Sprichwort besagt, dass zwischen Schwiegermutter und Schwiegertochter kein Tag ohne Zank und Streit vergeht. Doch in diesem Falle war es besonders schlimm. Zwischen den beiden Frauen herrschte schon seit ich denken konnte »böses Blut«. In den ersten Ehejahren, als Vater noch mit ihr zusammen im Haus lebte, hatte Mutter sich noch untergeordnet. Was hätten sonst die Nachbarn denken sollen! Aber zu Beginn des Koreakrieges[26] waren die Streitigkeiten zwischen den Frauen offen ausgebrochen. Seitdem war Großmutter nur noch, wenn sie unbedingt musste, zu uns gekommen. Deshalb hatte sie auch, bevor sie pflegebedürftig wurde, bei meiner Tante in Hogye gewohnt und deren Kinder aufgezogen. Schon die Körperkonstitution war bei Mutter und Großmutter ganz verschieden. Großmutter war selbst für Frauen klein gewachsen, während Mutter eher einem stämmigen Mannweib glich. Auch waren sie total unterschiedliche Charaktere. Großmutter erledigte alle Dinge pedantisch genau. Andererseits musste man sie manchmal als faul bezeichnen. Dagegen wirkte Mutter temperamentvoll, energiegeladen und überaus fleißig. Großmutter hatte die Angewohnheit, nach dem Mittagessen eine Stunde zu schla-

[25] Bezeichnung, die ein Beziehungsgefüge in der koreanischen Familie ausdrückt. Hier wird diese Anrede von der Tante für die Mutter benutzt, weil sie die Ältere ist, der man damit eigentlich Respekt zu zollen hat.

[26] Bruderkrieg zwischen Nord- und Südkorea (1950–1953).

fen. Mutter hingegen hatte ich noch kein einziges Mal tagsüber die Augen schließen sehen, nicht einmal für ein Nickerchen im Sitzen. Darüber hinaus waren Großmutters Kochkünste äußerst bescheiden. Wie Mutter erzählte, konnte sie weder Tintenfisch richtig einlegen noch würzige Sojapaste mixen oder Gemüsesalat schmackhaft zubereiten. Wenn sie mit ihren winzigen Händen Reis in den Kochtopf füllte, war die Menge gerade ausreichend oder manchmal auch zu gering bemessen. Nach Mutters Meinung hatte Großmutter bei ihrer Mutter, der jungen Witwe, nie solche Dinge gelernt. Sie war mit Wassersuppe aufgewachsen. Deshalb schien sie nicht zu wissen, dass man zum Reisabfüllen ein Maß benutzt. Immer hat sie dazu nur ihre winzigen Hände genommen! »So blieb mir nichts anderes übrig, als die am Topfboden klebenden Reste zu essen – aber selbst das machte nicht mal eine halbe Schüssel aus«, erzählte Mutter über ihr Leben im Haus der Schwiegermutter. »Tagsüber hatte ich schwer auf dem Feld zu arbeiten, und nachts saß ich am Webstuhl. Ich durchlebte so bittere Ehejahre, wie ich es bisher nur vom Hörensagen kannte! Darüber hinaus war dein Vater sechs Monate des Jahres auf Achse. Er reiste so oft in der Weltgeschichte herum, wie andere den Markt besuchen – nach Ulsan, Gyeongju, Pusan[27]. Weiß der Teufel, ob er dort diesen verdammten Kommunismus studierte oder fremden Weibern nachjagte! Als ich mit dir schwanger ging, wurde die Haut meines angeschwollenen Bauches ganz schrumplig. Tag und Nacht dachte ich nur ans Essen. Deshalb habe ich mir heimlich Kartoffeln oder Süßkartoffeln – oder was die Saison gerade hergab – gekocht«, klagte Mutter dann, von der Erinnerung übermannt. Sie vergaß dabei auch nicht zu

[27] Gyeongju: ehemalige Hauptstadt der Silla-Dynastie in Gyeongnbuk-do. Pusan: Wichtige Hafenstadt in Südkorea.

erwähnen, dass Großmutter sich im Dorf über ihre Fresssucht beklagt habe, die die Familie noch in den Ruin treiben würde. Sie sei ein »Pferd« mit großen Händen und könne sogar einen Ochsen einfangen und verschlingen.

Ich steckte mir eine Zigarette an. Da Türen und Fenster offen standen, konnte ich es mir erlauben. Während ich rauchte, betrachtete ich Großmutters Gesicht. Ihre Lider zitterten leicht. Ihr Atem ging schwer. Ihre schmale Brust bewegte sich nur sacht. In Großmutters Aschenbecher entdeckte ich an die zehn Zigarettenstummel. Sie erinnerten an Zähne oder Knöchelchen, die nach Großmutters Einäscherung bleiben würden.

Großmutter schlief nachts nicht besonders tief. Vielleicht lag das daran, dass sie täglich eine Mittagsruhe machte. Wenn ich manchmal nachts gegen zwei, drei auf die Veranda trat, um auf die Toilette zu gehen, bemerkte ich im Zimmer neben der Küche oft noch Licht. Öffnete ich dann die Tür, ohne mir etwas zu denken, sah ich nicht selten dort Großmutter sitzen, die wie eine einsame alte graue Füchsin mit halb geschlossenen Augen eine Zigarette paffte. Irgendwelche Gedanken schienen sie jede Nacht zu quälen und von ihrem Lager zu treiben. Sie rauchte zehn bis zwanzig Minuten und schlief dann wieder ein. Offensichtlich dachte sie in solchen Momenten über ihr wechselvolles Leben nach. Ich vermutete, dass sie sich dann besonders an ihren einzigen Sohn, meinen Vater, erinnerte. Seit dreißig Jahren hatten wir nichts mehr von ihm gehört. Beim Anblick von Großmutter musste auch ich unwillkürlich an meinen Vater denken, den ich nur von einem Foto kannte. Einmal, kurz nach ihrer Ankunft in Seoul, hatte ich sie gefragt: »Großmutter, wann warst du wirklich glücklich in deinem Leben?« Sie hatte keine Antwort gewusst und nur irritiert mit den Augen geblinzelt, während sie an ihrer Zigarette zog. Doch meine Frage muss sie tief berührt haben. Denn einige Tage später, an einem Sonntag, hörte ich sie zufällig zu einer Nachbarin sagen: »Wenn die Kinder aus dem Haus sind, wird das Leben trist und sinnlos. Wie glücklich fühlt man sich, wenn man die Kinder zur Schule schicken kann, wenn es auch mehr Geld kostet, als man eigentlich hat. Leider gehen sie später eigene Wege und hören nicht mehr auf ihre Eltern.« Obwohl ich nicht genau wusste, worüber die Frauen sprachen, konnte ich mir anhand des Gehörten vorstellen, wie glücklich Großmutter gewesen war, als mein Vater die Mittelschule besuchte. Großmutter hatte ihre ersten beiden Söhne durch eine Masernepidemie früh verloren. So waren meine Großeltern schon sehr froh, dass sie meinen Vater, ihren dritten Sohn, bis ins Grundschulalter durchbrachten. In jenen Jahren war mein damals schon hochbetagter Großvater durch zähen Fleiß und unermüdliche Sparsamkeit zum Halbpächter aufgestiegen. Sein spätgeborener Sohn war ein kluger Kopf. Er beendete als Bester die Grundschule im heimatlichen Dorf. Spielend bestand er anschließend die Aufnahmeprüfungen für die landwirtschaftliche Mittelschule in Ulsan. Man muss wissen, dass in diese Schule jährlich nur ein oder zwei Schüler aus den umliegenden Kreisen aufgenommen wurden. Mein Vater fuhr fünf Jahre täglich über eine Stunde mit dem Zug von Mohwa nach Ulsan. Großmutter bereitete ihrem Sohn schon in der Morgendämmerung das Essen vor. Mit dem Essgeschirr in der Hand brachten sie ihn dann zum Bahnhof. Das hatte mir meine Tante einmal erzählt, wobei sie Großmutters Tonfall nachahmte. Nach dem Abschluss der Schule hatte mein Vater jedoch die Hoffnungen seiner Eltern arg enttäuscht. Er schlug alle möglichen geachteten Arbeitsstellen aus – sei es in einer Meliorationsgenossenschaft, in einer Genossenschaftsbank oder als Buchhalter in der Gemeindeverwaltung. Stattdessen eröffnete er in Mohwa eine Abendschule für Bauern. Da solche Aktivitäten von der japanischen

Polizei[28] als sozialistische oder nationalistische Bestrebungen angesehen wurden, bestellte man Vater häufig auf die örtliche Polizeiwache. In der Hoffnung, ihn vielleicht durch eine Heirat zur Vernunft zu bringen, beeilten sich Großmutter und Großvater, seine Vermählung zu bewerkstelligen. Es ergab sich, dass genau zu dieser Zeit ein konfuzianischer Gelehrter in Gyeongju sein Vermögen verprasst hatte und nun arm wie eine Kirchenmaus war. Mit ihm traf mein Großvater die Übereinkunft für die Hochzeit[29]. Die jüngste Tochter des verarmten Gelehrten sollte meine Mutter werden. Mein Großvater wohnte damals in einem alten, heruntergekommenen Haus mit vierundzwanzig Räumen. Er verbrachte seine Zeit mit dem Besuch konfuzianistischer Dichterversammlungen. Zudem erledigte er einige Schreibarbeiten für die Leute. Doch er war ständig betrunken. Zum Überleben erhielt die Familie zum Glück immer ein oder zwei Doe[30] Getreide von nahen Verwandten. Die Armut war unvorstellbar groß. Aber da der Alte trotz seiner Trunksucht weiter als geistig rege galt, wurde er von seiner Umgebung wie ein großer Akademiker verehrt, der nur nicht zur rechten Zeit geboren wurde. Er hatte zudem schon lange vergeblich nach einem Schwiegersohn gesucht, weil seine jüngste Tochter ein Pferdegesicht hatte und für eine Frau recht groß geraten war. Mein Vater mit seiner Bildung musste ihm da gerade recht kommen, obgleich er mit seiner Herkunft kein passender Schwiegersohn sein konnte[31]. Freudig willigte er in die Ver-

28 Japan war von 1910 bis 1945 Kolonialmacht in Korea.

29 Nach konfuzianistischer Tradition werden Ehen von den Eltern arrangiert.

30 Hohlmaß; 1 Doe entspricht ca. 1,8 Liter.

31 Für die Großfamilie waren Söhne und eine standesgemäße Heiratspolitik sehr wichtig. Dem ältesten Sohn kam die Verantwortung für die Familie zu. Im Familienregister wurden früher nur Söhne ein-

mählung ein. Mein Großvater väterlicherseits konnte sich vor Freude kaum fassen, dass er durch die Verheiratung seines Sohnes mit der Tochter eines konfuzianischen Gelehrten die Verfehlungen seiner Vorfahren wieder gutmachen konnte. Diese Ehe würde das soziale Prestige der Familie steigern. Daher fuhr er oft mit dem Zug nach Gyeongju und zechte mit meinem anderen Großvater. Nach einem solchen Trinkgelage erkrankte er jedoch plötzlich an Durchfall und Erbrechen. Da es keine Medizin gab, verstarb mein Großvater innerhalb von zwei Wochen. Das war im elften Monat des Mondkalenders[32] und eine Woche vor Vaters arrangierter Eheschließung. In einem solchen Falle hätte mein Großvater mütterlicherseits eigentlich die Hochzeit absagen müssen, denn ein Toter galt als böses Omen. Er bestand jedoch auf der Hochzeit und erklärte, da sich die traurige Angelegenheit während des gegenseitigen Besuches der Schwiegerväter ereignet habe, müsse seine Tochter unbedingt in die Familie Shin einheiraten und ein Geist dieser Familie werden. Das hatte mir Mutter erzählt. Nach ihrer Meinung war mein Vater für ihr verpfuschtes Leben verantwortlich.

»Mutter, Mutter! Erkennst du mich?«, fragte meine Tante mit lauter Stimme, als Großmutter ein wenig die Augen öffnete. Dabei hielt sie ihren Mund ganz dicht an Großmutters Ohr. Aber Großmutter gab keine Antwort. Nur ihre Augenlider zitterten leicht, als würde eine Libelle mit den Flü-

getragen. Mit der Modernisierung und Industrialisierung setzt sich jedoch in Südkorea die Kleinfamilie mehr und mehr durch. Söhne fühlen sich nicht mehr in dem Maße den Eltern verpflichtet, und Töchter werden inzwischen in vielen Familien auch in das Familienregister eingetragen.

[32] Der damit verbundene Zwölf-Jahre-Zyklus der Tierkreiszeichen ist von Bedeutung für die ostasiatische Astrologie. Termine für Eheschließungen werden nach solchen Gesichtspunkten festgelegt.

geln schlagen. Dann lag sie wieder mit geschlossenen Augen da.

»Sie scheint noch bei Bewusstsein zu sein«, bemerkte ich, während ich meine Zigarette ausdrückte. Ich hatte sie nur halb aufgeraucht. Wenn Großmutter nicht wieder zu sich kam, würden meine Zigarettenstummel im Abfalleimer landen.

»Es ist nur ein letztes Aufflackern, wie bei einer Kerze, bevor sie erlischt«, antwortete meine Tante. Ich war mir nicht schlüssig, ob ich tatenlos auf Großmutters Tod warten oder schon mit den Vorbereitungen für die Beerdigung beginnen sollte. Zudem wusste ich über die Prozedur nicht so richtig Bescheid. In meinen siebenunddreißig Lebensjahren hatte ich noch nie eine Beerdigung ausrichten müssen. Ich konnte mich auch nicht daran erinnern, einmal bei einer Totenfeier Unterstützung gegeben zu haben. Nur während meiner Armeezeit hatte ich im Lazarett bei einem Kameraden, der nach einem Urlaub aus Liebeskummer Selbstmord begangen hatte, eine Nacht wachen müssen. Da mein Bruder im Ausland arbeitete, konnte ich ihn nicht benachrichtigen oder um Unterstützung bitten. Doch zumindest der Schwägerin sollte ich heute noch ein Telegramm nach Ulsan schicken, dachte ich bei mir.

»Yeol, komm mal zu mir«, rief mein Onkel in diesem Augenblick von der Veranda. Er trank auf einen Zug sein halb volles Glas aus. Ich setze mich zu ihm, und er ermunterte mich, auch ein Glas zu trinken. Dabei sagte er, dass Großmutter doch ein langes Leben gehabt hätte. Da müsse man nicht traurig sein. Nicht viele Menschen würden gleich achtundachtzig Jahre alt.

»Ich begreife euer Verhalten nicht«, sagte ich unvermittelt mit lauter Stimme. »Für euch ist Großmutter schon tot. Was macht ihr eigentlich, wenn sie wieder zu sich kommt?«

Mir waren diese Worte einfach so herausgerutscht. Doch gleichzeitig wurde mir klar, wie trostlos die Ausrichtung einer Beerdigung sein musste. Ich wünschte mir, dass Großmutter noch mindestens zwei Jahre am Leben blieb. Dann hätte sie die neunzig geschafft. Aber tief in meinem Innern war mir zugleich bewusst, dass von Großmutters Dasein weniger bleiben würde als von manchem kurzen Leben. Hatte sie nicht ein ganz alltägliches, unbedeutendes Leben geführt?

»Ich habe es gleich gesehen«, sagte der Onkel. »Die Magenbeschwerden hat sie doch nicht erst seit ein oder zwei Jahren. Schon in Hogye hat sie oft darüber geklagt. Es ist hoffnungslos.« Er bat mich um eine Zigarette. Ich reichte ihm meine Schachtel und goss nach. Ich hatte mein Glas noch nicht einmal zur Hälfte gefüllt, da sah ich, dass die Flasche leer war.

Ich wollte nicht länger untätig sitzen bleiben und schlug vor, nochmals den Arzt für Großmutter zu rufen.

Aber der Onkel zwang mich, an seiner Seite zu bleiben. »Vergiss deine Pietät«, entgegnete er. »Wir müssen bald einen ganzen Berg Geld – so hoch wie der Taishan[33] – ausgeben. Da brauchst du das Geld nicht noch sinnlos für einen Arztbesuch verschwenden.«

Er rülpste, nahm sich ein Stück eingelegten Rettich und steckte sich eine Zigarette in den Mund. Ich gab ihm Feuer.

»Großmutters Betreuung hat dir viel Mühe gemacht, Yeol«, sagte er dann zu mir. »Auch deine Frau hat sich mächtig abplacken müssen, weil sie sich gleichzeitig um zwei Alte kümmern musste. Aber eure Mühe hat sich gelohnt! Großmutter kann, wenn sie jetzt stirbt, in Ruhe die Augen schließen. Denn du, ihr ältester Enkel, bist bei ihr. Nur etwas wird ihr wehtun, dass sie bis zum letzten Atemzug nicht noch einmal ihren Sohn sehen konnte …«

Der Onkel sprach damit den entscheidenden Grund für

33 Symbolische Bedeutung: Großer Berg.

die wachsende Kluft zwischen Mutter und Großmutter an. Mein Vater hatte sich nach der Befreiung des Landes[34] noch stärker der linken Bewegung angeschlossen. Er wurde Funktionär der kommunistischen Partei Südkoreas in Mohwa und Leiter der Organisation in der Ulsaner Zweigstelle. Er lief sich für seine Ideale sprichwörtlich die »Beine aus dem Leib«. Er war ständig unterwegs, während die Polizisten des örtlichen Regiments bei uns ein- und ausgingen, als ob sie bei uns zu Hause wären. Nicht selten kam es vor, dass die Polizisten und ihre Helfer Mutter auf die Polizeiwache schleppten. Dort wurde sie so sehr geschlagen, dass sie mit blauen Flecken am Körper zurückkam. Einmal soll sie sogar das Bewusstsein verloren haben und auf einem Strohsack nach Hause getragen worden sein. Seit dieser Zeit fürchtete sich meine Mutter vor der einbrechenden Nacht. Sie hatte Angst, dass die Männer mit den Taschenlampen wieder in unser Haus einfallen könnten. Bestimmt hätte sie sich weniger gefürchtet, wenn Großmutter auf ihrer Seite gewesen wäre. Doch Großmutters Hasenherz entsprach ihrem schmächtigen Körper. Seit Vater sich der linken Bewegung verschrieben hatte und die Polizisten ständig in unser Haus eindrangen, ließ sie sich bei uns nicht mehr blicken. Sie lebte in Hogye bei meiner Tante, die am Ende des Krieges im Pazifik[35] geheiratet hatte, um einer Verschleppung als Prostituierte für die japanische Armee zu entgehen[36]. Mutter da-

[34] Bezug auf die Befreiung von der japanischen Kolonialherrschaft in Korea mit Beendigung des Zweiten Weltkrieges in Ostasien am 15. August 1945.

[35] Ausdruck für den Zweiten Weltkrieg.

[36] Anspielung auf die so genannten »Comfort Women«. Bezeichnung für koreanische Frauen, die vom japanischen Militär im Zeitraum 1933–1945 nach Japan verschleppt und zur Prostitution gezwungen wurden.

gegen saß allein jede Nacht wach, mit mir Winzling im Arm, und zitterte vor Angst bis zur Morgendämmerung. Wie sie mir später erzählte, war sie oft mit mir auf dem Rücken zur Schwägerin nach Hogye gelaufen. Unter Tränen hatte sie gebettelt, die Frauen sollten um Himmels willen zu ihr kommen. Doch sie reagierte nicht darauf! Die Tante antwortete lediglich, dass die Polizei auch zu ihr, Seong-Mos Schwester, käme. Sie weigerte sich bis zuletzt hartnäckig, zu Mutter zu ziehen. Großmutter wollte Mutter nicht einmal sehen, so als wäre diese von einem bösen Dämon besessen. Sie soll sogar im Dorf das Gerücht verbreitet haben, dass ihre Schwiegertochter, dieses Pferd, die sich der Familie aufgedrängt habe, daran schuld sei, dass ihr argloser Mann starb und ihr Sohn sich zu den Linken schlug. »Warum habe ich nur so ein trauriges Los«, hatte Mutter oft geklagt. »Ich habe nur den falschen Mann geheiratet, ansonsten habe ich doch nichts verbrochen ...« Wie ich aus Mutters Erzählungen wusste, trat genau in dieser Zeit ein neues Gesetz in Kraft. Alle Roten, die sich nicht selbst der Polizei stellten, mussten mit Gefängnisstrafen oder in schweren Fällen sogar mit der Exekution rechnen. Erst zu diesem Zeitpunkt tauchte mein Vater wieder in Mohwa auf und meldete sich auf der örtlichen Polizeiwache. Durch seinen Beitritt zum Nachrichtendienst konnte er mit knapper Not dem Tod entkommen. Großmutter verließ nun endlich das Haus ihrer Tochter und zog zu uns.

»Wirklich, diese Person hat nicht nur eine Gestalt so winzig wie ein Hirsekorn, sie hat dazu ein abscheuliches Benehmen ...«, hatte Mutter uns Kindern anvertraut. »Wie ich erst später merkte, setzte dein Vater auch nach seiner Selbstanzeige heimlich seine politische Tätigkeit fort. Stück für Stück verkaufte er das kleine Reisfeld, das dein Großvater nur unter großen Opfern erworben hatte. Er sagte, es wäre für die Abendschule. Bis zum Ausbruch des Koreakrieges hat er auf diese Weise den ganzen Landbesitz verkauft, ohne dass seine Mutter etwas davon wusste. Als der Krieg begann«, fuhr Mutter fort, »war dein Vater binnen einer Woche sang- und klanglos verschwunden. Dieser verfluchte Mann! Ich Idiotin hatte ihm vertraut und zwei Kinder zur Welt gebracht!«

Großmutter schien noch immer zu glauben, dass ihr Sohn irgendwo in Nordkorea lebte. Dagegen war Mutter der Meinung, er sei längst unter der Erde. Aus ihrer Sicht war es unvorstellbar, dass ein Mann, der seine verwitwete Mutter, Frau und Kinder im Stich gelassen hatte, noch auf dieser Welt sein sollte. Zwei Monate hatte Mutter damals vergeblich gewartet und gehofft. Aber ihr Mann blieb verschwunden. Großmutter zog wieder mit Sack und Pack zu ihrer Tochter nach Hogye. »Wozu sollte ich da noch allein und hilflos das Haus hüten«, erzählte uns Mutter Jahre später. »Uns war ja nicht einmal ein Acker geblieben. So arm, wie wir waren, konnten wir es nur mit Mühe auf zwei Mahlzeiten am Tag bringen. Ich konnte deinen kleinen Bruder nicht mehr stillen. Meine Milch war versiegt, und der Kleine wurde immer schwächer. Dazu musste ich nachts mit der Polizei rechnen … So fasste ich verzweifelt den Entschluss, dieses verfluchte Mohwa zu verlassen. Wir hatten nichts mehr zu verlieren. Es war letztlich egal, wo wir sterben würden. Deinen Bruder auf dem Rücken und dich an der Hand, machte ich mich auf den langen, langen Weg nach Ulsan. Zu dieser Zeit war das Getreide auf den Feldern schon ausgereift. Welke Blätter wirbelten durch die Luft, und der Winter stand vor der Tür. Als ich im fremden, unbekannten Ulsan ankam, wollte ich fast verzweifeln. Ohne euch Kinder hätte ich mich erhängt.«

Mutter hatte an dieser Stelle im Erzählen innegehalten und gefragt: »Könnt ihr euch vorstellen, was eure Mutter zuerst in dieser fremden Stadt getan hat? Ich ging betteln! Wir kampierten, als es kalt wurde, in einer Wartehalle des Bahnhofes, in Scheunen oder unter Vordächern. Ich drückte euch fest an meine Brust, damit Regen und Wind euch nicht zu viel anhaben konnten. Mit einer leeren Konservendose in der geschwollenen Hand bettelte ich vor fremden Häusern und vor der amerikanischen Kaserne. An unseren Körpern wimmelte es von Läusen. Zehn oder fünfzehn Tage fanden wir nicht einmal eine Möglichkeit, unsere Gesichter zu waschen. Die zerschlissene Kleidung bedeckte nur notdürftig unsere Leiber. Euer Aussehen war unbeschreiblich schlimm! Du warst damals fünf, dein Bruder zwei«, fügte Mutter hinzu. »Deine Großmutter muss von unserem Schicksal erfahren haben, da wir in Ulsan von jemandem aus Hogye gesehen wurden. Aber bis zu dem Tage, als wir uns mit dem Geld, dass ich für den Verkauf von Sardellen bekam, ein Zimmer mieten konnten, war von Großmutter nichts zu hören und zu sehen. Damals habe ich mir geschworen, wenn wir von dieser schweren Zeit wie von einem Märchen berichten können, werde ich es dieser verdammten Welt, die uns erniedrigt und gedemütigt hat, zeigen! Ich biss in meinen kleinen Finger und zeichnete wie bei einem Schwur ein blutiges Kreuz auf meine eingefallene, milchlose Brust. Das könnt ihr auch heute noch sehen. Schaut euch diesen Finger an, an dem ein Stück Fleisch fehlt…«

Diese schrecklichen Ereignisse aus unserem Leben hatte Mutter meinem Bruder und mir erst mitgeteilt, als ich in die Oberschule aufgenommen wurde. Erstmals besaß ich eine nach Maß angefertigte Schuluniform. In jener Nacht hatte Mutter uns Brüder neben sich gesetzt und unsere Familiengeschichte erzählt. Dabei hatte sie geweint. Ihr Weinen war so herzzerreißend, dass auch meinem Bruder und mir unweigerlich die Tränen kamen und wir die ganze Nacht keine Ruhe fanden. Seitdem verstand ich meine grobe, in gewisser Weise sogar hartherzige Mutter viel besser. Wenn sie uns mit dem Kohlehaken schlug, nahm ich es demütig hin. Ich wusste nun, dass diese Schläge Ausdruck ihres Kummers über ihr

Schicksal und zugleich eine Form ihres Vergeltungsbedürfnisses waren. Seit ihrem zweiunddreißigsten Lebensjahr hatte sie alle Wogen des Lebens allein meistern müssen.

Die Erinnerungen an diese schweren Jahre hatten mich so übermannt, dass ich, ohne mich zu genieren, gedankenverloren vor dem Onkel das halb volle Schnapsglas geleert hatte.

»Großmutter hat nie von einer Feuerbestattung gesprochen, deshalb sollten wir uns lieber um ein Grab kümmern. Oder bist du anderer Meinung?« Die Stimme des Onkels riss mich aus meinen Gedanken.

»Ja, ich bin auch für ein Grab«, antwortete ich schnell.

»Wenn du auch der Meinung bist, welchen Platz sollen wir dann wählen?«

Er schaute mich fragend an. Da ich nicht gleich antwortete, redete er weiter: »Das Grab deines Großvaters befindet sich auf dem Gemeindefriedhof in Mohwa. Dort besitzt die Familie also keinen Begräbnisberg. Zudem haben wir in Mohwa keine Verwandten mehr.«

»Dann sollten wir wenigstens auf einem Friedhof im Grünen drei, vier Pyeong kaufen«, schlug ich vor.

»Tja, das ist auch nicht so einfach. Wie du weißt, ist von mir kein Geld zu erwarten. Ich kann mich drehen und wenden, wie ich will. Du musst auch von einem Hungerlohn leben und besitzt nicht mal eine Eigentumswohnung. Da wirst du wohl auch kein Geld für Großmutters Beerdigung gespart haben?«

»Irgendwie wird es schon gehen«, antwortete ich mit einer Spur Selbstsicherheit. »Im Ernstfall muss ich in der Firma um einen Vorschuss bitten oder Schulden machen …«

Da es sich um eine einmalige Ausgabe handelte, wollte ich es keinesfalls an Aufrichtigkeit fehlen lassen und Großmutters Beerdigung, so gut es ging, aus eigenen Kräften ausrichten.

»Deine Mutter scheint etwas Geld zu haben. Kann sie nicht in so einem Fall etwas herausrücken?«, fragte mein Onkel und fuhr sich dabei mit der Zunge über die Lippen.

»Wenn sie es nicht selbst vorschlägt, kann ich es ihr kaum abverlangen«, gab ich zurück. »Sie hat lange gespart, da wird sie es nicht so leicht weggeben wollen. Selbst wenn sie unseren Kindern ab und zu mal ein paar Bonbons kauft, rechnet sie sehr genau.«

Mein Gesicht brannte plötzlich vor Scham. Mir wurde bewusst, dass ich gerade unbeabsichtigt Mutters Knauserei verraten hatte. So fügte ich hastig hinzu: »Um die Bezahlung braucht ihr euch keine großen Sorgen zu machen! Aber für eine Unterstützung bei den Beerdigungszeremonien, die ich nicht so genau kenne, wäre ich dankbar.«

Dann erhob ich mich und beendete damit das Gespräch.

Meinem Onkel war anzusehen, dass er gern noch eine Flasche getrunken hätte. Aber da ich mich erhoben hatte, musste er wohl oder übel meinem Beispiel folgen.

Einen Moment dachte ich daran, noch einmal zur Klinik von Doktor Yun zu gehen und einen Arzt zu rufen. Doch dann entschied ich mich, im Haus zu bleiben. Leider war auch mein Neffe nicht in der Nähe, den man mit dieser Aufgabe hätte betrauen können. Ich selbst wollte Großmutter in ihrer schwersten Stunde nicht allein lassen.

»Obwohl es heutzutage nicht einfach ist, seinen Lebensunterhalt zu verdienen, sollte ich in der letzten Minute bei meiner Schwiegermutter sein«, hörte ich den Onkel sagen. »Ich werde für alle Fälle die Kinder benachrichtigen.« Mit diesen Worten verließ er den Hof.

Im Zimmer neben der Küche ertönte noch immer das vom Schluchzen begleitete Klagelied meiner Tante: »O weh, o weh! Nun stirbst du, ohne es im Leben je bequem und gut gehabt zu haben. Niemand hat sich um dein leibliches Wohl gesorgt. Oh, Mutter, verflucht sei deine hartherzige Schwiegertochter! Aber auch an unserem Tisch hast du aus Scham vor deinem Schwiegersohn nie gewagt, die Augen zu heben.

Immer warst du bescheiden! Doch gefürchtet hast du deine Schwiegertochter. Deshalb bist du nie lange in Ulsan geblieben. Dank der gutmütigen Frau deines Enkels hast du wenigstens ein paar gute Jahre verbracht. Aber später, als deine gehässige Schwiegertochter in dieses Haus kam, konntest du auch hier keine wirkliche Ruhe mehr finden. Sie zählte dir die Bissen in den Mund. Nun hat wohl deine letzte Stunde geschlagen, und es war dir nicht vergönnt, deinen Sohn noch einmal zu sehen. Ich weiß, dass du Tag und Nacht auf diesen Augenblick gehofft hast … Weil man ihn für einen Hochverräter hält, konntest du nie offen über ihn sprechen, obwohl er sich beim Nachrichtendienst selbst angezeigt hatte. Das hat dich verbittert. Davon bist du krank geworden. Du hast weiter gewartet, aber der Krebs hat dich aufgefressen. Nur die Sorge um deinen Sohn hat dich so lange am Leben gehalten …«

»Tante, hör doch auf zu weinen«, bat ich mit belegter Stimme. Meine Frau war gerade in die Küche gegangen. So konnte ich mich auf ihren Platz an Großmutters Lager setzen. Ich zündete mir eine Zigarette an und schaute dabei in Großmutters Gesicht. In diesem Moment spürte ich, dass sie zu atmen aufgehört hatte. Die Falten in ihrem Gesicht, die sonst an knittriges Reispapier erinnerten, schienen gemildert, und ihre Erscheinung strahlte Ruhe und Frieden aus. Nur ihre Augen blickten starr.

In meiner Aufregung begann ich zu stottern und griff nach Großmutters dünnem Arm. Ich versuchte, ihren Puls zu fühlen. Aber ich war nicht dazu in der Lage

Meine Tante warf sich über Großmutter und begann laut zu schluchzen. Jetzt wurden auch mir die Augen feucht.

Ich rief nervös nach meiner Frau und meiner Mutter. Meine Frau kam sofort aus der Küche gestürzt. Doch von meiner Mutter war weit und breit nichts zu sehen.

Hals über Kopf machte ich mich auf den Weg zur Klinik

von Dr. Yun. Zudem wollte ich gleich noch dem Leichenbestatter am Markt Bescheid geben. Auf der Gasse kam mir Mutter, die Jun-Ok an der Hand hielt, entgegen. In der anderen Hand trug Mutter eine Plastiktüte. Obgleich sie meinen hastigen Schritt und meine tränenerfüllten Augen gesehen haben musste, war sie krampfhaft bemüht, meinem Blick auszuweichen. Erst später erfuhr ich, dass sich in der Plastiktüte zwei Degenfische befanden.

An jenem Abend ordnete meine Tante die Hinterlassenschaften meiner Großmutter. In dem alten geblümten Seidentäschchen, das Großmutter über vierzig Jahre bei sich getragen hatte, fanden sich ein paar Kupfermünzen im Werte von dreihundert Won und ein abgewetzter Ausweis. Es war ein Mitgliedsbuch des Nachrichtendienstes. Ein vergilbtes Foto meines Vaters, nicht größer als ein Fingernagel, war darin eingeklebt.

Aus dem Koreanischen von Chu Jon-chol und Sonja Häußler

Su Jung In

Heimkehr

Ich traf Dol-Nam zufällig auf dem Express-Busbahnhof in Kangnam[37]. Er drängte sich durch die Menschenmassen. Als er endlich vor mir stand, schlug er mir freundlich auf die Schulter. Ich hatte mich gerade etwas ausgeruht und meine Tasche auf dem Boden abgestellt. Wir gaben uns die Hand. Durch die winzigen Löcher des provisorischen Regendaches aus Plastik, das gleichzeitig als Sonnenschutz diente, fielen die gebündelten Sonnenstrahlen in den Gang. Hinter einem Bauzaun war der Lärm eines Baggers zu hören. So konnten wir uns nur schreiend verständigen.

»Lange nicht gesehen«, begann ich das Gespräch. »Ist es nicht schon sechs Jahre her? Damals hatten wir unseren Schulabschluss, wenn ich mich recht erinnere.«

»Neun«, entgegnete er kurz.

Das konnte stimmen. Ich wusste genau, dass er damals die Aufnahmeprüfung für die Senior High School nicht bestanden hatte. Schon auf der Junior High School war er aufgefallen, da er faustgroße Steine ins Fenster des Lehrerzimmers geworfen hatte. So etwas bleibt im Gedächtnis, als wäre es gestern gewesen. Trotzdem setzte ich ein ahnungsloses Gesicht auf und spielte den Überraschten. Ich wollte die alten Geschichten nicht bewusst aufwärmen.

Während er mich von oben bis unten musterte, fragte er,

[37] Teures Wohn- und Geschäftsviertel in Seoul. Von dem dortigen zentralen Busbahnhof fahren Busse in alle Provinzen Südkoreas.

ob ich noch immer studieren würde. Ihm waren wohl mein abgewetzter Anzug und mein altmodisches Hemd ohne Krawatte aufgefallen. Ich erzählte ihm, dass ich zwischenzeitlich meinen Militärdienst abgeleistet hatte. Aber im kommenden Jahr würde ich mein Studium abschließen.

»Was hast du denn in all den Jahren gemacht? Warst du auch schon beim Militär?«, fragte ich zurück.

Er erzählte mir, dass er wie jeder junge Kerl heutzutage gedient hätte. Jedoch habe er als Kampfsoldat auf Yeouido[38] Posten stehen müssen.

Dann berichtete er, dass er inzwischen ein kleines Geschäft betreibe.

»Oh, du bist Unternehmer geworden«, sagte ich betont mit etwas Neid in der Stimme. Dabei streifte mein Blick seine teure Kleidung. »Wirft das Geschäft viel ab?«

»Das ist übertrieben«, wiegelte Dol-Nam ab. »Es ist mehr ein Zeitvertreib.«

Während er sprach, schnippte er mit den Fingern einen Fussel von seinem maßgeschneiderten Jackett.

»Aber warum läuft ein Student mitten im Semester auf dem Busbahnhof herum?«, fragte er dann zurück.

»Mein Vater feiert morgen seinen 60. Geburtstag«[39], begann ich zu erklären. »Eigentlich wollte ich nicht nach Hause fahren. Aber nachdem ich länger darüber nachgedacht habe, bin ich zu dem Schluss gekommen, dass ich das meinem Vater schuldig bin. So habe ich mich kurzerhand auf den Weg gemacht. Ich bin mir aber nicht sicher, ob es für heute noch Busfahrkarten gibt.«

»Da liegst du nicht falsch«, warf Dol-Nam ein. »Der ver-

38 Exklusives Viertel in Seoul mit Büros, Radio- und TV-Stationen.

39 Koreanisch: Hoangab. Wichtiger Geburtstag, da er im ostasiatischen Verständnis die Vollendung eines Lebenszyklus symbolisiert.

ehrte Herr Gemeindevorsteher wird also wirklich schon sechzig.«

Er verwendete für meinen Vater die Anrede, die allgemein die alten Leute im Dorf gebrauchten. Mein Vater war früher – zur Zeit der Liberalen – einmal Vize-Vorsteher in unserer Gemeinde gewesen. Das war aber schon lange her.

»Läuft das Geschäft gut? Selbst wenn man es nur zum Zeitvertreib macht, kann man doch viel Geld verdienen und ein halber Millionär werden, nicht wahr? Hast du etwa ein Kreditunternehmen?«, fragte ich.

»Ich habe in Garibong-dong[40] mit einem Partner einen Service-Betrieb. Er sorgt für das nötige Geld, und ich betreibe das Geschäft«, antwortete er bereitwillig.

»Also eine Autoreparaturwerkstatt?«, fragte ich interessiert. »Das ist ja eine Branche, die gute Zukunftsaussichten hat! Bald wird wohl jeder ein eigenes Auto fahren. Da braucht man bestimmt Techniker und muss sich selbst gut mit solchen Sachen auskennen.«

»Wir führen vorrangig Karosseriearbeiten aus«, erklärte Dol-Nam, während wir zum Wartesaal gingen.

In der großen Halle wimmelte es von Menschen. Auf der Suche nach dem Fahrkartenschalter stieß ich ein paar Mal mit Leuten zusammen. Die Karten waren schon ausverkauft. Meine Nachfrage bei der Verkäuferin führte zu keinem Resultat. Ohne mir zu antworten, schloss sie einfach das Schalterfenster. Ich wurde ärgerlich. Doch als ich um die Ecke bog, musste ich sehen, dass die Leute schon für den nächsten Tag nach Fahrkarten Schlange standen. Ich begriff, dass mein Vorhaben unrealistisch war.

»Gibt es keine Karten mehr?«, fragte Dol-Nam, der hinter mir stand. Er war wohl kurz Zigaretten kaufen gegangen.

[40] Bezirk im Südwesten von Seoul.

»Es sieht so aus«, entgegnete ich.

»Gib mir das Geld«, antwortete er.

Ich schöpfte neuen Mut. Konnte er mir noch eine Fahrkarte beschaffen? Hastig steckte ich meine Hände in die Hosentaschen.

»Ich habe mal gehört, dass sie einige übrig lassen...«, sagte ich dann zögernd.

»Die Angestellten legen für Leute, die dringend reisen müssen, einige Karten beiseite«, bestätigte Dol-Nam.

»Also Schwarzkarten?«, fragte ich.

»Schau dich mal um, ob du ein paar solcher Kunden, die keine Fahrkarte mehr kaufen konnten, auftreiben kannst«, entgegnete Dol-Nam.

»Wie viele müssen es denn sein?«

»Drei reichen. Dich lasse ich umsonst fahren«, entgegnete Dol-Nam kurz.

Ich ließ ihn an der Vorverkaufsstelle stehen und ging zurück zum Fahrkartenschalter. Ich trat an einen der dort Stehenden heran und fragte flüsternd im Ton eines Schwarzhändlers: »Wollen Sie nicht nach Jeonju[41]?« Der Mann mittleren Alters sah mich nur kalt von der Seite an. Ich glaubte seine Gedanken lesen zu können: »So ein Dreckskerl! Statt zu arbeiten, lungert er in seinem jugendlichen Alter hier herum. Solche Typen sind das Krebsgeschwür unserer Gesellschaft. Hätte er Geld, würde er die soziale Ungerechtigkeit noch vergrößern. Ohne zu arbeiten Geld verdienen, das könnte ihm so passen! Er gehört zu jenen Schurken, die die Notlage anderer ausnutzen. Ich kaufe solche schmutzigen Karten auf keinen Fall. Lieber würde ich in einer Pension übernachten, auch wenn es mich Geld kostet. Solche Typen zu unterstützen würde ja die Gerechtigkeitsbestrebungen in

[41] Hauptstadt der Provinz Chollabuk-do.

unserer Gesellschaft noch mehr untergraben. Zudem habe ich meine Rückfahrkarte schon längst gekauft.«

Da spürte ich einen Blick in meinem Rücken.

»Wann fährt denn der Bus?«, fragte mich ein junger Mann erwartungsvoll. Er trug einen Anzug mit Krawatte. Aber sein dunkel gebräuntes Gesicht verriet den einfachen Arbeiter. Scheinbar hatte er es nicht so eilig. Ich hatte jedoch vergessen, Dol-Nam nach den Abfahrtszeiten zu fragen. So ging ich einfach weiter.

Doch schon fragte ein noch jüngerer Mann nach dem Preis. Er machte einen intelligenteren Eindruck. Doch ich wusste ja nicht einmal, was die Karte kosten sollte. So forderte ich ihn schließlich mit Gesten auf, mir zu folgen.

Aber Dol-Nam war nicht am vereinbarten Treffpunkt zu sehen. Vielleicht war er diesmal nicht zum Tabakladen, sondern zur Toilette gegangen. Ich wusste es nicht. Zudem konnte man in dem Gedränge schnell jemanden aus den Augen verlieren. Ich schaute mich um. Auf einmal sah ich einen Polizisten in Kampfanzug und mit Schlagstock am Gürtel auf mich zukommen. In diesem Moment wurde mir bewusst, dass ich einen kleinen Ganoven mimte. Was ich als Abenteuer empfunden hatte, offenbarte sich nun als ernste Sache. Zwar würde es sich gut machen, eine solche Geschichte bei Wein und Schnaps den Freunden zu erzählen. Das würde auf jeden Fall Abwechslung in den monotonen Alltag bringen – aber die Gefahren sollte man nicht unterschätzen. Das war mehr als ein Spaß, den sich ein braver Bürger einmal leistet, um aus dem Trott herauszukommen. Immerhin gehörte ich nicht zu den gewissenlosen Schwarzhändlern, die mit Absicht Gesetze zum persönlichen Nutzen umgingen. Zwischen ihnen und mir bestand aus meiner Sicht ein großer Unterschied, obwohl wir dasselbe taten. Diese Haltung, ein und dieselbe Tat bei sich selbst als etwas Außergewöhnliches und bei anderen als etwas Verwerfliches einzustufen, war natürlich Hochmut.

Darüber hinaus musste ich eingestehen, dass diese Haltung nur so lange funktionierte, wie ich mich sicher glaubte. Der Blick des Mannes im mittleren Alter hatte mich deshalb unberührt gelassen, weil er mir nach meiner Meinung nichts beweisen konnte. In diesem Moment ging der Polizist ruhig an mir vorbei und verschwand im Gedränge. Ich bereute jetzt, dass ich von Dol-Nam nicht wenigstens eine Fahrkarte zum Schwarzmarktpreis erworben hatte, wenn auch nur aus einer abenteuerlichen Laune heraus. Ich bemerkte, wie der junge Mann, der mir gefolgt war, mich mit fragenden Augen ansah. Da ich aber betont gelangweilt schaute, ging er wie erhofft weiter. Er kannte sich wohl in dieser Szene etwas aus. Als ich gerade überlegte, ob ich ihm folgen sollte, hörte ich hinter mir eine Stimme: »Bruder!« Ich erschrak und drehte mich um. Vor mir stand Yeong-Ok. Sie strahlte mich an und war augenscheinlich eine junge Dame geworden.

Ich erkannte sie sofort. Sie war noch eine Rotznase gewesen, als ich zu Hause zur Oberschule ging. Ihr Vater galt in unserem Dorf als der fleißigste Arbeiter. Er war erst vor einigen Jahren gestorben. Ich war mir nicht sicher, wie ich Yeong-Ok ansprechen sollte. In unserer vertrauten dörflichen Umgebung wäre das kein Problem gewesen. Doch wir waren in Seoul. Es war schon eine Erleichterung, dass ich sie nicht in einem Kaufhaus oder vor einem Kino getroffen hatte. Immerhin standen wir am Express-Busbahnhof. Hier fuhren die Busse in die Heimat. Das machte die Atmosphäre schon vertrauter. Zwar wusste ich nicht, ob ich sie duzen oder siezen sollte, aber immerhin gab es an diesem Ort eine Verbindung zur Heimat. Die Busse fuhren nur wenige Stunden bis zu unserem Dorf. Das machte es mir etwas leichter, unbefangen zu antworten.

Andererseits war ich verwundert, dass sie mich mit »Bruder« ansprach. Früher hatte sie mich nie so genannt. Eigentlich war ich für das Wort »Bruder« zu alt. Aber »Onkel« passte auch noch nicht zu mir. Das Wort hörte sich aus ihrem Munde vorwitzig an. Ich schaute sie an. Auf den ersten Blick verband sich ihre Erscheinung ganz mit dem Heimatdorf Bamti. Aber ich spürte gleichzeitig, dass sie nicht mehr das Kind von damals war. Das Leben in Seoul hatte sie verändert. Belächelte sie nicht meine geheimen Gedanken? Irgendwie glaubte ich aber auch, dass es am Ort unseres Treffens liegen musste. Hätten wir uns auf dem Markt in unserer Heimat getroffen, wäre diese Fremdheit nie aufgekommen, sogar wenn sie schon eine verheiratete Frau und Mutter gewesen wäre.

Wir stellten fest, dass wir beide nach Hause fahren wollten. Ich fragte sie, seit wann sie in Seoul lebte. Dabei vermied ich bewusst die Anrede mit du oder Sie.

»Ungefähr seit einem Jahr«, gab sie zur Antwort. Ich erfuhr, dass sie eine Fahrkarte für den nächsten Tag kaufen wollte. Aber wie es schien, waren nur Karten für den übernächsten Nachmittag zu haben.

»Fahren Sie doch heute noch! Ich bringe Sie hin«, mischte sich plötzlich Dol-Nam in das Gespräch ein. Er war unbemerkt hinzugetreten und stellte meinen schweren Koffer ab.

»Wo warst du denn? Ich hatte gerade einen Mann hier«, entgegnete ich absichtlich unfreundlich.

»Wo ist er denn?« Ohne auf meinen Ton einzugehen, schaute er sich nach allen Seiten um. Dann zischte er: »Bring noch jemanden her! Inzwischen werde ich in der Telefonzelle mal anrufen.« Ohne meine Frage nach dem Kostenpunkt der Fahrkarte zu beantworten, verschwand er wieder in der Menge. Verlegen schaute ich in die Richtung, in die der junge Mann gegangen war. Da sah ich wieder den Polizisten, der seinen Dienstgang zu machen schien. Ich entschloss mich, den jungen Mann nicht mehr zu suchen.

»Es gibt wohl keine Fahrkarten mehr für morgen. Ich bin aber nicht darauf vorbereitet, schon heute zu reisen«, hörte ich Yeong-Ok im typisch Seouler Dialekt sagen.

Statt ihr zu antworten, nahm ich meinen Koffer und schlug vor, zur Telefonzelle zu gehen. Sie erzählte mir nun, dass übermorgen die Hochzeit ihrer Schwester sei. Deshalb müsse sie unbedingt reisen, wenn nötig auch heute.

Ich wurde das Gefühl nicht los, dass der Polizist mich verfolgen könnte. Deshalb schaute ich mich immer wieder um. In den Gängen des Busbahnhofes war nichts mehr von der Eintönigkeit und Eile des Wartesaals zu spüren. Die Bewegungen der Menschen schienen sich dem ohrenbetäubenden Lärm der Bagger und vorbeirasenden Autos anzupassen. Dol-Nam stand in einer Ecke. Er lehnte an einer Wand und schaute uns unverwandt an.

»Was kostet eine Fahrkarte?«, fragte ich. »Ich brauche nur zwei!«

»Wer ist die junge Frau?«, wollte Dol-Nam wissen.

Er überhörte offensichtlich meine Frage und deutete stattdessen mit dem Kopf auf Yeong-Ok.

»Ein Fräulein aus dem Dorf Bamti«, entgegnete ich. »Ihre Schwester heiratet. Deshalb muss sie heute oder morgen nach Hause fahren. Kannst du ihr eine Karte besorgen?«

»Was denn für eine Karte?«, fragte Dol-Nam, während er noch immer an die Wand gelehnt Yeong-Ok anstarrte. »Wir nehmen mein Auto. Kommt mit!«

Er richtete sich auf, drehte sich blitzschnell um und lief los. Auf dem Weg zum Parkplatz kamen wir an einer etwa zwanzig Meter langen Menschenschlange vorbei. Die Leute warteten alle auf ein Taxi. Einige teure Wagen waren dazwischen kreuz und quer abgestellt. Auf dem Parkplatz ging Dol-Nam zu einem blank geputzten dunkelblauen »Pony«[42]. Er schloss die Tür auf und sagte: »Steigt ein.« Ich schaute Yeong-Ok an.

[42] Kleinwagen der Firma Hyundai, der in den 70er und 80er Jahren gebaut wurde.

Sie schien nicht sonderlich überrascht zu sein, obwohl ich das wohl erwartet hatte. Dol-Nam entriegelte die Vorder- und Hintertür und ließ den Motor an. Ich schob meinen Koffer auf den Hintersitz und ließ Yeong-Ok einsteigen. Kaum hatte ich auf dem Beifahrersitz Platz genommen, setzte sich das Auto in Bewegung.

»Wie teuer sind die Fahrkarten?«, fragte ich und schaute dabei auf das Heck des vor uns fahrenden Autos.

»Du meinst die Fahrtkosten«, erwiderte er. Er sprach nicht weiter. Die Straße war gerade nur einspurig befahrbar, da eine neue U-Bahnlinie gebaut wurde. Auf der Fahrbahn drängten sich die Autos. Aber ich hatte das Gefühl, dass er nicht wegen der Konzentration auf den Verkehr schwieg. Irgendein anderer Gedanke schien ihm durch den Kopf zu gehen.

»Was würdest du denn zahlen, dreitausend oder fünftausend Won«, ließ sich Dol-Nam schließlich vernehmen.

Ich verstand nicht, was er damit sagen wollte, und sah ihn von der Seite an. Dol-Nam legte einen höheren Gang ein und sagte dann: »Fahrt einfach mit!«

»Das ist doch für dich ein Fass ohne Boden«, wandte ich ein.

Aber er winkte ab und sagte, dass er ab und an aus purer Langeweile eine Spritztour mache.

Langsam ließen wir den Dschungel der Stadt mit all den Hochhäusern hinter uns. Vor der Auffahrt auf die Autobahn erhöhte Dol-Nam die Geschwindigkeit. Wir fuhren an dem Wohngebiet der Westler vorbei. Hier gab es keine Zäune. Die Maisonne schien auf das großzügig nach Plan erbaute Viertel. Die einstöckigen Häuser wirkten äußerlich einfach. Aber die große Anlage vermittelte Behaglichkeit. Die abgestellten Autos signalisierten wie die gut klimatisierten Häuser alle Vorteile moderner Zivilisation. Gleichzeitig schien mir ihr Leben gar nicht so anders zu sein. Ich musste lächeln. Schon nach einer zehnminütigen Fahrt in einem bequemen

PKW hatte ich den Ärger um die Fahrkarten auf dem Busbahnhof vergessen. Ich dachte nicht mehr an Warteschlangen und an das Gedränge in den Linienbussen, wo man oft nicht einmal einen Sitzplatz bekam.

»Es ist wirklich angenehm, reich zu sein«, murmelte ich vor mich hin.

»Gefällt dir das Auto?«, fragte Dol-Nam.»Es hoppelt zwar ein bisschen, weil ein Kleinwagen eben nicht so eine gute Straßenlage hat.«

»Kann ein großer Schlitten etwa fliegen?«, gab ich zurück.

»So ein Auto schwebt regelrecht. Die Federung ist so gut, dass du keine Unebenheit auf der Straße spürst«, erklärte Dol-Nam.

Die Verkehrsschilder zeigten die Nationaluniversität Seoul und wenig später die Stadt Seongnam[43] an. Auf der Schnellstraße von Jongno 5-ga in Richtung Cheonho-dong[44] fühlte ich mich wie in einer anderen Welt. Dann drosselte Dol-Nam die Geschwindigkeit. Das Auto wurde langsamer. Wir bezahlten die Autobahngebühr (Dol-Nam zog einen Fünftausend-Won-Schein hervor, aber ich war schneller, und so bezahlten wir schließlich mit meinem Kleingeld) und wechselten auf die reguläre Autobahn. In atemberaubender Schnelligkeit fuhren wir an grünenden Feldern und Bergen vorbei. Ich spürte noch im Fahrtwind die Wärme der Luft.

»Ich trage mich mit dem Gedanken, in Saenae ein Hochhaus zu bauen«, sagte Dol-Nam plötzlich, während der Wagen mit gleichmäßiger Geschwindigkeit dahinfuhr.

»Warum willst du das tun?«, fragte ich verwundert.

»Vater will nicht nach Seoul ziehen. Wenn ich das Gebäu-

43 Stadt südlich von Seoul.

44 Geschäftsstraßen in Seoul.

de vermiete, wird er für den Rest seines Lebens gut versorgt sein«, erklärte Dol-Nam.

»Ist es nicht besser, aus Seoul Geld zu schicken?«

»Das hat nicht die gleiche Wirkung«, entgegnete Dol-Nam. »Man muss in der Heimat etwas schaffen. Man will ja schließlich auch beachtet werden.«

»Wirst du in dem Hochhaus eine Billardhalle und ein Teehaus einrichten?«, wollte ich wissen.

»Gibt es denn schon junge Leute, die Billard spielen wollen?«, fragte Dol-Nam.

Ich erzählte ihm, dass bereits ein Teehaus in der Nähe des ehemaligen Lagerhauses eröffnet habe. Dol-Nam erkundigte sich nach dessen Lage und versprach, darüber nachzudenken. Schließlich müsse es einen Ort im Dorf geben, wo in Ruhe geredet werden könne. Auch die Interessen der Studenten müsse man berücksichtigen.

Ich bestätigte Dol-Nam, dass inzwischen einige junge Leute aus dem Dorf zum Studium in die Stadt gegangen waren.

»Fräulein, an welcher Universität studieren Sie denn?«, fragte er dann mit einem kurzen Blick in den Rückspiegel Yeong-Ok. Ich sah mich verlegen nach ihr um.

Aber sie antwortete bereits ganz ruhig und ohne zu erröten: »An welcher Universität? Was meinen Sie?«

»Ich sage es doch«, war Dol-Nam wieder zu hören. »Unsere Heimat ist ganz schön auf dem Vormarsch. Sie bringt sogar schon Studentinnen hervor.«

Wenn er nicht gerade Gas gegeben hätte, wäre ich ihm wohl leicht auf den Fuß getreten. So konnte ich nur mit den Augen ein Zeichen geben, ohne dass Yeong-Ok auf dem Hintersitz etwas merkte. Aber er tat, als würde er meine Gesten nicht bemerken.

»Ein Studium bringt auch nicht mehr so viel wie früher«, redete er weiter. »Du bist ja Student und weißt, wovon ich spreche. Studieren ist nicht mehr so attraktiv. Trotzdem wird einer wie ich, der nie vor einem Universitätstor gestanden hat, noch immer kleinlaut, wenn er das Wort ›Student‹ hört. Dabei kann man einen Studenten heute für allerhand Arbeiten bekommen. Meist sogar schon für eine Summe, die nicht einmal für eine Zechtour reicht. Studenten geben Klavierstunden, Nachhilfe für Englisch oder Mathematik. Studenten haben es wirklich nicht leicht unter den jetzigen Bedingungen.

Auch wenn sie fertig sind, sieht ihre Zukunft nicht rosig aus. Generäle, die nicht studiert haben, heiraten gern eine Studentin in zweiter Ehe. Sogar Millionäre, die nur einen Grundschulabschluss haben, nehmen Studierte als Sekretäre.«

»Da sie nicht studiert haben, müssen sie wenigstens Geld verdienen«, warf ich ein.

»Es ist nicht so leicht, Geld zu verdienen«, mischte sich Yeong-Ok in unser Gespräch.

»Wenn es leicht wäre, würde dann noch jemand zur Uni gehen?«, fragte Dol-Nam. »Studiert man nicht mit dem Ziel, einmal viel Geld zu verdienen? Wenn man einfach so zu viel Geld kommen würde, könnte man ganz ohne Studium sogar an der Uni Karriere machen! Was lernen Sie, mein Fräulein, denn an der Uni? Lernen Sie da nicht, wie man Geld verdient?«

»Das ist doch keine Sache für Frauen«, wich Yeong-Ok aus.

»Na ja, das ist wohl nicht so falsch. Man sagt nicht umsonst, eine Frau werde über Nacht reich. Ihre Nase muss nur dem richtigen Mann gefallen. Ein guter Schulabschluss bringt letztlich wenig ein. Studieren Sie an einer geisteswissenschaftlichen Hochschule? Inzwischen hat man ja auch pharmazeutische, medizinische und technische Hochschulen eröffnet. Ich frage mich manchmal, warum es keine Sport-Hochschule gibt.«

»Ich heiße übrigens Yeong-Ok«, unterbrach sie seinen Redefluss.

»Ich bin Seok-Nam, also Kim Seok-Nam. In der Heimat nennt man mich aber Dol-Nam. Jemand hat mir gesagt, mein Name sei zu alltäglich, deshalb käme ich im Leben nicht vorwärts. Da bin ich zu einem Fachmann für Namenskunde gegangen und habe meinen Namen in Deok-Jun ändern lassen. Das bedeutet tugendhaft und vorbildlich. Wie mir ein anderer sagte, ist dieser Name aber ungünstig für das Geldverdienen. So bin ich wieder Dol-Nam geworden. Ich war sowieso schon im Einwohnermeldeamt als Dol-Nam registriert.«

Yeong-Ok senkte den Kopf und kicherte. Ich hörte ihrem Gespräch unverwandt zu.

»Der Name Dol-Nam scheint viel Geld anzuziehen«, sagte Yeong-Ok. »Er scheint gut für das Geschäft zu sein.«

»Viel Geld bringt er schon«, bestätigte er. »Aber es ist wohl mein Schicksal, alles wieder auszugeben.«

»Verdient man nicht Geld, um es auszugeben?«, wollte sie wissen.

»Am Anfang war das Geldverdienen schwerer als das Ausgeben, jetzt ist das Ausgeben schwerer«, antwortete Dol-Nam vielsagend.

»Sie scheinen wirklich sehr viel Geld zu haben«, warf Yeong-Sok ein. »Wenn Ihnen schon das Ausgeben schwerer fällt als das Verdienen!«

»Bist du etwas neidisch?«, fragte ich.

»Bruder, macht Sie das etwa nicht neidisch, wenn jemand so viel Geld hat?«

»Nichts ist einfacher als Geldverdienen«, war Dol-Nam wieder zu hören. »Nur wenn man krampfhaft zu Geld kommen will, fällt es schwer. Geld verdient Geld. So einfach ist das!«

Ich konnte mich nicht mehr beherrschen und fragte giftig: »Glaubst du etwa, dass sich beim Verkauf von Schwarzfahrkarten das Geld von selbst vermehrt? Zudem ist das unsozial gegenüber den armen Leuten. In ein Auto wie dieses können so und so nur Menschen einsteigen, die Schwarzmarktpreise bezahlen können.«

Kaum hatte ich mir mit meinen Worten Erleichterung verschafft, wurde mir klar, dass ich mich undiplomatisch verhalten hatte. Zudem musste es wie ein Machtkampf um Yeong-Sok wirken. Doch Dol-Nam ging auf meinen scharfen Ton nicht ein und überspielte die Angelegenheit.

»Vielleicht geschehen solche Sachen auf Weisung des Autobesitzers? Ein Chauffeur tut es vielleicht ab und zu für ein paar Zigaretten. Zudem soll es auch einige Leute geben, die auf diese Weise die Unterhaltungskosten für ihr Auto aufbringen«, entgegnete Dol-Nam versöhnlich.

»Es ist doch nicht so schlimm, wenn Leute, die kein Auto haben, eine Gelegenheit zum Mitfahren bekommen. Die Leute wollen ja dafür bezahlen. Damit ist es für beide Seiten eine gute Lösung«, argumentierte Yeong-Ok.

»Man kann doch nicht nur an Bequemlichkeiten und Geldverdienen denken, während andere in voll besetzten und klapprigen Bussen reisen müssen«, hielt ich dagegen.

»Jeder hat die Wahl«, antwortete Yeong-Ok.

»Aber letztlich bleibt es doch eine Frage des Geldes«, warf ich ein.

»Dann muss man eben die Unannehmlichkeiten in Kauf nehmen.« Yeong-Ok blieb hart.

Meine Argumente kamen bei ihr nicht an.

»Immerhin ist die Bequemlichkeit die einzige Freude der Autofahrer«, ergänzte sie.

»Das ist mir egal. Ich möchte nur jederzeit bequem mit dem Bus fahren«, antwortete ich.

»Das wird aber noch lange dauern«, gab Dol-Nam zu bedenken. »Ein eigenes Auto anzuschaffen wäre bestimmt der schnellere Weg.«

»Es können sich nun mal nicht alle ein eigenes Auto leisten«, gab ich zu bedenken. »Wir sind keine Amerikaner, die zwei oder drei Autos pro Haushalt besitzen. Es wird immer Menschen geben, die mit dem Bus fahren müssen.«

»Du machst dir Sorgen um das Wohl anderer Leute?«, fragte Dol-Nam.

»Wie kommst du darauf?«, konterte ich. »Hat nicht Kennedy gesagt, erst wenn die Armen gut leben, können auch die Reichen gut leben? Kannst du dir denken, warum der amerikanische Präsident so redet?«

»Hat Kennedy das etwa gesagt, weil ihm die Armen am Herzen liegen? Ich denke, er brauchte die Stimmen der armen Leute, um Präsident zu werden«, erwiderte Dol-Nam.

Ich musste ihm Recht geben. »Aber sollte man die Chefs der Busgesellschaften und andere hohe Beamte nicht zwingen, solche Sachen wie der amerikanische Präsident zumindest anzusprechen?«, fragte ich.

»Ist das deine Aufgabe?«, wollte Dol-Nam wissen.

»Eine Zeit lang habe ich gedacht, wenn ich intensiv studiere, könnte ich später Politiker werden oder in einer strategisch wichtigen Position im Staat arbeiten. Ich hatte sogar die Illusion, ich könnte dann die bestehenden Missstände beseitigen. Aber es stimmt schon, die Leute müssen ihre Probleme selbst in die Hand nehmen. Man kann nicht erwarten, dass andere die Dinge richten. Es ist schon wichtig, aus welcher Sicht man die Sache betrachtet. Ich denke jetzt auch schon, dass dieses Auto sehr bequem ist. Da sieht man die Leute im Bus gleich anders. Man kann nicht erwarten, dass die Menschen, die ein Auto vom Staat oder auch privat fahren, sich in die Lage der Busgäste versetzen. Vielleicht würden die Autofahrer Mitleid spüren, wenn sie einmal so unbequem reisen müssten. Aber das wäre auch kein Allheilmittel. Es ist nun mal eine Tatsache, dass die Autofahrer auf die Leute im Bus herabschauen. Sie sind höchstens ihrem Schicksal dankbar, dass ihnen eine solche Strapaze erspart bleibt.

Schließlich sind wir alle keine Heiligen! Wir sind zudem nicht auf irgendwelche gütige Almosen angewiesen. Wir leben von unserem Fleiß. Für einen Leibeigenen ist es unbedeutend, ob sein Herr gütig ist. Der gute Herr kann schlechter sein als der böse. Erleichtert der gute Herr nicht seinen Untertanen die Arbeit, damit sie länger dienen können?

Die Autofahrenden sind aber Menschen wie du und ich. Sie müssen begreifen, dass die Probleme der Busfahrer ihre ureigenen Probleme sind. Sie dürfen ihre menschlichen Pflichten nicht vergessen.«

»Sieh an, warum bist du nicht Abgeordneter geworden?«, unterbrach mich Dol-Nam.

»Weil ich zu jung bin«, entgegnete ich. »Aber ich weiß auch, dass meine Meinung unbequem für so eine Karriere ist. Politiker mögen nur Leute, die wie sie denken.«

»Genau so ist es«, rief Dol-Nam. »Der Student denkt tatsächlich über die Ursachen tiefer als andere nach. Sind Sie, Fräulein Studentin, auch dieser Meinung?«

Yeong-Ok antwortete nicht. Sie saß nur ruhig auf ihrem Platz.

Auf halber Strecke machten wir an einer Autobahnraststätte Halt und aßen in einem Fast-Food-Restaurant einen Burger. Ich hatte es am Anfang als recht peinlich empfunden, dass Dol-Nam Yeong-Ok immer mit »Studentin« ansprach. Obwohl dieses Gefühl langsam nachließ, wollte ich sichergehen. Ich wartete, bis Yeong-Ok auf die Toilette verschwand, und sagte dann zu ihm: »Du glaubst doch selber nicht, dass sie studiert? Sie ist die Tochter des verstorbenen Herrn Song Chi-Sul aus dem Dorf Bamti und nicht mehr.«

»Wer wird nicht gern als Student angesprochen«, entgegnete Dol-Nam. »Immerhin trug sie Bücher unter dem Arm.«

»Das waren nur Trivialromane«, hielt ich dagegen.

»Na wenn schon, spielt das etwa eine Rolle?«, fragte Dol-Nam.

Vielleicht war seine Argumentation gar nicht so falsch. Oft freute sich einer, der nicht studierte, sogar mehr über eine solche Anrede. Ich hatte einfach das Gefühl, dass in der weiblichen Form des Wortes »Student« etwas Abwertendes mitschwingen konnte. Diese Vermutung hatte ich übrigens immer dann, wenn mir die Frau, die es betraf, sympathisch war.

»Reden wir nicht drüber«, sagte Dol-Nam schließlich. »Ich bin klug genug zu wissen, dass sie keine Studentin ist. Sie ist so wenig eine Studentin, wie ich ein Firmenchef mit eigenem Wagen bin!«

Nach dem Essen tranken Dol-Nam und ich eine Flasche Bier. Yeong-Ok nahm eine Tasse Kaffee. Ich musste daran denken, dass die Leute in dem Bergdorf Bamti, wenn sie bei der Arbeit hungrig wurden, eine Schale ungegorenen Reiswein tranken. Dazu aßen sie gewöhnlich Gerstenreis und grüne Paprikaschoten mit Sojabohnenpaste.

Nun fuhren wir also mit dem Auto in dieses Dorf, das unsere Heimat war, zurück. Während wir unser Bier tranken, schauten wir aus dem Wagen auf den Parkplatz. Yeong-Ok stand am Heck des Autos und nippte an ihrem Kaffee, der in der Raststätte in kleinen weißen Plastikbechern zu haben war. Sie schien zu beobachten, wie die zahlreichen Passagiere eilig aus den Bussen kletterten. An den Bussen war zu lesen, dass sie in die Provinzen Chungcheong, Cholla und Kyongsang[45] fuhren. In diesem Moment hielt ein teurer amerikanischer Wagen neben unserem Auto. Ein gut gebauter Westler mit Sonnenbrille und eine ältere katzenhafte Westlerin, die sich einen Pullover um die Schulter geworfen hatte, stiegen aus. Sie gingen zur Toilette. Vielleicht sammelt

[45] Provinzen in Zentralkorea bzw. im Südwesten und Südosten Koreas.

man sogar ihren Urin für medizinische Zwecke, dachte ich. Gerade schob sich ein Bus, der in meine Heimat unterwegs war, zwischen die schon parkenden Busse. Ich versuchte mir vorzustellen, was diese Leute beim Anblick von Dol-Nam, Yeong-Ok und mir dachten.

Es war kurz nach sechs Uhr, als wir in Jeonju ankamen. Yeong-Ok und ich wollten hier in den Linienbus umsteigen. Bis in unser Dorf würden wir dann noch eine Stunde unterwegs sein. Ich wollte mich gleich nach den Abfahrtszeiten am Busbahnhof erkundigen. Aber Dol-Nam schlug vor, noch gemeinsam in der Innenstadt zu Abend zu essen. Da bis einundzwanzig Uhr Busse nach Saenae fahren sollten, nahmen wir schließlich sein Angebot an. Eigentlich hätte ich ihn einladen müssen. Immerhin hatte er uns sehr geholfen. Aber er drängte uns regelrecht und schien überhaupt viel Zeit zu haben. Zudem meinte er, dass er mit dem Wagen in drei Stunden wieder in Seoul sein könnte. Wir aber müssten noch bis ins Bergdorf Bamti fahren.

Wir gingen in eine gut besuchte Gaststätte, die von einer Metzgerei bewirtschaftet wurde, und schlugen uns die Bäuche mit ziemlich teuren Speisen voll. Als wir das Lokal verließen, war es schon fast halb acht. Dol-Nam fuhr uns zum Busbahnhof, obwohl ich gesagt hatte, dass wir uns ein Taxi nehmen könnten. Er meinte aber, er müsse sowieso dort vorbeifahren. Nachdem er das Auto abgestellt hatte, ging er sogar mit uns zur Bushaltestelle. Ich hatte das Gefühl, es fiel ihm schwer, sich von uns zu trennen. Nach dem Fahrplan ging der letzte Bus nach Saenae um zwanzig Uhr. Ich war froh, dass wir noch rechtzeitig gekommen waren. Yeong-Ok bestand darauf, die Karten zu kaufen.

Plötzlich sagte Dol-Nam: »Wo ich schon hier bin, würde ich gern mit euch nach Saenae fahren. Aber ich habe morgen in Seoul dringende Geschäfte.«

»Wenn du in aller Frühe zu Hause losfährst, kannst du noch vor dem Frühstück wieder in Seoul sein«, versuchte ich ihn zu ermuntern.

Aber Dol-Nam ging auf meinen Vorschlag nicht ein. Nach einer Weile fügte er hinzu:

»Wenn du zufällig meine Familie siehst, sage nicht, dass du mich getroffen hast. Für meine Verwandten in Saenae bin ich nämlich gestorben.«

Sein Gesicht erschien mir in diesem Moment noch gutmütiger als zuvor im Auto. Hatte er nicht erzählt, dass er ein Hochhaus zur Alterssicherung seiner betagten Eltern bauen wollte?

»Eltern haben manchmal hohe Erwartungen an die Entwicklung ihrer Kinder«, sagte ich tröstend. »Aber wenn du sie besuchst, werden sie sich sicher freuen.«

»Gib mir die Adresse von Yeong-Ok«, antwortete Dol-Nam, ohne auf meine Worte einzugehen.

»Willst du sie nicht selbst danach fragen?«, entgegnete ich. »Ich habe sie auch nicht. Natürlich kann ich sie fragen.«

In diesem Augenblick kam Yeong-Ok aufgeregt zurück. Man hatte ihr gesagt, dass heute kein Bus mehr fahren würde. Ich schaute auf die Uhr. Es war erst zehn Minuten vor zwanzig Uhr. Nun erklärte uns Yeong-Ok, dass der Bus gestrichen sei, da es in der Erntezeit kaum Passagiere gäbe.

Empört stellte ich meinen Koffer ab und rannte zum Schalter. Doch an der Tatsache änderte sich damit nichts. Das Fräulein hinter dem Schalter konnte zwar jede Menge Fahrkarten verkaufen, aber sie vermochte keinen Bus herbeizuzaubern. Zudem reagierte sie auf meine Fragen sichtbar gelangweilt und desinteressiert. Sie gähnte sogar, ohne die Hand vor den Mund zu halten

Wahrscheinlich würde uns nichts weiter übrig bleiben, als hier zu übernachten und morgen den ersten Bus zu nehmen.

»Yeong-Ok, hast du im Ort Verwandte?«, fragte ich.

»Eine Tante lebt hier. Ich gehe zwar nicht gern zu ihr, werde aber schon bei ihr übernachten können«, entgegnete sie.

»Ich habe auch Bekannte in der Stadt«, warf ich ein. »Aber ich werde lieber in einer Pension schlafen. Eigentlich müsste das eine gute Lösung sein. Deine Schwester heiratet erst in zwei Tagen. Mein Vater wird nicht schon vor dem Aufstehen mit der Geburtstagsfeier beginnen.«

»Sollten wir nicht zur Sicherheit die Fahrkarten schon heute kaufen?«, fragte Yeong-Ok.

Doch schon wenige Minuten später kam sie enttäuscht zurück.

»Die Fahrkarten für morgen verkaufen sie erst morgen vor Abfahrt. So viele, wie man nur will«, fügte Yeong-Ok spitz hinzu.

Das war natürlich lächerlich, wenn man die Realität kannte. Die großen Linien- und Überlandbusse konnten insbesondere zu den Hauptverkehrszeiten oder an Markttagen die Menschenmassen kaum fassen. Dicht gedrängt standen die Leute nebeneinander, während der Profit der geschäftstüchtigen Unternehmer enorm stieg. Sprach das nicht für deren Unmoral und die Verachtung anderer Menschen? Plötzlich fühlte ich mich Dol-Nam zu besonderem Dank verpflichtet. Hatte ich mich heute nicht nach langer Zeit endlich wieder einmal wie ein normaler Mensch gefühlt?

Zu den letzten Fahrgästen im Busbahnhof hatte sich ein schäbig aussehender Bettler gesellt. Sein verwahrlostes Kopfhaar erinnerte mich – als er sich zu kratzen begann – an ein Elsternnest. Wahrscheinlich war er auf der Suche nach einem geeigneten Schlafplatz.

»Du hast mir wirklich sehr geholfen«, sagte ich zu Dol-Nam.

Auch Yeong-Ok bedankte sich herzlich. Ohne unsere Gesten groß zu beachten, ging Dol-Nam stattdessen zum Auto, öffnete die Tür und forderte uns auf, einzusteigen.

Erst lehnte ich sein Angebot ab. Doch dann stiegen wir doch in den Wagen.

Eine Weile saß Dol-Nam nachdenklich auf seinem Platz. Die Hände am Lenkrad, blickte er starr in die Dunkelheit.

»Nun lasst uns nach Saenae fahren«, sagte er dann.

»Ist es nicht gefährlich, nachts über Dorfstraßen zu fahren?«, gab ich zu bedenken.

»Fahren kann ich mit geschlossenen Augen. Zudem ist es zu dieser Zeit auf der Autobahn viel gefährlicher, da die Eintönigkeit dich schläfrig macht«, antworte Dol-Nam und gab Gas.

Die ungepflasterte Landstraße nach Saenae war äußerst kurvenreich. Jedes Mal, wenn das Auto auf der regennassen Fahrbahn den Schlaglöchern nicht ausweichen konnte, krachten Kieselsteine gegen das Bodenblech. Es war schon bewundernswert, wie Dol-Nam den Wagen auf der äußerst schmalen Straße geschickt durch die Dunkelheit chauffierte. Knapp dreißig Minuten später ließ er uns auf dem Marktplatz in Saenae aussteigen. Die uns vertraute Straße lag im Dunkeln.

»Bist du's, Yeong-Ok?«, rief in diesem Moment schon eine Frau mittleren Alters. Sie hatte unter dem Vordach eines kleinen Ladens gewartet. Yeong-Ok lief schnell zu ihr hin.

»Ich bin einfach auf gut Glück einmal vorbeigekommen«, sagte die Frau. »Ich dachte mir, vielleicht kommst du noch heute mit dem letzten Bus.«

»Tante, das wäre doch nicht nötig gewesen«, entgegnete Yeong-Ok.

»Als junge Frau sollte man nicht nachts allein durch die Straßen laufen.«

Die Tante hatte kaum ihren Satz beendet – da tauchte plötzlich ein Mann hinter dem Auto auf. Er packte Dol-Nam, der gerade ausgestiegen war, an der Schulter.

»Du bist Kim Seok-Nam?«

»Was soll das?«, fragte Dol-Nam erschrocken.

Doch der Mann würdigte ihn keines Blickes. Er zog lediglich zwei Handschellen aus der Hosentasche. Dol-Nam, der sich wohl erst wehren wollte, fügte sich in sein Schicksal.

»Her mit den Händen«, kommandierte der Fremde.

»Bitte, nur das nicht … Da vorn geht meine Verlobte. Haben Sie Verständnis, bitte!«

»Dann mach keine Dummheiten!«

Dol-Nam gab jeden Widerstand auf.

»He, du, erzähl bitte Yeong-Ok nichts davon. Denk dir was aus«, rief er mir noch zu. Dann wurde er von dem Mann abgeführt. Wie betäubt sah ich zu, wie er in der Dunkelheit verschwand.

»Was ist denn los?«, wollte Yeong-Ok wissen, die hinzugetreten war.

»Ich weiß es nicht. Wahrscheinlich war es ein Freund von ihm«, wiegelte ich ab. »Geh schon nach Hause.«

»Ich bin ihm wirklich sehr dankbar.«

»Du meinst den Firmenchef Kim?«, fragte ich zurück.

»Bruder, für wie dumm halten Sie mich eigentlich«, sagte sie empört. »Verkauft ein Chef etwa Schwarzfahrkarten?«

»Du hast Recht«, gab ich zu. »Aber er hat ein gutes Herz.«

»Von einem guten Herzen hat man nicht viel«, entgegnete Yeong-Ok. »So etwas schätzt doch kein Mensch mehr. Aber wo steht geschrieben, dass sich nur die Reichen wie Reiche benehmen dürfen?«

»Ja, aber die Armen sollen wie Arme leben. Kann ein Zaunkönig etwa einen Storch nachahmen, ohne sich die Beine zu brechen?«, gab ich zu bedenken.

»Lassen Sie endlich dieses ›aber‹«, sagte sie sichtlich erregt. »Ich würde mir gern die Beine brechen, wenn ich wenigstens einen Tag wie die Reichen leben dürfte. Dass wir uns wie Arme benehmen sollen, ekelt mich an. Mein Vater lebte demütig bis zu seinem letzten Atemzug. Natürlich ist es widerwärtig, wenn sich die Reichen wie Reiche aufführen. Aber ich finde es viel verwerflicher, wenn sich die Armen wie Arme verhalten. Dol-Nam wurde von einem Polizisten abgeführt, nicht wahr? Wenn man auch verhaftet wird, ist man noch lange kein Verbrecher. Oder ist man etwa unschuldig, nur weil man nicht strafrechtlich verfolgt wird?«

Yeong-Ok verschwand mit ihrer Tante in der Nacht.

Ich hatte das Gefühl, mutterseelenallein in der Dunkelheit der Heimat ausgesetzt zu sein.

Aus dem Koreanischen von Kang You-gyu und Sonja Häußler

HWANG SOK-YONG

Ein Mensch wie du und ich

I

Wollen Sie mich etwa hochnehmen?

Sie glauben doch nicht, dass ich auf Ihr nettes Gesicht hereinfalle? Mimen Sie nur den engagierten Typen, der auf meiner Seite ist. Doch glauben Sie bloß nicht, dass ich Ihnen das abnehme. Im Moment bin ich zwar echt schlecht dran. Doch ein feiner Pinkel wie Sie kann sich ja zurücklehnen und in aller Ruhe meine Tiraden über das Leben anhören. Tja, was kann ich dafür? Auch ich habe einen Kopf zum Denken und habe schon genug erlebt.

Schauen Sie nur, wie die Handschellen in meine Handgelenke einschneiden! Das tut entsetzlich weh. Sie tragen einen schicken bunten Schlips. Können Sie sich vorstellen, wie man mir einen dicken Strick um den Hals legt? Es macht knack, und dann ist es vorbei. Wie dem auch sei – ist so ein Kerl, der bald den Löffel abgeben muss, nicht zu bedauern?

Genau genommen hatte ich gar nicht vor, das arme Schwein abzumurksen. Aber als ich wieder klar denken konnte, war er eben schon verreckt. Was er getan hat? Er hat einfach Pech gehabt. Apropos Pech: Davon hatte ich jede Menge in meinem Leben. Eigentlich gibt es nicht viel zu erzählen. Außerdem habe ich keine Lust mehr, Ihr blasiertes Gesicht zu sehen. Also hauen Sie schon ab! Ich will mich ein bißchen ausruhen.

Ehrlich gesagt, habe ich Leuten wie Ihnen immer misstraut. Was? Tun Sie nicht so, als würden Sie mich verstehen!?

Lassen Sie diese Witze. Ich weiß Bescheid. Ihre Masche zieht bei mir nicht. Uns trennen Welten. Sie lügen wie alle anderen. Fünfundzwanzig bin ich jetzt und in all den Jahren nur von hinten und vorn betrogen worden. Verdammt noch mal, wenn ich nur daran denke, ist mir zum Kotzen. Aber ich will mir die Hände nicht dreckig machen. Lassen Sie mich also in Ruhe. Mein Messer hat schon einmal Blut geleckt. Doch wie sollte ich ahnen, dass ausgerechnet dieser Kerl mir ins Messer läuft?

Schauen Sie mal. Der Dieb dort hat Tinte an den Fingern und spielt Klavier. Schon haben sie seine Fingerabdrücke. Damit ist er total erledigt. Natürlich hat er jetzt die Hose gestrichen voll. Er wird wohl jedem den Hintern lecken, nur um wieder in diese beschissene Gesellschaft aufgenommen zu werden. Dazu spielt er sich auf, als wäre er die einzige verlassene und bemitleidenswerte Kreatur auf dieser Welt. Bis heute habe ich auch so etwas geglaubt. Aber inzwischen habe ich kapiert. Wenn du dir dermaßen den Hintern aufreißen musst, nur um drei Mal am Tag essen zu können, vergeht dir der Stolz. Verdammt noch mal! Ich meine, da läuft von Anfang an etwas schief.

Sie durchschauen einen Menschen auf den ersten Blick? Sie haben mir ins Gesicht geschaut und waren überaus freundlich. Ich kann Ihnen auch sagen, warum! An all diese üblen und hinterhältigen Wichser, von denen es nur so wimmelt, reiche ich nicht im Traum heran. Ich weiß, wovon ich rede, und brauche kein Blatt vor den Mund zu nehmen. Ich bin zwar ungebildet und komme aus einfachsten Verhältnissen, aber ich weiß, was ich getan habe, und stehe dazu. Es gehört zu meinem Charakter, keinen Unsinn zu reden. Aber vor solchen Menschen haben Sie wohl die meiste Angst! Ja, ich bin der Unrat aus Ihrem Leib, den Sie abgedrückt haben. Diese ganze noch warme Scheiße stinkt nun zum Himmel. Danke, keine schlechte Idee, jetzt eine zu rauchen! Ich war gerade etwas von der Rolle. Zur Zeit bin ich wirklich nicht gut drauf. Aber mal ganz ehrlich, im Grunde nehmen wir beide uns nicht viel. Sie haben bloß das bessere Los gezogen, nicht wahr? Eben war ich leicht ruppig. Das kommt bestimmt vom Hunger. Entschuldigen Sie, mein Herr, aber würden Sie mir vielleicht ein Stück gefülltes Hefebrot[46] spendieren? Mir fällt gerade ein, daß ich schon mehr als einen Tag nichts gegessen habe. Schon vor der Verhaftung hat mir der Magen geknurrt.

Warum wollen Sie es denn so genau wissen? Lassen Sie doch diese Scheiße. Ist dieser Typ, der elend verrecken musste, etwa mit Ihnen verwandt? Sie kennen bereits die ganze Geschichte! Ein Schwerverbrecher hat am Tag X am Ort Y zu einer x-beliebigen Zeit einen Mann mit einem Küchenmesser gekillt. Bitte? Was sagen Sie? Ich soll wie ein Mensch reden? Ein Mensch – wie stolz dieses Wort klingt! Aber was soll das alles? Ihr kluges Köpfchen kann die Welt auch nicht aus den Angeln heben. Ich habe mehr als genug gesehen. Mit gerade fünfundzwanzig habe ich schon einige Dutzend Menschen umgebracht. Das war allerdings im Krieg. Letztlich hat man mich nur verhaften können, weil in Friedenszeiten für diesen armen Hund andere Gesetze gelten. Aber Ihnen wird das nicht passieren. Sie sind ein vernünftiger Mann und wissen, wie man sich verhalten muss, damit man ungeschoren achtzig Jahre alt werden kann. Mich dagegen wird man bald zum Galgen schleifen.

Da Sie nicht lockerlassen, werde ich Ihnen alles erzählen. Ich habe ja nichts zu verlieren und bin so gut wie schon tot. Weshalb sollte ich da noch etwas verbergen wollen? Vielleicht fühle ich mich sogar besser, wenn ich mich mal ausgequatscht habe. Erwarten Sie aber nicht zu viel. Es ist eine

[46] Gefüllte Hefeteigtasche; Koreanisch: Jjinbbang

ganz normale Geschichte. Wagen Sie es bloß nicht, mich zu unterbrechen. Ich muss Sie überhaupt warnen, mir ins Wort zu fallen. Ich bin ein leicht reizbarer Mensch. Es könnte sonst ohne weiteres passieren, dass ich Ihnen in die Eier trete. Meine Beine sind bekanntlich noch frei, während meine Hände gefesselt sind. Nun gut, Sie sitzen bequem in ihrem Sessel und können schön reden. Scheiße, jetzt bin ich wohl wirklich am Ende!

2

Fünf Monate nach meiner Entlassung vom Militär habe ich meine Heimat verlassen und bin nach Seoul gezogen. In meinem Heimatdorf blieb meine Mutter zurück, die bei meinem älteren Bruder lebt. Insgesamt waren sechs Mäuler zu stopfen. Was meinen Bruder betrifft, so muss man sagen, er ist ein unbescholtener Mann, der ohne Gesetze leben kann. Landwirtschaft ist alles, was er gelernt hat. Er bearbeitet etwas Land zur Pacht, da er sich einen eigenen Acker nicht leisten kann. Ich, der schon als Soldat im Ausland gekämpft hatte, konnte da nicht Däumchen drehen oder auf Kosten meines Bruders leben. Aber ehrlich gesagt, hatte ich keine Lust auf Landarbeit. Warum sollte ich mein Leben auf dem Dorf verplempern, wo ich doch schon ganz andere Erfahrungen gemacht hatte. Deshalb wollte ich mein Glück auf eigene Faust versuchen und so meine Familie unterstützen. Es war im letzten Herbst, als ich auf dem Bahnhof in Seoul ankam. Ich hatte keinen blassen Schimmer, wie es weitergehen sollte. Gerade mal dreitausend Won hatte ich in der Tasche, die ich mir irgendwie zusammensparen konnte. Ich kannte keinen Menschen in dieser Stadt. Ich lief ziellos umher. Dann entschied ich mich, bis auf weiteres in einem Arbeiterwohnheim zu übernachten. Damals konnte ich mir noch nicht vorstellen, wie schwer ein Winter in der Großstadt zu überstehen ist.

Den ersten Monat kampierte ich für vierzig Won am Tag im Haus der Arbeiter in Galwol-dong[47]. Das Gebäude ähnelte einem Lagerhaus. Die einzelnen Räume waren nur durch dünne Bretterwände voneinander abgetrennt. Auf dem nackten Betonboden lagen Binsenmatten. In einem Zimmer schliefen aufgereiht etwa zwanzig Leute. Sie lagen so eng beieinander, dass sich ihre Füße berühren konnten. Zudem erhielt jeder nur eine halbierte Armeedecke zugeteilt. Da die Zimmer keine Fenster hatten, war es immer dunkel. So musste man auch am Tage das Licht brennen lassen. Die meisten Bewohner waren Tagelöhner. Einige schienen kaum älter als achtzehn zu sein. Andere waren schon um die sechzig. Abends nach neun trudelten die Leute langsam in ihrer dürftigen Bleibe ein. Dann versammelten sich die Männer in irgendeinem Zimmer. Man palaverte, trank billigen Fusel, und irgendwo gab es immer Streit. Erst spät in der Nacht wurde es ruhiger. Abgestandene Luft und andere Gerüche vermischten sich. Durch die dünnen Bretterwände drang das Schnarchen der Männer. Wenn ich am Morgen die halb nackten Männer in ihrer dreckigen gelben Unterwäsche über den Flur laufen sah, fühlte ich mich eingesperrt wie in einem Käfig.

Können Sie sich so was überhaupt vorstellen?

Immerhin lagerten wir nicht auf der grünen Wiese oder auf irgendeinem Berg, sondern befanden uns keine zehn Schritte von einer Straße entfernt, auf der anständige Damen und Herren in besten Kleidern herumliefen.

Gegen acht Uhr morgens trieb der Hauswart das ganze Volk hinaus zur Arbeit.

47 Stadtbezirk im Zentrum von Seoul.

Schon am ersten Tag vermisste ich mein gesamtes Geld. Wahrscheinlich hatte es mir jemand im Schlaf gestohlen. Neben mir kampierten ein etwa vierzigjähriger Straßenhändler, der Süßigkeiten verkaufte, und ein junger Mann in meinem Alter. Er hieß Gi-Dong. Bereits nach wenigen Tagen waren wir so unzertrennlich wie Brüder. Auf seinen Rat hin stand ich schon früh um halb fünf auf und meldete mich als Tagelöhner auf einer Baustelle. Der Vorarbeiter legte für jeden den Tageslohn fest und wies uns dann die Aufgaben zu. Ich musste Eimer mit Kies oder Splitt nach oben auf ein Gerüst tragen. Da ich seit meiner Kindheit an das Schleppen von Brennholz und Dünger gewöhnt war, konnte ich das einigermaßen aushalten. Ich hatte nur das Problem, dass ich nicht jeden Tag diese Arbeit ergattern konnte. Es gab genug Bewerber, die sich in einer ähnlichen Situation befanden. Wenn ich nur eine Minute zu spät kam, war die Sache zu meinen Ungunsten gelaufen. An solchen Tagen ging ich zum Wohnheim zurück. Ich hoffte, dass vielleicht irgendein Vorarbeiter vorbeikam, der noch dringend einen Arbeiter suchte. Manchmal lief ich auch zum Markt, um mit etwas Glück als Lastenträger wenigstens ein bisschen Geld zu verdienen.

Hören Sie mir überhaupt noch zu? Ich habe ja gleich gesagt, dass ich Ihnen nur eine ganz gewöhnliche Geschichte erzählen kann. Am Bahnhof in Seoul können Sie mit eigenen Augen beobachten, wie viele Menschen in der Hoffnung auf Arbeit dort herumlungern. Bleiben Sie einfach mal an einem Stand stehen, wo Nudelsuppe oder Würstchen verkauft werden. Irgendein müder junger Mann in abgewetzter Arbeitskleidung, der sich nichts kaufen kann, wird Ihnen bestimmt auffallen. Er hat sein nagelneues Tragegestell geschultert und hofft, dass jemand etwas transportieren möchte. Aber er ist nicht der Einzige, der hier sein Glück sucht. Massen von älteren Frauen, Männern und sogar Kindern zieht es für eine Weile in die Stadt. Die meisten wissen nicht mehr, wo sie hingehören. Sie fühlen sich weder in der Stadt noch auf dem Lande heimisch. Nach ein paar Jahren ist dieses Wanderleben zur Normalität geworden. Darunter gibt es junge Leute wie mich, die sich auf diese Weise ihre Jugend kaputtmachen. Mädchen arbeiten meist notgedrungen in Kneipen oder gehen auf den Strich. Einmal habe ich auf der Straße eine Nachbarin aus meinem Dorf getroffen. Auf meine Frage hin erzählte sie mir, dass sie von einem Reichen zum anderen ziehe und ihre Dienste anbiete. Zur Zeit verdiene sie sich ihren Unterhalt als Haushaltshilfe bei einem jungen Ehepaar. Sie rettete sich so über die Runden. Dabei ging es ihr besser als in der Heimat, wo man nicht genug zu essen hatte. Wer würde da nicht gern so einen Job bekommen? Aber ohne Beziehungen ergattert man auch keine Arbeit als Haushaltshilfe. Wir jungen Männer laufen jeden Tag auf der Suche nach Arbeit durch die Stadt. Zweihundert Won verdienen wir durchschnittlich am Tag, wenn wir Glück haben. Können Sie sich vorstellen, wie schwierig es ist, mit so ein paar »Kröten« Essen und Übernachtung zu bezahlen? Wenn du Pech hast, musst du auch mal zwei Tage hungern, weil du keinen Won mehr in der Tasche hast. Ein einziges Mal habe ich gebettelt. Mit meinem leeren Tragegestell auf dem Rücken bin ich einem jungen Pärchen nachgelaufen. Sie unterhielten sich so herzlich. Die Frau schien über meine Bitte verwundert. Ich sei doch kein Krüppel, der nicht arbeiten könne. Dann hat sie mir doch etwas Geld gegeben. Aber es ist entwürdigend. Ein zweites Mal werde ich nicht betteln gehen. Es bleibt mir übrigens ein Rätsel, wie man jede Arbeit – und sei sie noch so erniedrigend – für heilig erklären kann. Es mag ja schön aussehen, wenn man mit angespannten Muskeln Lasten auf dem Rücken durch die Straßen schleppt, aber es bleibt eine Schinderei! Verdammt! Wie leicht komme ich auf den Gedanken, zu betteln, wenn es kalt ist und ich hungrig bin! Es fällt schwer, einen solchen Tag zu überstehen. Selbst wenn ich bis zum Umfallen arbeite, gibt es keinen Hoffnungsschimmer für mich.

Zum Glück konnte Gi-Dong eines Tages eine bessere Arbeit aufreißen. Ein Neureicher suchte fünf Bauarbeiter für seine Villa am Stadtrand von Seoul. An jenem Tag zogen wir aus dem Wohnheim aus. Wir mussten zwar mächtig ackern, aber die Arbeit war nicht ganz so hart und der Lohn zudem nicht übel. Aber Gi-Dong ging es wohl zu gut. Er brachte ein paar Zementsäcke beiseite und verkaufte sie heimlich. Natürlich flog das Geschäft auf, und wir standen wieder als armselige Tagelöhner auf der Straße.

Inzwischen war der erste Schnee gefallen. Draußen wurde es eisig kalt. Es war unmöglich, auf der Straße zu schlafen. Auch das Hungergefühl ließ sich bei diesen Temperaturen nicht mehr durch Wassertrinken verdrängen. Mit leerem Magen erfrierst du im Winter ganz schnell. Nach dem Kälteeinbruch gab es zudem noch weniger Arbeit. Uns blieb nichts weiter übrig, als eine Bauruine zu suchen, wo wir unterkriechen konnten. In der Ecke einer halbfertigen Markthalle machten wir uns ein Lager aus Strohsäcken zurecht. Am fünften Tag murmelte Gi-Dong plötzlich vor sich hin: »Ob ich knurren gehen soll?«

Ich verstand nicht, was er meinte. Aber da rief er mir schon zu: »Hör mal, möchtest du tausend Won verdienen in gerade mal dreißig Minuten?«

Sollte das ein schlechter Witz sein? So ein Gefasel konnte man doch nicht für voll nehmen. Andererseits hatte ich schon genug in Seoul gesehen und erlebt. Vielleicht war doch etwas dran an Gil-Dongs Gequatsche. Während er seine Finger zur Faust ballte und sie dann blitzschnell wieder öffnete, sah er mich bedeutungsvoll an. Dann sagte er: »Verstehst du endlich, was ich meine?«

Später habe ich erfahren, was diese Geste und das Wort »Knurren« bedeutete – nämlich für Geld Blut in irgendeinem Krankenhaus zu spenden. Hörte es sich nicht wirklich wie Magenknurren an, wenn einem das Blut abgezapft wurde? Man verkaufte seinen Lebenssaft, um weiterleben zu können. Verstehen Sie das? Anfangs hatte ich keine Lust auf solche Experimente. Schließlich war ich ja auch nicht nach Seoul gekommen, um zu betteln oder um auf der Straße zu schlafen. Ich tat das nur, um zu überleben. Sollte ich jetzt auch noch mit meinem Leben spielen? Im Grunde hatte ich keine Wahl.

An jenem Tag schneite es stark. Gi-Dong und ich gingen zur Yeomcheon-Brücke[48]. Oft schon hatten wir diese Brücke überquert. Aber nie hatten mich die Gleise da unten, die jetzt mit einer dicken Schneeschicht bedeckt waren, so melancholisch gemacht. Der Platz, auf dem es normalerweise von Menschen wimmelte, schien verlassen. Nichts erinnerte auf dem Bahnhofsgelände an die unzähligen Züge und Leute, die ansonsten hier ankamen und wegfuhren. An Tagen, wo es keine Arbeit für mich gab, hatte ich mich auf das Geländer der Brücke gesetzt und das bunte Treiben beobachtet. Irgendwie fühlte ich mich in diesen Minuten meiner Heimat ein Stück näher.

Im Krankenhaus nahm man den Spendenwilligen zunächst etwas Blut zur Probe ab. Man wollte sichergehen, dass alles in Ordnung war. Erst danach bekam man eine Nummer und wurde aufgerufen. Gi-Dong und ich hatten uns inzwischen an einem Wasserhahn regelrecht voll laufen lassen. Wir hofften, dass nun Wasser statt Blut aus unseren Adern fließen würde. Wir sind eben auch bloß Menschen, verstehen Sie? Ich versuchte, stark zu bleiben. Immer wieder redete ich mir

[48] Brücke in unmittelbarer Nähe des Hauptbahnhofes von Seoul.

ein, wie schwer nun mal das Leben ist. Doch als ich auf der Pritsche lag und die Kanüle in meinem Arm spürte, übermannte mich die Angst. Tropfen für Tropfen schien das Leben aus mir herauszufließen, und ich fühlte mich ganz einfach betrogen.

In diesem Moment sagte die Krankenschwester, dass ich meine Hand bewegen müsse. Immer wieder ballte ich meine Finger zur Faust und konnte beobachten, wie sich die Konserve mit meinem Blut füllte. Wasser, Nudeln, Suppe, Brot, Gelee, Reiskuchen, Brei, die Milch meiner Mutter … Kekse, die C-Ration, Ananas … der Schweiß und der Samen, mit dem mein Ding seit etwa zehn Tagen verstopft schien, flossen aus mir heraus. Auch die Tränen, die ich auf der Yeomcheon-Brücke unterdrückt hatte, mussten dabei sein.

Während mir all diese Dinge noch durch den Kopf gingen, wurde die Kanüle schon herausgezogen. Man sprach von 380 Kubikzentimetern, gab mir einen Schein und rief: »Der Nächste bitte.«

Vielleicht war es eine Täuschung. Doch ich verspürte ein starkes Schwindelgefühl – wie bei einer Kohlegasvergiftung –, als ich auf den Gang hinaustrat. Außerdem schien ich die Kontrolle über meinen Körper verloren zu haben. Man gab mir zwei Scheiben Kraftbrot. Ich kaute sie, ohne etwas zu schmecken. Mit zwei Fünfhundert-Won-Scheinen in der Hand trat ich auf die Straße hinaus. Allein die druckfrischen Geldscheine blieben mir im Gedächtnis. Ansonsten kann ich mich an diesen Tag nicht mehr erinnern. Ach ja, etwas hätte ich beinahe vergessen zu erzählen. Als wir durch die Unterführung am Bahnhof gingen, sagte Gi-Dong plötzlich zu mir: »Knurren ist eigentlich wie Vögeln. Hast du es eine Weile nicht gemacht, fehlt es dir. Aber hast du es gemacht, dann bereust du es auch schon. Leider passt Arbeiten und Blutspenden nicht zusammen. Du bist einfach körperlich erledigt und dann bei der Arbeitssuche schlecht drauf. Ach, komm, wir essen erst mal irgendwo Hundfleisch und besaufen uns ordentlich.«

Wir haben dann mit dem sauer verdienten Geld gleich das Essen für eine Woche bezahlt. Ich war fast gut drauf und so bescheuert, mir einzubilden, dass ich mit dem neuen Dreh ein Vermögen verdiene könne.

Knurren hat was von einem Köder einfressen. Du kommst nicht wieder davon los. Nur zehn Tage später gingen wir wieder in ein Krankenhaus, obwohl die vorgeschriebene Erholungsphase noch nicht abgelaufen war. Deshalb mussten wir uns ein anderes Krankenhaus zum Blutspenden suchen. An diesem Tag lernten wir einen Mittelsmann kennen, der den Spitznamen »Flunder« trug. Da er sich auf der Suche nach geeigneten Leuten, die sich regelmäßig Blut abnehmen ließen, in der Nähe der Krankenhäuser herumdrückte, nannte man ihn auch die »Schmeißfliege«. Denn wenn er einen an der Angel hatte, ließ er nicht mehr los und kassierte kräftig Provision ab. Wer nicht zahlte, war erledigt und brauchte sich im Bahnhofsviertel gar nicht mehr sehen zu lassen. Im Vergleich zu ihm schienen wir absolut naiv und noch fast vom Leben verwöhnt. Er hatte sich schon mit neun Jahren als Lumpensammler durchschlagen müssen. Ich weiß bis heute nicht, warum ich damals nicht auf die Idee gekommen bin, irgendein Ding zu drehen. Dann hätte ich geruhsam im Knast überwintern können und wäre im Sommer wieder auf freiem Fuß gewesen. Wenn ich jetzt so darüber nachdenke, dann ist eine kleine Vorstrafe doch nicht der Rede wert. Oder ist es vielleicht menschlicher, sich aus Hunger einen Strick zu nehmen? Unsereiner wird sowieso nicht wie ein Mensch behandelt.

Wie bitte? Sie arbeiten genau wie ich? Das stimmt doch nicht! Was verstehen Sie denn unter Arbeit? Klar, man rackert vielleicht, bis einem der Schweiß auf der Stirn steht. Aber das kann es nicht gewesen sein! Sie und ich sind nicht gleich, wie Sie mir weismachen wollen. Nie werden wir gleich sein!

Die ganze Sache hat nun mal einen Haken. Wir leben und arbeiten eben unter ganz unterschiedlichen Bedingungen. Früher habe ich darüber nie nachgedacht und einfach die Sache so hingenommen. Ich habe mich nicht mal gefragt, warum gerade ich ein so erbärmliches Leben abbekommen habe. Irgendwann ist mir klar geworden, dass sehr viele Menschen wie ich auf der Straße liegen. Ja, ich bin ein Mensch wie viele andere auch. Damals begann ich nachzudenken, warum ich diese zerschlissene Uniform trage, warum ich im eisigen Winter ohne wärmende Unterwäsche friere, warum ich Hunger habe und sogar mein Blut verkaufen muss! Auf einmal schien es mir, als würde die ganze Stadt von Unmenschen nur so wimmeln. »Flunder« vermittelte mich wie eine Nummer für zweihundert Won. Sechshundert blieben für mich. Ich war ihm und seinem System ausgeliefert. So spendete ich wenige Tage später gleich zum dritten Mal Blut. Dabei hatte ich das Gefühl, als würden sich alle meine Muskeln auflösen. Meine Hände und Füße wurden kalt, und ich bekam Schweißausbrüche. Mir war schwindlig, und ich hatte Geräusche im Ohr. Dann verlor ich das Bewusstsein. Das ist jetzt zwei Tage her.

Was ich noch sagen wollte – ich rede zwar nicht wie ein feiner Pinkel – aber ich hatte nie etwas gegen Leute, wie Sie es sind. Genau genommen haben Sie mir ja auch nichts getan. Ich hatte einfach keine Ahnung, wo ich meinen Hass abladen sollte. Ich habe nicht durchgeblickt, weil die Sache zu kompliziert und undurchsichtig ist. Auf der anderen Seite ist das, was ich durchgemacht habe, eigentlich nichts Besonderes. Es gibt so viele Menschen, denen es ähnlich geht. Daran habe ich früher nie gedacht. Vielleicht habe ich deshalb auch Mist gebaut.

3

Einen Tag, bevor ich ohnmächtig wurde, kam Gi-Dong am Abend nicht von der Arbeit zurück. Vielleicht war er in eine Provinzstadt abgehauen, oder er hatte eine feste Stelle als Müll- oder Wachmann bekommen. Ich hätte mich in so einem Falle nicht anders verhalten. Da ich inzwischen unter Blutarmut litt, konnte ich nicht mehr auf der Baustelle arbeiten oder Lasten schleppen. So allein, wie ich nun war, wuchs meine Angst. Mir war schon alles egal, ich konnte mich nur noch besaufen. In einer Billard-Kneipe in Do-dong[49] suchte ich nach »Flunder«. Aber er wollte mich nicht mehr zum Blutspenden vermitteln. »Was willst du von mir? Wie du aussiehst, kann ich dich nicht nehmen«, sagte er zu mir. »Ich habe keine Lust, wegen einer halben Leiche als Mörder verdächtigt zu werden.«

Ich bekniete ihn und sagte, es sei das letzte Mal. Schließlich setzte er ein ernstes Gesicht auf und dachte nach. Dann nickte er. »Aber es ist wirklich das letzte Mal. In Zukunft kennen wir uns nicht mehr. Solltest du mich noch mal anquatschen, werde ich dich fertig machen, hast du kapiert?« Er ging hinaus, um zu telefonieren. Als er wiederkam, strahlte er über das ganze Gesicht. »Du hast Glück. Auf dich wartet ein richtiges Festtagsessen.«

Am Anfang verstand ich nicht, was er meinte. Er brachte mich nicht wie üblich zu einem Krankenhaus, sondern in ein Wohnviertel in der Nähe des Namsan[50]. Das hoch gelegene Grundstück war nur über eine Treppe erreichbar. Mir war, als würde ich vor dem mächtigen Namdaemun[51] stehen. Schon der Garten des Hauses schien größer als der Spielplatz

[49] Stadtbezirk im Zentrum von Seoul.

[50] Bekannter Berg und Aussichtspunkt in der Stadtmitte.

[51] Das Südtor – ein imposantes, altes Bauwerk im Zentrum.

in meinem Heimatdorf. »Flunder« sprach leise mit einer älteren Frau, die ihm wohl Geld gab. Ich hörte ihn nur sagen, wir kämen vom Krankenhaus. Dann klopfte er mir auf die Schulter: »Heute hast du wirklich Schwein. Ich warte draußen. Als Provision mußt du mir nur tausend Won geben. Mit dem Rest kannst du ein kleines Geschäft machen.«

Ich nickte nur. Die Frau brachte mich in die Küche. Hier stand ein herrlich gedeckter Tisch. Weder in Seoul noch in meiner Heimat hatte ich je so ein Essen zu Gesicht bekommen. Ich glaubte zu träumen. Kaum hatte die Frau die Tür geschlossen, stopfte ich wahllos Rinderrippchen und gebratenen Fisch in den Mund und löffelte dazwischen noch Suppe. Ich aß mich so richtig satt. Da ich kaum noch japsen konnte, musste ich mich auf den Boden setzen. Erst in dem Moment wurde mir klar, warum »Flunder« von einem Festessen gesprochen hatte. Ich sollte dafür mein Blut geben. Schließlich war ich nicht mehr als ein Landstreicher. So einem Menschen schenkt keiner was auf dieser Welt. Nur mit Geld ist eben alles möglich. Das Essen war das Pfand jenes Menschen, der mein Blut kaufen wollte.

Die Frau brachte mich in ein Zimmer. Wie erwartet, lag dort ein abgemagerter alter Mann in einem Schlafanzug im Bett. Neben ihm saß eine Krankenschwester und bereitete die Bluttransfusion vor. Ich stand einfach so in der Ecke. Ich sah, wie die Frau den alten Mann weckte. Dabei redete sie von einem Heilmittel. Der Alte sah mich gleichgültig an. Man legte mich neben den Mann und stach mir die Kanüle in den Arm. Ich schloss die Augen. Auf einmal schossen mir ungelogen alle möglichen Gedanken durch den Kopf. Wenn ich ab und zu die Augen öffnete, schien es mir, als würden diese sonderbaren Kugeln und Blüten des Kronleuchters an der Decke in tausend Stücke zerspringen.

Von fern hörte ich die Krankenschwester und den Alten miteinander reden.

»Haben Sie alles überprüft? Hat er Blutgruppe Null?«

»Jawohl, Herr Vorstand. Der Mann ist sehr gesund«, antwortete die Schwester.

»Wenn man in hohem Alter noch arbeiten will, muss man gesund bleiben. Aber es ist schon anstrengend, etwas für seine Gesundheit zu tun.«

»Ist dieses Mittel nicht ein Wunder? Wie fühlen Sie sich, Herr Vorstand?«

»Etwas besser. Aber ob es tatsächlich hilft?«

»Natürlich«, entgegnete die Krankenschwester. »Sie werden bald wieder wie ein Jüngling vor Kraft strotzen!«

Ich bewegte unablässig meine Hand. Dabei konnte ich wahrnehmen, wie mein Blut in die Injektionsflasche floss. Mein schäumendes Blut hörte sich wie Öl an, das in einen Ofen gepumpt wird. Nachdem ich ungefähr fünfundzwanzig Mal meine Hand zur Faust geballt hatte, waren an die vierhundert Kubikzentimeter in der Flasche. Mein Mund war ganz ausgedörrt, und ich spürte einen rostigen Geschmack in mir aufsteigen. Man zog die Kanüle heraus. Ich stolperte über die Türschwelle. Mir war schwindlig. Die Frau und die Krankenschwester mussten mich stützen. Ich hätte heulen können! Die beiden Frauen schlugen mir vor, mich noch etwas auszuruhen. Aber ich lehnte ab und ging zum Tor. Die Frau steckte mir einen weißen Umschlag in die Jackentasche. Als das Eisentor hinter mir zuschlug, wusste ich für den Moment nicht, wie ich die endlosen Stufen nach unten schaffen sollte. Ich sah meine Umgebung nur noch schemenhaft. So fühlt man sich auch, wenn man zu viel von einem Mittel gegen Würmer geschluckt hat. Plötzlich war »Flunder« da und griff mir unter die Arme.

»Das Leben ist nun mal hart«, sagte er zu mir. »Aber du hast ja bestimmt genug gegessen. Trinke noch etwas Wasser. Dann wird es schon gehen. Wie viel hast du bekommen? Bei vierhundert Kubikzentimetern müssten es viertausend Won sein.«

Ich machte mich von ihm los und warf zwei Fünfhundert-Won-Scheine auf den Boden. Der Kerl glotzte mich an, griff nach dem Geld und murmelte etwas vor sich hin. Dann machte er sich aus dem Staub. Ich torkelte weiter, stützte mich an Pfosten und Wänden ab. Wenn ich zu Boden blickte, wurde mir noch schwindliger. Deshalb reckte ich meinen Kopf starr in den trüben, grauen Himmel, während ich vorwärts wankte. Tränen liefen über mein Gesicht. In einer Gasse setze ich mich erschöpft neben einen Abfallbehälter aus Beton und schlief ein.

Als ich erwachte, war es bereits stockdunkel. Am Himmel leuchteten blass die Sterne. Ich schaute einige Zeit gedankenverloren in den Himmel. Irgendwie beruhigte mich dieser Anblick. Erst als ich aufstehen wollte, spürte ich, dass ich mich kaum noch bewegen konnte. Mein Körper war wie steif gefroren. Schon nach ein paar Schritten musste ich eine Pause machen. Endlich erreichte ich die Straße. Mein ganzer Körper schien geschrumpft zu sein. Im Gegensatz dazu empfand ich meine Arme und Beine als gewaltiger denn je zuvor. Ich konnte kaum noch richtig gehen. Der Weg über den Namsan war anstrengend. Nur langsam kam ich vorwärts. Bevor ich Yang-dong[52] erreichte, blieb ich kurz an einem Geländer stehen und sah hinunter auf die Stadt. Seoul erstrahlte im Dunkeln wie ein Lichtermeer. Die Autokolonnen trugen das Licht in alle Richtungen. Erst jetzt dachte ich an die dreitausend Won in meiner Jackentasche. Sollte ich von dem Geld einen Karren anschaffen oder lieber erst einmal nur Sachen aufkaufen, die ich auf der Straße weiter verhökern konnte? Oder lohnte es sich eher, vor einer Schule Süßigkeiten und gekochte Seidenraupen anzubieten? Aber ich verwarf all diese Ideen wieder. Ich hatte keinen Bock

[52] Bezirk in der Stadtmitte.

mehr, schwer zu arbeiten. So ging ich erst mal einen trinken. In meinem Zustand war ich schnell betrunken. Schließlich kaufte ich auf dem Markt ein Küchenmesser, wickelte es in eine Zeitung und schob es unter mein Hemd. Bis zur Ausgangssperre lief ich ziellos durch die Straßen. Als ich das Messer an meiner Brust verbarg, hatte ich mir geschworen, dass ich den Nächstbesten, den ich erwischte, abstechen würde. Dabei habe ich am ganzen Körper eine gewisse Lebendigkeit verspürt und mich erstmals wieder als Mensch unter Menschen gefühlt. Es stieg sogar eine Art Stolz in mir hoch, der Erinnerungen an meine Soldatenzeit wachrief. Davon abgesehen, bekam ich Lust auf Frauen. Ich war gierig nach ihren weichen Brüsten und Leibern, ihren gurrenden Stimmen. Ich ging in ein Bordell. Es war mir egal, ob die Hure Buni, Yongja, Aeran oder wie auch immer heißen würde. Sie konnte auch ruhig nach Schweiß riechen. Ich wollte nur endlich einmal meinen Kopf zwischen Weiber-Brüste legen und tief schlafen. Seit ich in Seoul war, hatte mein Ding nur kraftlos zwischen meinen Beinen gehangen.

Früher, in ihrer Heimat, waren die meisten Huren einfache Mädchen, die bei der Feldarbeit halfen oder den Bauern das Essen brachten. Natürlich kenne ich all diese Geschichten. Eines Tages hören sie von einer jungen Frau aus der Nachbarschaft, sie habe in der Stadt als Haushälterin ein schönes Geld verdient. Dann warten sie wie ich nur noch auf den richtigen Moment, um aus dem Dorf zu verschwinden. Die Dorfmädchen fallen schnell auf einen Zuhälter herein, der auf solche naiven Dinger gewartet hat. Er lässt sie kurzerhand vergewaltigen. Sie verlieren ihre Ehre. Das macht es dem Zuhälter leicht, sie zur Bordellarbeit zu überreden. Die Mädchen gewöhnen sich an dieses Leben. Sie machen Abtreibungen, ohne zu wissen, wer der Vater des Kindes ist. Wenn sie erwischt werden, steckt man sie natürlich in eine Resozialisierungsanstalt.

Obwohl ich das alles wusste, fühlte ich mich in Gegenwart der Hure schwach und unsicher. Man war nicht mehr als ein Kunde, der eben abgefertigt wurde. Ich schaffte es an diesem Tage einfach nicht, es mit dem Mädchen zu treiben. Ich bin wohl schnell eingeschlafen. Als ich nach ihr tastete, war sie nicht mehr da. Anscheinend hatte sie noch einen anderen Freier. Diese miesen Schlangen sehen einen wie mich doch nicht als Menschen an. Nicht mal anfassen wollen sie uns. Vielleicht erinnern wir sie zu sehr an die Leute in ihrer Heimat.

4

Als ich das Bordell verließ, stand die Sonne schon hoch am Himmel. Der Zuhälter hatte tausendfünfhundert Won kassiert. Für meine Sauferei waren bereits tausendeinhundert Won draufgegangen. Für das Messer hatte ich hundert Won bezahlt. Mir blieben also nur noch dreihundert Won. Schon nach einem Tag war also die Party vorbei. Jetzt lagen lange und harte Tage vor mir. Ich würde frieren und hungern. Ich wusste nicht, wohin. So stieg ich einfach in einen Bus, setzte mich auf einen der hintersten Sitze und sah mir Seoul an. Aber das miese Gefühl blieb. Plötzlich entdeckte ich in den schwankenden und zerlumpten Gestalten auf der Straße mein eigenes Ich. Ich saß leibhaftig im Bus und sah mich trotzdem auf der Straße. Vielleicht kann man sagen, dass ich an diesem Tag erstmals den Mechanismus der Stadt und meine erbärmliche Lage erkannte. Vielleicht hatte ich es auch schon kapiert, als ich neben diesem komischen reichen Alten lag, der Menschen als Medizin benutzt. Wahrscheinlich lieferte dieses Erlebnis sogar unbewusst den Anstoß für den Messerkauf. Wenn der Bus schaukelte, stieß mir der Griff des Messers gegen die Rippen. Ich verspürte unbändige Lust, zu-

zustechen. Aber ich hatte keine Ahnung, wen ich fertig machen sollte. Noch war das Messer auf meine Füße gerichtet.

Der Bus hatte längst das Zentrum verlassen und holperte über eine enge Straße zur Endhaltestelle am Stadtrand. In einem wuseligen, verkommenen Armenviertel stieg ich aus. Ich lief herum, als würde ich nach Bekannten suchen. Da lagen betrunkene Typen auf der Straße oder prügelten aufeinander ein. Der Boden war aufgeweicht, und überall lag Unrat. Kinder, die nicht einmal Unterhosen trugen, streckten ihren nackten Körper vor den Häusern in die Sonne. Sie wirkten müde. Eine Frau, die sich ein Tütchen Reis gekauft hatte, schlich ängstlich an mir vorbei. Aus einer ärmlichen Hütte, die kaum wie eine feste Behausung aussah, drang lautes Geschrei. Vermutlich verprügelte ein Betrunkener gerade seine Frau. Dennoch fühlte ich mich in dieser Umgebung nicht fremd. Hier lebten Menschen. Das glitzernde Seoul hatte in dieser Welt keinen Platz. Aber ich brauchte mich nur in den Bus zu setzen. Er würde mich zu den glanzvollen Straßen zurückbringen. Seoul war allgegenwärtig und existierte doch auf besondere Weise in meinem Kopf. Wenn ich an einer Endhaltestelle ausstieg, war es nie der Ort, den ich suchte. Im Zentrum ging es mir nicht anders. Immer wieder umkreiste ich den Ort meiner Ankunft in Seoul. In diesem Viertel hatte ich Blut gespendet. Hier starteten die Busse in die Heimat. Den ganzen Tag fuhr ich von Endstation zu Endstation. Dabei dämmerte mir langsam, dass ich diese Stadt selbst war. Nie hatte ich vorher an solche Dinge gedacht. Ich versuche das noch näher zu erklären. Aber ich kann Ihnen schon mal sagen, dass ich erst nach dem Verbrechen begriffen habe, wie die Sache läuft.

Als ich von Bongcheon-dong nach Sangdo-dong[53] fuhr,

[53] Stadtbezirke im Südwesten der Millionenstadt Seoul.

war es bereits dunkel. Ich wollte mich nicht mehr am Stadtrand herumtreiben, sondern wieder mitten in Seoul dabei sein. Ich stieg einfach so in Sangdo-dong aus. Da ich mein verbliebenes Geld für die Fahrkarten ausgegeben hatte, wußte ich nicht, wo ich schlafen sollte. So lief ich kreuz und quer durch das Viertel. In den Gassen hörte ich laufende Fernsehgeräte, schreiende Babys und Gespräche der Familien. Irgendwo roch es nach gebratenem Fisch. An einem Haus stand das Tor offen. Mein Blick fiel auf ein Fahrrad. Anscheinend war der Besitzer gerade angekommen und ins Haus gegangen. Zuerst lief ich vorbei. Dann aber ging ich kurzerhand zurück und schwang mich auf das Fahrrad. Als würde es mir gehören, trat ich mit aller Kraft in die Pedale und fuhr in Richtung Straße davon. Mein Herz raste. Wenn Autos hupten, erschrak ich. Aber das ging vorbei. Schon in Noryangjin[54] genoss ich den frischen Fahrtwind. Am liebsten wäre ich die ganze Nacht hindurch bis in meine Heimat geradelt. Ich habe sogar ein bisschen gesungen. Wenn ich ehrlich bin, flüchtete ich nicht vor dem Besitzer des Rades, sondern vor meiner eigenen Beklemmung, von der ich mich nur mit dem Messer zu befreien glaubte. Das Fahrrad war so neu, dass Lenker und Speichen im Licht der Autoscheinwerfer glänzten. Ohne eine Pause zu machen, fuhr ich über den Han-Fluß[55] in Richtung Yongsan[56]. Hier geriet ich in einen Stau. Ich stellte das Fahrrad am Straßenrand ab und machte eine Pause. Ich war wohl zu geschwächt und schwitzte stark auf dem Rücken. Als ich wieder ruhig atmen konnte, bemerkte ich, wie mich eine Alte anstarrte, die an der nahen Bushaltestelle herumlungerte. Da ich wegen des Fahrrads ein

[54] Bezirk im Nordwesten der Stadt.

[55] Großer Fluss in Seoul.

[56] Bezirk in der Stadtmitte.

bißchen nervös war, erwiderte ich ihren Blick. Da kam sie auf mich zu. Ihr Lächeln beruhigte mich. »Haben Sie keine Lust, sich zu amüsieren? Ich kann ihnen ein schönes Mädchen besorgen«, fragte sie.

Ich setzte mich auf das Rad und sah sie von oben bis unten an. Ich fand die Idee nicht schlecht. Warum sollte ich mir nach den gestrigen Vergnügen nicht auch heute etwas Spaß leisten. Ich sagte ihr, dass ich kein Geld hätte. Da zeigte die Alte auf das Fahrrad.

Ich fragte sie, ob sie das Fahrrad anstatt des Geldes nehmen würde. Sie sagte sofort Ja. Ich folgte ihr. Es war ein schüchternes Mädchen, mager und nicht gerade hübsch. Dafür schien sie im Vergleich zu den anderen Huren echt naiv zu sein. Ich berichtete ihr von meiner Zeit beim Militär. Sie erzählte über ihre Kindheit und ihre Erlebnisse in der Resozialisierungsanstalt. Ich erfuhr, dass sie Friseuse gelernt hatte. In der Anstalt habe sie gegen das schlechte Essen protestiert. Dafür sei sie geschlagen worden. So wäre sie schließlich über die Mauer geklettert und abgehauen. Wir verstanden uns so gut, dass wir die ganze Nacht miteinander quatschten! Sie ermunterte mich sogar, wieder als Gelegenheitsarbeiter auf einer Baustelle in Seoul anzufangen. Den ganzen nächsten Vormittag suchte ich nach einer Anstellung. Ich war wirklich entschlossen, wieder richtig zu arbeiten. Aber im Bahnhofsviertel war alles wie früher. Da ich schon wieder den halben Tag nichts gegessen hatte, konnte ich mich gegen Mittag kaum noch auf den Beinen halten. In einem Wartehäuschen legte ich mich auf eine Bank und dachte über alles nach. Das Fahrrad war doch auf jeden Fall mehr als dreitausend Won wert gewesen. Wenn das Mädchen tausendfünfhundert Won gekostet hatte und ich fünfhundert Won als Provision rechnete, blieben immer noch wenigstens tausend Won übrig. Ich bereute, dass ich das Fahrrad nicht besser verkauft hatte. Bestimmt hatte zudem nicht das Mädchen, sondern der Zuhälter das Geld eingesteckt. Ich war mir sicher, dass sie von diesem Typen ausgenutzt wurde. So nahm ich mir vor, noch einmal zum Bordell zu gehen und das Restgeld einzufordern. Ich bildete mir ein, man würde anständig auf meine Bitte reagieren. Ja, so bescheuert war ich! Es stellte sich jedoch bald heraus, dass ich der Naivling war.

»Ich habe Sie noch nie gesehen«, sagte das Biest kalt zu mir. Ich erzählte ihr von meiner miesen Situation. Sie blieb hart. In diesem Moment stürzte der Zuhälter auf mich zu. Während er sich die Ärmel aufkrempelte, brüllte er: »Was? Tausend Won soll ich dir zurückgeben? Welcher Idiot quatscht denn so einen Schwachsinn daher? Du willst doch nicht behaupten, das Rad hat dir gehört! Ich habe dich was gefragt ... Also verschwinde von hier, bevor ich mich vergesse und handgreiflich werde!«

Mir verschlug es die Sprache, während die Huren um mich herum hämisch kicherten. Ich musste daran denken, wie mir das Weibsstück gestern scheinheilig Honig ums Maul geschmiert hatte. Ohnmächtig vor Wut, begann ich sie zu beschimpfen. Gerade, als ich gehen wollte, hörte ich eine tiefe Stimme fragen: »Was ist denn hier los? Wer quatscht denn solchen Unsinn?«

Ich blickte mich um. Der Mann, der vor mir stand, war an seiner Uniform als Nachtwächter erkennbar. Die Gegend schien sein Revier zu sein. Mir fiel sein blasses Gesicht auf. Wahrscheinlich hatte er sich die Nacht über kräftig amüsiert. Ohne ein Wort zu verlieren, zog ich mein Messer unter dem Hemd hervor und stieß zu. »Wer bist du denn, du Arschloch«, sagte ich dabei kalt. Endlich hatte ich einen gefunden, den ich abstechen konnte. Es war ein echt geiles Gefühl! Ich hatte ihn direkt am Bauch erwischt. Er muss auf der Stelle krepiert sein. Aber ich stach weiter wie besessen auf ihn ein. Als ich endlich zur Besinnung kam, war ich über und über mit Blut beschmiert. In der Gasse war niemand mehr zu sehen. Ich hatte einen Menschen umgebracht, den ich nicht einmal kannte. Es klingt vielleicht komisch, aber ich verspürte keinerlei Frust gegen den Mann. Schließlich war er einer wie ich. Mir ist es selbst ein Rätsel, warum ich gerade diesen Kerl nicht leiden konnte und er dran glauben musste. Ich habe den Krieg erlebt, das magere Leben in der Heimat, die harte Arbeit auf den Baustellen und dieses entwürdigende Blutspenden. Alles habe ich klaglos ausgehalten. Bitte, was sagen Sie? Es sei eine Art Zuneigung gewesen? Auf jeden Fall habe ich die Welt am Stadtrand von Seoul erstmals durchschaut. Ja, so muss es gewesen sein. Vielleicht konnte ich nicht ertragen, dass einer, der es im Leben nicht besser getroffen hatte, gegen mich war. Andererseits kann ich kaum fassen, dass ich diesen Mord begangen haben soll. Es gab eine Zeit, wo mein Gewehr solche Dinge erledigt hat. Damals war aber Krieg in jenem Land[57]. So habe ich aus dieser Tat doch etwas gelernt. Ich frage mich nämlich, wie lange Menschen noch so miteinander umgehen werden? Es ist schon zum Verzweifeln.

Da kommt der Mann, der mich vernehmen soll. Sie müssen wohl gehen. Eine Bitte hätte ich noch: Würden Sie so nett sein und vor der Gerichtsverhandlung meine Mutter informieren?

Aus dem Koreanischen von Kang Seung-hee und Torsten Zaiak

[57] Anspielung auf den Vietnamkrieg. Südkorea schickte als Verbündeter der USA ein Truppenkontingent nach Vietnam.

Kim Young-ha

Klingende Weihnachtsgrüße

Wir sollten uns wieder einmal sehen, hatte Jeong-Sik vielsagend am Telefon gemeint. Mit diesem Vorschlag begann alles. Kannte er die neuesten Meldungen der Presse? Warum hatte er auf die Frage, ob er schon Jung-Kwon gesprochen habe, nur mit einem Nein reagiert? Yeong-Su entschloss sich, Jung-Kwon selbst anzurufen. Doch wie beflissen er auch die Nummer von Jung-Kwon wählte, es meldete sich niemand. Es war zum Verzweifeln. Sogar sein Handy hatte er ausgeschaltet. Der Mensch war einfach nicht zu erreichen!

Entnervt schleuderte Yeong-Su das Telefon auf die Couch und lief unruhig hin und her. Seine Frau schien das Geschehen mit einer Mischung aus Argwohn und Unverständnis zu verfolgen. Er fühlte sich ertappt und konterte ihre Nachfrage mit der Ausrede, dass man sich ja für Silvester noch mit den Freunden verabreden müsse. Das war wohl keine gute Idee. Nun hagelte es die bekannten Vorwürfe. In ihrer Stimme klang Empörung mit. Sie erinnerte ihn an verflossene Saufgelage mit seinen so genannten Freunden, die ihn letztlich früher oder später ins Grab bringen würden. Als die Frau endlich mit dem Abfallbeutel in der Hand die Wohnung verlassen hatte, wählte er noch einmal Jung-Kwons Nummer. Aber alle Bemühungen blieben erfolglos.

In Yeong-Su begann die Ungewissheit zu nagen. Konnte er es nicht getan haben? Wieder griff er zum Telefon und rief Jeong-Sik an. Seine Mitteilung, dass Jung-Kwon nicht erreichbar sei, wurde mit einem unheimlichen, vielsagenden Schweigen quittiert. Obwohl kein Wort fiel, schienen beide

Männer die gleiche Vermutung zu hegen. Aber war das nicht eine infame Unterstellung? Nein, diese Grenze übersprang man doch nicht so leicht! Schließlich verabredeten sie sich nach einem längeren Hin und Her für fünf Uhr nachmittags zum Essen. In diesem Moment kam seine Frau, die den Hausmüll entsorgt hatte, zurück. In der Hand hielt sie einen knallroten Briefumschlag, der auf eine dieser neumodischen Weihnachtskarten schließen ließ. Sie sah ihn fragend an. Wer war der Absender dieser kitschigen Weihnachtspost? Er mimte den Ahnungslosen. Doch obwohl sie in der Küche verschwand, schien ihre Neugier geweckt zu sein. »Willst du den Brief nicht endlich öffnen?«, fragte sie schließlich. Yeong-Su hatte den Absender am linken oberen Rand des Kuverts längst erspäht. »Wer ist diese Jin-Suk?«, hörte er nun die Stimme seiner Frau. Er riss den Umschlag auf, während er sich tapfer unwissend stellte. In dem Moment, als er die Musik-Karte mit dem Weihnachtsmann-Bild öffnete, hörte er die Melodie eines bekannten westlichen Weihnachtsliedes. »Frohe Weihnachten wünscht Jin-Suk«, stand lapidar auf der Karte. Während er das Lied vom »Santa Claus« hörte, der zu den Menschen auf Erden kommt, musste er daran denken, wie lange er selbst solche Karten nicht mehr verschickt hatte.

»Erinnerst du dich? Solche Weihnachtswünsche haben wir bestimmt vor zehn Jahren zum letzten Mal gekauft«, versuchte er seine Frau abzulenken. Aber sie war schon ins Wohnzimmer getreten und nahm ihm die Karte aus der Hand. Ihr Gesicht wurde aschfahl. Dann begann sie zu fragen: »Ist das diese Jin-Suk? Du weißt schon, wen ich meine. Wie kommt sie dazu, dir so etwas zu schicken? Du hast also doch etwas mit ihr gehabt, gib es schon zu! Wann habt ihr euch getroffen? Glaubst du etwa, ich bin entzückt über dein mieses Spiel? Bedeutet diese komische Musik, dass ich gehen soll?«

Er vermochte sie nicht zu beruhigen. Sie ließ ihren Gefühlen freien Lauf. Endlich sagte er tonlos: »Du kannst aufhören. Jin-Suk ist tot.«

»Tote schicken bekanntlich keine Karten«, konterte sie erregt.

»Es ist erst wenige Tage her«, entgegnete Yeong-Su. Er griff wie zur Bestätigung nach der Zeitung, die zusammengefaltet unter dem Couchtisch lag, und reichte sie ihr.

»In Deutschland lebende Koreanerin unter mysteriösen Umständen tot aufgefunden«, lautete die Schlagzeile: »Die am 15. Dezember nach Korea zurückgekehrte Deutschkoreanerin wurde in ihrem Zimmer in einer Pension im Bezirk Changcheon-dong[58] in Seoul ermordet aufgefunden. Die Polizei hat die Ermittlungen aufgenommen. Entdeckt wurde der Leichnam vom Personal, da noch gegen Mittag eine verdächtige Stille im Zimmer herrschte. Aufgrund von Indizien geht die Polizei von einem Rache- oder Eifersuchtsmord aus und ermittelt im engeren Umkreis des Opfers. Diese Vermutung wird durch die Tatsache bestärkt, dass Geldbeutel und Wertsachen unberührt blieben. Die Frau wurde mit einem spitzen Gegenstand verstümmelt.«

Seine Frau schaute wie gebannt auf die Zeitung, dann sagte sie: »Du wirst es doch nicht gewesen sein, oder?« Er sprang wie von der Tarantel gestochen auf. »Bist du wahnsinnig? Weißt du, was du da sagst, Lee Suk-Kyeong? Komm her, hierher, und schau mich an!« Yeong-Su schrie, bis seine Stimme zu versagen schien. »Wenn du es nicht warst, ist ja alles in Ordnung.« Ohne ein weiteres Wort zu verlieren, stand seine Frau auf und ging zurück in die Küche. Ihre Gestalt vor dem Spülbecken erschien auf einmal ganz irreal, wie mit einem Fotoapparat hinweggezoomt. Es war ein Krieg ohne Kano-

[58] Ein Bezirk im Westen von Seoul.

nendonner, ein Waffenstillstand ohne Aussicht auf Verhandlungen. Das Paar schwieg einfach. Jeder ging wortlos seiner Beschäftigung nach. Yeong-Su schaltete den Fernseher ein, während Suk-Kyeong in der Küche hantierte. Sie säuberte Lauch und bereitete den Fisch, einen Seeteufel, zum Kochen vor. Bevor sie die Bohnensprossen zu sortieren begann, ging sie an ihrem Mann vorbei, der auf der Couch saß, und nahm die Zeitung vom Tisch. Sie kippte demonstrativ die Packung Keimlinge auf das Blatt und deckte damit den Bericht über Jin-Suk zu. Aber zwischen den Sprossen tauchten immer wieder einzelne Satzfetzen auf: »Deutsch ... tot ... Die am 15. Dezember ... Deutschkoreanerin ... Zimmer ... Bezirk ... Seoul ... aufgefunden. Die Polizei hat die Ermittlungen ... Stille ... Indizien...... Rache- oder Eifersucht ...... verstümmelt.........« Mit jeder Portion Keimlinge in der Schüssel gewannen die Zeilen ihre ursprüngliche Bedeutung zurück. Jin-Suk war tot. Jemand hatte ihr Zimmer in der Pension betreten und sie getötet. Schlimmer noch – sie war mit einem spitzen Gegenstand verstümmelt worden. Suk-Kyeong warf einen Blick ins Wohnzimmer. Ihr Mann kaute noch immer an seinen Fingernägeln. Die Beine hatte er auf den Couchtisch gelegt. Seine Zehen bewegten sich mechanisch. Diese Haltung verriet höchste innere Unruhe. Hatte ihr Mann vielleicht den Mord begangen? Als wollte sie ihren Gedanken Nachdruck verleihen, brach Suk-Kyeong die Spitzen der Keimlinge übermäßig kraftvoll ab. War nicht jedermann zu einem Mord fähig? Andererseits erschien es ihr ausgeschlossen, dass ein so gewöhnlicher Mensch wie ihr Mann mit einem Messer bewaffnet in eine Pension eindrang. Nein – zu einer solchen Tat, die sein Leben grundlegend verändern würde, war er nicht fähig. Dafür kannte sie ihn zu gut. Er hatte zum Beispiel nie in seinem Leben etwas auf Kredit gekauft. Ebenso wenig war er in der Lage, eine Sache entschlossen anzupacken. Selbst die Eigentumswohnung, in der sie lebten, hätten sie niemals erworben, wenn nicht sie gehandelt hätte. »Ich bin dagegen, Schulden zu machen«, hatte er immer wieder unter Kopfschütteln gesagt. Dabei handelte es sich gerade mal um zwanzig Millionen Won[59] – eine Summe also, die man als Peanuts bezeichnen konnte. Doch er hatte darauf beharrt, dass Schulden nun mal Schulden seien. Wer solle das nur bezahlen. »Du natürlich nicht – ich übernehme das schon«, hatte sie schließlich entgegnet und damit die Sache beendet. So ein Pedant konnte Jin-Suk nicht ermordet haben. Ein Mann, der bei jedem Streit um die Finanzen zuerst geklärt haben wollte, um wessen Geld es gehe, war zu so einer Tat unfähig. Zudem wusste doch jeder, wie pedantisch er war. Oder hatte Jin-Suk Geld verlangt? Es schien unwahrscheinlich. Hatte sie es nötig? Falls ja, würde ein Buchhalter-Typ wie Yeong-Su kaum mit einem Messer in der Hand in ihr Pensionszimmer eingedrungen sein. Aber wenn er die Tat dennoch begangen hatte? Unwillkürlich musste sie daran denken, dass sie dann wieder frei sein würde. Ja, sie wäre auf einmal wieder frei. Sollte er tatsächlich diesen Mord, dieses schreckliche Blutbad, begangen haben, würde man ihn mindestens zu einer lebenslänglichen Freiheitsstrafe verurteilen. In diesem Fall könnte sie natürlich nicht nur über die bei der Heirat erworbene Eigentumswohnung frei verfügen, sondern auch über das gemeinsame Vermögen. Eine Scheidung dürfte dann zudem kein großes Problem sein. Schließlich wäre die Fortführung der Ehe, an deren Scheitern er die alleinige Schuld tragen würde, unzumutbar. Damit alles formal korrekt über die Bühne ginge, hätte man natürlich einiges an Anwaltskosten aufzuwenden. Das war nicht zu umgehen. Solche Formalitäten waren notwendig. Eigentlich wäre die ganze Sache bei einem Autounfall be-

[59] Die Summe entspricht etwa 20.000 Euro.

deutend interessanter. Ihr Mann hatte eine Lebensversicherung abgeschlossen. Aber mit so etwas konnte man wohl nicht rechnen.

Sie erschrak. Die Klinge des Küchenmessers hatte – während sie ihren Gedanken freien Lauf ließ – gefährlich die Kuppe ihres Zeigefingers gestreift. Zum Glück war nichts passiert. Hing sie nicht absurden Gedanken nach? Sie schüttelte den Kopf. In ihrer Fantasie sah sie Jin-Suk in ihrem Blut auf dem Boden des Pensionszimmers liegen. Was hatte sie gespürt, als sie allmählich das Bewusstsein verlor und verblutete? Hatte sie sich wie nach der Einnahme eines Schlafmittels gefühlt? Leichtsinnig war diese Jin-Suk schon immer gewesen. Ja, man konnte es beinahe liederlich nennen. Sie war vor Ablauf des ersten Jahres aus dem Studentenwohnheim geflogen, weil sie dreimal unerlaubt auswärts übernachtet hatte. Schon damals war das Gerücht, sie gehe leicht mit Männern ins Bett, im Umlauf. Nach ihrer Meinung war klar, dass auch Yeong-Su zu ihr ging. Ihr jetziger Mann hatte heftig widersprochen und das Gerücht in Abrede gestellt. »Alles frei erfunden. Sie ist halt eine Bekannte, mehr nicht. Wie du siehst, hat sie einen ganzen Schwarm von Verehrern«, hatte er immer wieder beteuert. Jin-Suk war zu dieser Zeit die Nachbarin von Suk-Kyeong im Studentenheim gewesen. Sie hatte schräg gegenüber gewohnt. Einmal, wirklich nur ein Mal hatte sie es getan. Suk-Kyeong presste von der Erinnerung übermannt die Lippen zusammen, während sie die gesäuberten Bohnensprossen in den Topf kippte. Nur einmal hatte sie nämlich einen Slip von Jin-Suk entwendet. Man muss wissen, dass diese Wäschestücke von Jin-Suk, die in komplizierten Männerbeziehungen lebte, begehrte Trophäen unter den Mädchen waren. Hatte sie es aus anderen Gründen getan? Während Suk-Kyeong nachdachte, hielt sie ihren Blick starr zur Decke gerichtet. Dann senkte sie den Kopf. Nein – sie hatte nicht anders als die anderen gedacht und gehandelt. Es war Hass und Neid zugleich. Anders war lediglich die Art ihres Vorgehens. Während die anderen die Wäschestücke einfach von der Leine rissen, war sie in ihr Zimmer eingedrungen und hatte einen Slip aus dem Wäschekorb entwendet. Sie konnte sich nicht erinnern, was sie mit dieser »Trophäe« gemacht hatte. Wahrscheinlich wurde das Ding einfach die Toilette hinuntergespült. So musste es gewesen sein. Im Studentenwohnheim war Diebstahl an der Tagesordnung. Jeden Tag verschwand etwas. Ihr selbst war neben Kosmetik und Unterwäsche sogar die Uhr gestohlen worden. Bestimmt war etwas davon auch bei Jin-Suk gelandet, diesem verdammten Luder! Sie war schon ein leichtes Mädchen, eine kleine Schlampe, die mit jedem schlief und Reizwäsche in Massen besaß. Einige Studentinnen hatten sie einmal gefragt, wo sie diese Dinge kaufen würde. In ihrer unverblümten Art hatte sie damals gesagt, dass all diese Höschen Geschenke seien. Diese Antwort hatte die Mädchen total überrascht. Sie standen da mit offenem Mund und konnten sich nicht vorstellen, zu welchem Anlass man solche Geschenke bekommen sollte.

Suk-Kyeong erinnerte sich, wie sie ihre Mitbewohnerin im Zimmer vielsagend angeschaut hatte, als Jin-Suk frank und frei erklärte, dieses Stück sei ein Geschenk zum Geburtstag und jenes da zum Weihnachtsfest. Tatsächlich war auf dem einen Höschen ein Weihnachtsmann aufgedruckt. Sie fand diese Jin-Suk einfach unmöglich und sagte es auch. Ihre Kommilitonin hatte damals spontan ihre Meinung geteilt. Sie hatte ihr auch den bissigen Spitznamen gesagt, den ein Bekannter Jin-Suk gegeben hatte: »Automat«. Unter diesem Namen war sie im ganzen Fachbereich bekannt. Nur sie selbst schien das nicht zu wissen. Bis schließlich irgendjemand Jin-Suk verriet, was man so über sie erzählte. Einige Zeit wirkte sie niedergeschlagen. Aber bald war sie wieder ganz die Alte. Eigentlich war Jin-Suk nicht besonders hübsch. Sie erinnerte an das Bild, das man sich von der Tochter eines Bahnhofsvorstehers in der Provinz machte: etwas mollig und durchaus gewöhnlich. Wie sie mit diesem Äußeren zu ihren unzähligen Männerbekanntschaften gekommen war, blieb für Suk-Kyeong ein Rätsel. Ihr Blick fiel wieder auf die am Boden liegende Zeitung. Ein mysteriöser Todesfall. Wer mochte Jin-Suk getötet haben? Sie hatte Korea vor mehr als zehn Jahren verlassen und in der Zwischenzeit bestimmt unzählige Männer kennen gelernt. Einer von ihnen musste es getan haben. Das schien ganz gewiss. Und wenn ihr Mann es war? Zu Beginn wäre das sicher äußerst unangenehm. Viel Lärm würde um die Sache entstehen. Es gäbe Untersuchungen, Vernehmungen durch Kriminalkommissare und Interviews mit Journalisten. Die Verwandten ihres Mannes würden auftauchen und die Wohnung besetzen. Oh, endlich würde Leben in die Bude kommen! Zweifellos wäre es eine aufregende Erfahrung, Ehefrau eines Mörders zu sein. »Haben Sie geahnt, dass Ihr Mann ein Verbrecher ist?« Solche Fragen würde man ihr stellen. Von Frauenmagazinen käme bestimmt eine Flut von Anfragen für ein Interview. »Der Mörder war mein Mann!« Gäbe das nicht eine fabelhafte Schlagzeile ab! »Das Eheleben mit dem Frauenmörder«, »Das Abendessen mit dem Frauenmörder«, »Die Hochzeitsreise mit dem Frauenmörder«. Die Leute wären auf all diese Dinge total neugierig.

Während ihre Gedanken mit diesen Fantasien beschäftigt waren, machte sich ihr Mann fertig zum Ausgehen. Auf ihre Frage antwortete er nur kurz, dass er nicht lange wegbleiben werde. Doch sie gab sich mit seiner Antwort erst zufrieden, als er ergänzte, er wolle sich mit Jeong-Sik, der doch angerufen habe, treffen. »Nach dem Abendessen komme ich gleich wieder nach Hause«, fügte ihr Mann hinzu.

»Dass ich schon längst dabei bin, den Fisch zuzubereiten, hast du wohl nicht bemerkt? Warum musst du ihn denn treffen? Oh, ich verstehe. Jin-Suk ist gestorben, und du gehst, um sie zu beweinen. Wollt ihr Liebhaber euch versammeln, um ein Klagelied anzustimmen?«

Trotz ihres Redeschwalls zog Yeong-Su schweigend seinen Mantel an und wickelte sich den Schal um den Hals. Während er den Schuhanzieher zwischen Ferse und Schuh schob, protestierte er leise: »Wie kannst du einen solchen Unsinn reden?« Suk-Kyeong wollte ihm noch etwas nachrufen, aber die Tür war schon ins Schloss gefallen. Empört warf sie die Schöpfkelle ins Spülbecken. »Gemeiner Hund!« Doch Yeong-Su hatte bereits das Haus verlassen und ließ seinen fülligen Leib ins Auto plumpsen, das gleich vor dem Wohnblock geparkt war. Sein Bauch quoll über den Sicherheitsgurt, und er machte keine gute Figur. Das Auto ruckelte leicht, als er davonfuhr. Immer, wenn er an einer Ampel anhalten musste, versuchte er Jung-Kwon anzurufen. Aber er konnte ihn nicht erreichen.

Am verabredeten Ort wartete Jeong-Sik bereits mit düsterer Miene auf ihn. Ohne zu grüßen, blickte er von der Seite zu Yeong-Su hoch. »Unser Treffen ist vielleicht nicht ganz ungefährlich, oder?«, sagte er nur. Dann bestellte er irgendeinen guten Kaffee. »Warum sollen wir uns nicht treffen, bitte schön. Was hast du denn? Haben wir etwas Verbotenes getan, oder was?«, konterte Yeong-Su. Bevor er antwortete, nahm Jeong-Sik ein Bonbon, wickelte es aus und steckte es in den Mund. »Ich meine, wir könnten doch, verdammt noch mal, Verdacht erregen. Genau genommen gibt es keinen Grund, warum wir uns treffen sollten. Die Kerle da hinten, sind das nicht Bullen?« Er zeigte auf die Männer in der Ecke.

Während Yeong-Su der Meinung war, dass Bullen keine Anzüge trügen, verteidigte Jeong-Sik seine Auffassung. Man brachte Yeong-Su seinen Kaffee. Während er schlürfend einen Schluck nahm, fragte er, ohne aufzublicken: »Bist du … du bist es doch nicht gewesen?«

Mit einem aggressiven Laut schob Jeong-Sik das Bonbon in seinem Mund hin und her. »Ich bin nicht derjenige, der Jin-Suk getötet hat. Das weiß ich zumindest sicher.«

»Wer war es dann?« Bei diesen Worten trafen sich die Blicke der beiden Männer zum ersten Mal. Konnte es nicht Jung-Kwon, dieser Mistkerl gewesen sein? Immerhin lebte er getrennt, oder stimmte das nicht? In diesem Moment bemerkte Yeong-Su den bitteren Geschmack im Mund. Er hatte vergessen, Zucker in den Kaffee zu tun. Zerstreut schüttete er zwei Teelöffel Zucker in die Tasse. »Was hat eine Trennung mit Mord zu tun?« Jeong-Siks Frage klang wenig überzeugend. »Der Idiot soll auch bankrott sein.«

»Was hatte er denn überhaupt für ein Geschäft?«, fragte Yeong-Su. »Eine Ladenkette, die Hühnchen vermarktet hat. Neben Hühnchen bot er wohl tagsüber zusätzlich Kaffee und Fleischspießchen an. Aber so genau weiß ich das auch nicht. Jedenfalls, als er Bankrott machte, trennte sich seine Frau von ihm«, erklärte Jeong-Sik weiter. »Lebte er früher nicht mal eine Weile mit Jin-Suk zusammen?«, wollte Yeong-Su wissen. Aber der Freund wehrte ab und meinte, dass man das nicht so sagen könne. Natürlich habe Jung-Kwon ein paar Mal mit Jin-Suk geschlafen. Sie sei auch ab und zu in seiner Studentenbude gewesen. Aber mehr wisse man nicht. Yeong-Su erinnerte sich bei diesen Worten daran, dass Yeong-Sik ein paar Monate mit Jung-Kwon das Zimmer geteilt hatte. Aber davon wollte der Freund jetzt nichts mehr wissen. »Sie war leichtsinnig, diese Jin-Suk, das ist schon wahr«, wehrte er ab. »Leichtsinnig? Das würde ich nicht sagen. War sie nicht eher ein bisschen unbedarft?« Die beiden Männer konnten sich partout nicht einigen.

»Ist das nicht grauenhaft«, nahm Jeong-Sik das Gespräch wieder auf. »Ihr Körper soll mit Messerstichen übersät sein. Ich meine nur, welcher Hundsfott macht so etwas? Und warum? Warum auf eine so brutale Weise? Es wäre doch einfacher gewesen, ihr den Hals umzudrehen. Zudem hätte das weniger Zeit gekostet.« Jeong-Sik hüstelte, während er sprach. Yeong-Su konnte sich die Frage nicht verkneifen, ob der Freund das Rauchen aufgegeben habe. Er reagierte bissig auf das Eingeständnis: »Verräter! Man sagt, dass man sich mit Kerlen, die nicht mehr rauchen oder ständig beim Kartenspiel gewinnen, nicht einlassen soll.« Aber Jeong-Sik ging auf seinen Ton nicht ein. »Du solltest wirklich auch aufhören. Das steigert das Wohlbefinden«, erklärte er ruhig. »In dieser verflixten Situation soll ich noch an solche Sachen denken«, knurrte Yeong-Su. »Weshalb sprichst du so pessimistisch? Hat sich etwa die Polizei bei dir gemeldet?«, fragte Jeong-Sik zurück.

Wie sich herausstellte, gab es keinen ernstlichen Grund zur Beunruhigung. Auch schien die Polizei von ihrem Treffen mit Jin-Suk keinerlei Wind bekommen zu haben. »Es war dumm von mir. Eigentlich habe ich mich nur mit ihr getroffen, weil ihr, also du und Jung-Kwon, es wolltet. Aber wer konnte ahnen, dass so etwas passieren würde.« Jeong-Sik schien keine Ruhe zu finden. Eine Weile saßen die beiden schweigend da. War nicht alles an diesem Abend ohne besondere Vorkommnisse verlaufen? Man hatte zusammengesessen und getrunken. Anschließend war Jin-Suk in die Pension gegangen. Dort musste sie ihren Mörder getroffen haben. Hatte sie vielleicht noch Besuch empfangen? Wer kam als Täter in Frage? Da Jin-Suk viele Männer gekannt hatte, schien die Antwort nicht einfach. Jeong-Sik kniff die Augen zusammen. »Bist du anschließend direkt nach Hause gegangen?«, fragte er plötzlich. Yeong-Su schnippte aufgebracht seine Zigarette in den Aschenbecher. »Warum verdächtigst du ausgerechnet mich?« Jeong-Sik beeilte sich hinzuzufügen, dass er doch nur wissen wolle, ob er ohne Zwischenfall nach Hause gekommen sei. Man könne ja nie wissen. »Die Polizei wird ihr Adressbuch und andere Sachen durchsucht haben. Bestimmt haben sie eine Eintragung über unsere Verabredung gefunden. So oder so stehen sicherlich unsere Telefonnummern drin.« Während er sprach, hatte Yeong-Su seine Zigarette aus dem Aschenbecher gefischt. Er begann wieder zu rauchen. Waren ihre Befürchtungen nicht überflüssig? Immerhin waren sie doch unschuldig. Aber wenn man gerade in einer solchen Situation eine Dienstreise ins Ausland antreten musste, konnte das schon ein Problem sein. »Stell dir vor, die Polizei entdeckt meinen Namen, will mich befragen, und ich bin gerade im Ausland. Da werden sie mich doch als Ersten verdächtigen! Oder was meinst du?« Yeong-Su wusste nicht so recht, was er Jeong-Sik antworten sollte. Vielleicht würde man die Reise in dieser Situation einfach nicht genehmigen. Das kam doch heute beim geringsten Verdacht schnell einmal vor. Aber Jeong-Sik war nicht zu bremsen: »Ich bin in einer furchtbaren Situation«, redete er schon weiter. »Im Geschäft hat kein Mensch Ahnung, worum es in dieser Angelegenheit im Ausland geht. Ohne mich platzen die Vertragsverhandlungen über unsere Beteiligung an der Möbelausstellung. Kannst du dir vorstellen, wie wichtig die Sache ist? Aber wie soll ich diese Situation meinem Chef begreiflich machen? Ich kann ihm doch nicht sagen, dass wir leider das Ausstellungsprojekt aufgeben müssen. Ich habe Ausreiseverbot, weil ich in einen Mordfall verwickelt bin. Oder soll ich etwa noch erklären, dass ich mit einer Frau, die ich vor mehr als zehn Jahren mal kannte und die im Ausland lebte, den letzten Abend vor ihrer Ermordung verbracht habe?« Yeong-Su hob die Hand, um Jeong-Siks Wortschwall endlich zu bremsen. »Warum lässt du deine Wut an mir aus? Habe ich dir die Ausreise untersagt? Es ist doch keineswegs sicher, dass sie dich nicht fahren lassen. Also beruhige dich erst einmal.«

»Weiß deine Frau von all dem etwas?« Jeong-Siks Frage traf Yeong-Su an einer empfindlichen Stelle. »Diese verdammte Weihnachtskarte … deswegen hängt bei mir zu Hause …« Da fiel ihm Jeong-Sik schon ins Wort: »Moment mal, eine Weihnachtskarte, was denn für eine Weihnachtskarte?« Nun blieb Yeong-Su nichts, weiter übrig, als zu erzählen, dass Jin-Suk eine Weihnachtskarte geschickt hatte. »Meine Frau hat sie gesehen und sich fürchterlich aufgeregt. Ich kann zwar nicht begreifen, dass man sich deswegen wie eine Wahnsinnige gebärdet. Oder bin ich vielleicht mit Jin-Suk ins Bett gegangen?«

»Früher schon«, warf Jeong-Sik ein.

»Ach, lass die alten Geschichten«, wiegelte Yeong-Su ab.

Als sich Jeong-Sik nun genauer nach der Weihnachtskarte erkundigte, konnte es sich Yeong-Su nicht verkneifen, den knallroten Umschlag zu erwähnen und als Beleg für Jin-Suks pubertäres Gehabe anzuführen. »Wie kann man sonst auf so eine Weihnachtskarte kommen?«, fügte er bedeutungsvoll hinzu. In diesem Moment sprang Jeong-Sik erschrocken auf. »Was erzählst du da? Als ich mich auf den Weg zu unserem Treffen machte, sah ich in meinem Briefkasten einen roten Umschlag stecken. Ich dachte, es sei eine Werbesendung. Verdammt noch mal, der Brief muss von Jin-Suk sein, diesem verfluchten Luder. Sogar im Tod macht sie uns noch Schwierigkeiten. Ich muss sofort los.« Bevor Jeong-Sik das Café verließ, steckte er sich an der Theke noch einige Bonbons ein. Kaum saß er im Auto, schob er ein Bonbon in den Mund und zerbiss es mit aller Kraft. Als er keine zehn Minuten später zu Hause ankam, steckte die rote Weihnachtskarte noch immer im Briefkasten. Seine Frau wusste zwar nichts von Jin-Suk, aber sie wäre über eine solche Karte kaum erfreut gewesen. Als er den Umschlag aus dem Briefkasten nehmen wollte, sprach ihn unvermittelt ein Mann an. Er fragte nach seinem Namen und bat Jeong-Sik, ihm zu folgen. Jeong-Sik wäre am liebsten in den Boden versunken. Die Polizisten wollten ihn doch nicht etwa in seiner Wohnung verhören.

Was sollten die Leute denken? Aber die Männer winkten ab. »Sie sind doch keine Berühmtheit. Folgen Sie uns bitte zum Auto.«

Nach ein paar Schritten blieb Jeong-Sik plötzlich stehen. Er versuchte, sich dezent aus dem Griff der Beamten zu befreien. Sie sollten keineswegs denken, dass er fliehen würde. Während er zum Briefkasten ging, versuchte er zu erklären, dass die Post für seine Frau sei. Er wolle sie deshalb wieder einwerfen. Aber ohne ein Wort zu verlieren, zog der andere Beamte den Brief wieder aus dem Kasten.

»Hören Sie, ich werde Sie anzeigen. Werfen Sie gefälligst den Brief zurück in den Postkasten. Wie können Sie in unserer Post herumschnüffeln? Haben Sie überhaupt einen Durchsuchungsbefehl?« Ungerührt von Jeong-Siks Worten steckte der Beamte den Umschlag in seine Jackentasche und setzte sich auf den Beifahrersitz. Das Auto verließ den Parkplatz vor dem Apartmenthaus.

»Der Brief stammt von der toten Frau.« Der Kriminalbeamte auf dem Beifahrersitz grinste. Er war sichtlich zufrieden, etwas gefunden zu haben, das im Zusammenhang mit der Tat stand. »Leg ihm Handschellen an«, befahl er seinem Kollegen.

Erst jetzt, als er mit Handschellen auf dem Rücksitz des Polizeiautos saß, dämmerte es Jeong-Sik, dass er sich durch sein Verhalten verdächtig gemacht hatte. Er hatte versucht, einen Sachverhalt zu vertuschen. So demonstrierte er nun tapfer Gelassenheit und redete auf die Polizisten ein: »Es handelt sich um ein Missverständnis. Sie verhaften einen Unschuldigen. Warum tun Sie mir das an?« Doch seine Worte schienen an den Kriminalbeamten abzuprallen. Er erhielt keine Antwort, so als wäre er ein sprachloser Gegenstand oder ein lästiges Tier.

Im Polizeipräsidium begann man mit der offiziellen Vernehmung. Die Räume erinnerten eher an eine Steuerbehörde. Das aus Kriminalfilmen bekannte Ambiente suchte man hier vergebens. Es gab weder verdunkelte Büros noch flackernde Neonröhren oder altehrwürdige Schreibmaschinen. Vor gelangweilt blickenden Beamten saßen Bürger in unterwürfiger Haltung und versuchten, sich verständlich zu machen. Alter? Beruf? Jeong-Sik antwortete bereitwillig auf alle Fragen und versuchte, einen guten Eindruck zu machen.

Seine Antworten schienen krampfhaft zu signalisieren: Ich habe nichts zu verbergen. Sie können mich alles fragen. Aber irgendwie klangen seine Äußerungen hohl oder wie billige Ausreden. Seine Strategie wollte einfach nicht aufgehen. Er hatte das ohnmächtige Gefühl, dass seine Sätze sich in Schlangen und Kröten verwandelten, die ihm wie böse Geister das Wort im Munde umdrehten.

»Ich kannte Jin-Suk von früher, das ist alles. Es ist doch nichts Besonderes, sich mit alten Studienfreunden zu treffen. Sie hat lange im Ausland gelebt. Ihr Besuch in der Heimat war einfach eine Gelegenheit, ein paar alte Freunde zu treffen. Auf diese Weise konnten wir sozusagen zwei Fliegen mit einer Klappe schlagen. Warum sollte ich auf eine alte Bekannte, die ich so lange nicht gesehen hatte, mit dem Messer einstechen? Dafür gab es wahrhaftig keinen Anlass. Überlegen Sie doch selbst ...«

Der Kommissar blickte Jeong-Sik nur schweigend über den Rand seines aufgeklappten Notebooks an. Schließlich huschte ein vielsagendes Lächeln über sein Gesicht: »›Umbringen sollte man das verdammte Luder!‹ Das haben Sie doch gesagt?«

»Ach, so einfach ist das nicht ...« Jeong-Sik unterbrach plötzlich seinen Satz und fragte den Kommissar unvermittelt, ob er zufällig ein Bonbon bei sich habe. Da er kürzlich das Rauchen aufgegeben habe, leide er nun schrecklich unter den Entzugserscheinungen. »Wenn ich nicht mal ein

Bonbon lutschen kann, ertrage ich dieses Gefühl einfach nicht. Ich muss schlucken und schlucken.« Seine Bitte hatte fast etwas Flehentliches.

Aber der Kommissar schüttelte nur den Kopf und setzte die Vernehmung fort. »›Umbringen sollte man das verdammte Luder!‹ Haben Sie das nun gesagt oder nicht?«

Jeong-Sik konnte nur beteuern, dass er diese Worte höchstens im Zorn geäußert habe. »Hätte ich geahnt, dass sie auf diese Weise sterben würde, wäre so etwas niemals über meine Lippen gekommen. Das müssen Sie mir glauben«, fügte er fast beschwörend hinzu.

»Am Tag, als die Tat geschah, waren Sie zu viert auf Zechtour. Nachdem Sie sich verabschiedet hatten, haben Sie das spätere Opfer in der Pension aufgesucht. Ist das korrekt?«, fragte der Beamte.

Jeong-Sik hob den Kopf und seufzte tief. Es klang, als würde er seinem Schmerz Luft machen wollen. »Herr Kommissar«, begann er, »wenn Sie kein Bonbon haben, bitte ich Sie jetzt um eine Zigarette.« Er nahm die angebotene Zigarette, und während er weitersprach, blickte er den Polizeibeamten niedergeschlagen an: »Oh, wegen dieser Fotze beginne ich wieder zu rauchen. Ja, das stimmt, ich war bei ihr. Herr Kommissar, ist ihnen so etwas nie passiert? Wenn nicht, dann eben nicht. Jin-Suk und ich, wir hatten früher etwas miteinander. An der Uni gehörten wir einem Freizeitzirkel an, der sich häufig traf. Erst tranken wir viel, dann stahlen wir uns unbemerkt davon und suchten auf getrennten Wegen eine Pension auf. Sie wissen schon…« Bei diesen Worten schaute Jeong-Sik vielsagend in die Runde.

»Aber am Mordtag war Bak Jung-Kwon vor Ihnen da«, entgegnete der Kommissar.

Jeong-Sik reagierte sichtlich überrascht auf diese Mitteilung: »Woher wissen Sie das? Hat Jung-Kwon schon ausgesagt?«

Doch der Polizist bedeutete ihm lediglich, dass er die gestellte Frage zu beantworten habe. Alles andere sei nicht seine Sache.

»Ach, Sie haben ja keine Ahnung, wie kompliziert unsere Beziehungen waren«, versuchte Jeong-Sik zu erklären. »Sie werden es auch nicht begreifen können, wenn ich es erzähle. Offen gesagt, Jin-Suk war unser gemeinsamer Besitz. Am Anfang haben wir das nicht einmal gemerkt. Als wir wieder einmal getrunken hatten, kam die Wahrheit ans Licht. Es muss Yeong-Su gewesen sein, der die Sache ansprach. Ich meine, dass wir alle mit ihr ins Bett gingen. Es gibt zwei Möglichkeiten für einen Mann in solch einer prekären Situation. Man lässt entweder die Hände von dieser Frau. Sie wird sozusagen zur Sperrzone erklärt. Oder man verdrängt ganz einfach ihre Existenz. Niemand erwähnt ihren Namen, aber das Verhältnis geht munter weiter. Hätte Jin-Suk nur ein bisschen Charakter gehabt und wäre sie obendrein hübsch gewesen, hätten wir uns bestimmt für die erste Variante entschieden. Aber sie war beschränkt und unbedarft. Als wir es miteinander trieben, hielt sie das sogar für ein Spiel mit meinem Finger. Sie hatte wirklich keinen blassen Schimmer. Wie es ein solches Mädchen an die Universität schaffen konnte, bleibt mir auf ewig ein Rätsel.

Also, wir vermieden von diesem Zeitpunkt an jede peinliche Begegnung und Erwähnung ihrer Person. Sie wurde von uns zu einer Art Phantom erklärt, das man nicht fassen kann. Na, Sie verstehen schon, was ich meine. Da offiziell Jin-Suk für uns nicht existierte, war es auch kein Problem mehr, sie gemeinsam zu besitzen. So eine Verfahrensweise hat übrigens Tradition. In abgelegenen Gegenden wurde das früher recht oft praktiziert. Fast jedes Dorf hatte seine Schwachsinnige, die als Gemeinschaftsbesitz der Männer herhalten musste. Vom siebzigjährigen Greis bis zum fünfzehnjährigen Knaben hatten alle etwas mit ihr. Das Leben im Dorf wurde dadurch nicht berührt. Unser Fall hatte Ähnlichkeit mit dieser Praxis.«

In diesem Moment klingelte das Telefon. Der Kommissar nahm den Hörer ab. »Sie brauchen nicht weiterzureden. Ich habe schon verstanden«, rief er ins Telefon.

Er hatte nichts von Jeong-Siks Bericht notiert. Geschichten hatten in Vernehmungsprotokollen keinen Platz. Aufgezeichnet wurden nur klare Aussagen. Trotzdem hatte der Kommissar in Ruhe zugehört. Doch jetzt schienen die notwendigen Fakten beisammen zu sein. Er hatte nur noch die Ergebnisse der erkennungsdienstlichen Untersuchungen abzuwarten. Von den Resultaten hing ab, wie das Protokoll verfasst werden musste. Nun war der lang erwartete Anruf mit dem Bericht über die ausgewerteten Fingerabdrücke gekommen. Der Kommissar formulierte seine Fragen so nebulös, dass der Verdächtige im Ungewissen bleiben musste.

Der Kommissar legte den Hörer auf und zog sein Notebook zu sich heran. Er spannte Jeong-Sik sichtlich auf die Folter. Er schien einerseits zu bestätigen, dass dieser schuldlos war. Andererseits wollte er hartnäckig wissen, warum Jeong-Sik davon gesprochen hatte, Jin-Suk umzubringen. Der Kommissar kaute auf einem Streichholz, während Jeong-Sik immer noch glaubte, sich verteidigen zu müssen: »Das war doch nur Gerede, ein Witz.« In diesem Moment zerbrach das Streichholz. Jeong-Sik hob abwehrend die Hand und machte ein ergebenes Gesicht. »Sie haben Bak Jung-Kwon aus dem Zimmer der Pension rufen lassen und mit ihm weitergetrunken. Da sind dann jene besagten Worte gefallen. Ist das richtig?« Der Kommissar sprach weiter. »Warum hat Herr Bak darauf nichts erwidert? Warum hat er gesagt, diese Frau habe sein Leben ruiniert, und er sei mit dem Vorsatz, sie zu töten, zu ihr gegangen?«

Jeong-Sik versuchte jetzt zu erklären, warum Bak Jung-Kwon sein Leben als gescheitert ansah.

»Wissen Sie, Jung-Kwon war schon immer etwas sonderbar. Er schien – so lächerlich es klingt – wirklich in Jin-Suk verliebt zu sein. Ausgerechnet in diese Frau! Nicht zuletzt war es ihre Schuld, dass wir drei vor zehn Jahren im Streit auseinander gingen. Wir hatten damals gerade das Studium abgeschlossen. Yeong-Su bekam eine Stelle als Buchhalter in einer Firma, und ich hatte ebenfalls eine Arbeit gefunden, auf die ich in einem intensiven Training vorbereitet wurde. Wir trafen uns zu dritt, um die erfolgreiche Stellensuche zu feiern. Wir waren in bester Laune. Plötzlich zückte Jung-Kwon, der nicht einmal richtig betrunken war, ein Messer und fuchtelte damit herum. Wir standen Todesängste aus. Er drohte, uns beide umzubringen, sollten wir Jin-Suk je wieder anrühren. Als ob wir sie je gegen ihren Willen angefasst hätten. Dieser Dummkopf! Wir gingen ja gerade zu ihr, weil sie uns nie abwies.«

Jeong-Sik hielt kurz inne: »So ist es gewesen, Herr Kommissar. Hätten Sie nicht auch die Gelegenheit genutzt, wenn Sie so eine Frau kannten? Jung-Kwon hat jahrelang mitgemacht. Wie kam er auf einmal auf die Idee, bei ihm sei es Liebe und bei uns nichts als Amüsement und Missbrauch? Das hätte er uns doch ersparen können. Meinen Sie nicht auch? Genau genommen war Jung-Kwon ein armer Kerl. Er hat bis zum Ende seiner Studentenzeit außer Jin-Suk keine Frau gehabt. Trotzdem kann ich ihn nicht begreifen. Wie konnte er uns, seine Freunde, mit dem Messer bedrohen und alles zwischen uns zerstören? Rückblickend würde ich sagen, er hatte eine Neigung zu extremen Handlungen. Verstehen Sie, damit will ich keineswegs unterstellen, er könnte mit dem Mord an Jin-Suk etwas zu tun haben. Aber ich will auch nicht verschweigen, dass er depressiv wirkte, nachdem sein Geschäft Bankrott machte und seine Frau sich scheiden ließ.« Der Kommissar warf ein, dass es sich nach seinem Wissen um keine Scheidung, sondern lediglich um Trennung handele.

Jeong-Sik konnte seine Verblüffung kaum verbergen. Der Beamte schien mehr als gut informiert zu sein. Er spürte einen Kloß im Hals aufsteigen. In seinem Mund sammelte sich der Speichel. Er fürchtete, der Kommissar würde sein nervöses Schlucken wahrnehmen. Doch gleich ärgerte er sich über seine überzogenen Ängste. In dieser angespannten Situation hörte Jeong-Sik auf einmal den Kommissar sagen: »Gut, Sie können nach Hause gehen. Sie müssen sich aber in der nächsten Zeit zur Verfügung halten, denn noch sind nicht alle Verdachtsmomente gegen Sie ausgeräumt.«

Jeong-Sik zögerte. Es schien, als würde er zum Sprechen ansetzen. Aber dann schwieg er lieber und erhob sich. Gern hätte er die geplante Auslandsreise ins Spiel gebracht. Andererseits war er heilfroh, der Polizei ungeschoren zu entkommen. Die Geschichte mit der internationalen Möbelausstellung war ohnehin Aufschneiderei gewesen.

*

»Lächerlich, immer musst du übertreiben. Ohne dich läuft wohl gar nichts, wie? Du willst mir doch nicht weismachen, die Sache platzt, wenn du nicht reisen kannst!«

Diese Gedanken waren Yeong-Su durch den Kopf gegangen, als er seinem Freund Jeong-Sik in der Gaststätte zugehört hatte. Nachdem ihn Jeong-Sik Hals über Kopf verlassen hatte, um die belastende rote Weihnachtskarte aus dem Postkasten beiseite zu bringen, war er allein im Café sitzen geblieben. Er trank eine Tasse Kaffee nach der anderen. Nichts zog ihn nach Hause. Es war nicht auszuschließen, dass schon die Polizei in der Nähe seiner Wohnung nach ihm suchte. Schlimmer als ein Polizeiverhör würden jedoch die bohrenden Fragen seiner Frau sein. Er konnte sich gut vorstellen, dass sie alle Hebel in Bewegung setzen würde, um Genaueres über seine Beziehung zu Jin-Suk zu erfahren. Schon während der Universitätszeit hatte Suk-Kyeong ihren Ärger nicht unterdrücken können, sobald die Rede auf Jin-Suk kam. Er erinnerte sich an unangenehme Szenen. So hatte sie ihn sogar, während sie zusammen im Bett lagen, beschuldigt, er würde ihre sexuellen Qualitäten vergleichen. Nur mit Mühe gelang es Yeong-Su damals, sie zu beruhigen. Zwar konnte er, wenn er die Sache nüchtern betrachtete, wirklich keinen Unterschied zwischen den beiden feststellen. Es sei denn, er zog in Betracht, dass seine Frau nur mit ihm schlief. So kostete es ihn schon Überwindung, sie vom Gegenteil zu überzeugen. Immer wieder beteuerte er deshalb, er sei mit Jin-Suk nicht ins Bett gegangen. Aber seine Frau blieb misstrauisch und hartnäckig. »Wenn wirklich nichts gewesen sein soll, warum bekommst du Schweißausbrüche, wenn von ihr die Rede ist?«, warf sie ihm bissig vor. Suk-Kyeong war keine einfache Gegnerin. In Zeiten, in denen Yeong-Su sich mit ihr gestritten hatte, schlief er mit Jin-Suk. Manchmal wunderte es ihn, wie Jin-Suk freiwillig ein solches Leben führen konnte. Erst als sie aus Deutschland zurückkam, hatte sie ihm darauf geantwortet: »Soll ich dir die Wahrheit sagen? Damals hatte ich für mich und meinen Körper nur Verachtung übrig. Ich fühlte mich als ein Nichts. Als Wurm habe ich mich empfunden. Mit diesem Gefühl im Bauch bist du zu allem bereit, solange du nicht direkt vergewaltigt oder unflätig behandelt wirst. In dieser Situation habe ich einen Mann kennen gelernt, der anders dachte. Heute ist er mein Ehemann.« Vorsichtig hatte Yeong-Su nachgefragt: »Du meinst diesen Typ aus Deutschland?«

»Ja, er ist Deutscher«, hatte Jin-Su geantwortet. »Er hat mir klar gemacht, dass ich kein Wurm, sondern ein Wesen mit menschlicher Würde bin. Am Anfang klang das ganz ungewöhnlich für mich. Wie seltsam das klang! Zum ersten Mal sagte ein Mensch solche Worte zu mir. Weißt du, mein Mann ist Vorsitzender der ›Grünen‹ in Düsseldorf. Ich bin auch Mitglied dieser Partei geworden. Aber dass ich eine Umweltaktivistin sei, wie ein Magazin bei meiner Rückkehr über mich schrieb, ist übertrieben. Wenn ich Mitglied der Grünen-Partei bin, heißt das noch lange nicht, dass ich eine Umweltaktivistin sein muss. Ich hätte mich verändert, sagst du. Das mag sein. Früher war ich angespannt und nervös. In Deutschland hörte ich, in Korea geht es mit ungeheurer Geschwindigkeit voran. Ich habe erlebt, wie die Sowjetunion zusammenbrach. Dadurch hat sich politisch viel verändert. Dann folgte die IMF-Finanzkrise in Korea. Immer wieder musste ich darüber nachdenken, wie ihr euch verändert habt. Ich meine damit auch die Wandlungen in der gesamten koreanischen Gesellschaft. Ich machte mir Sorgen, ob ich mich nach meiner Rückkehr in Korea noch zurechtfinden würde. Jetzt muss ich aber feststellen, dass ich diejenige bin, die sich am meisten verändert hat. Ihr seid noch ganz so wie früher. Fühlt ihr euch denn wohl?«

Während Jin-Suk gelassen von ihrem Leben erzählte, war Yeong-Su nur ein einziger Gedanke durch den Kopf gegangen: »Es ist vorbei. Ich werde sie nie mehr ins Bett kriegen.«

Er wusste genau, dass er heuchelte, als er ihre Klugheit und Lebenserfahrung lobte. Sie schüttelte nur den Kopf und erzählte weiter: »Ihr dachtet, ich sei dumm. Ja, so falsch war das gar nicht. Ein naives Ding bin ich gewesen, die Mitleid hatte mit euch, diesen Jungen von Anfang zwanzig. Bitte nimm das jetzt nicht persönlich. Es geht ja um eine längst vergangene Geschichte. Ihr habt mich an junge Hunde erinnert. Ihr nahmt euch nicht einmal Zeit, mich richtig anzusehen. Voller Selbsthass, gefangen in eurer Lust, konntet ihr weder Wärme noch Mitgefühl wahrnehmen. Großspurig seid ihr in meine Studentenbude stolziert, um euch dann kurz nach dem Samenerguss wie Diebe davonzumachen. In der Zwischenzeit habt ihr euch wie siegreiche Guerillakämpfer aufgeführt.«

An dieser Stelle hatte Yeong-Su ihre Rede unterbrochen.

»Hör auf, es ist genug«, hatte er ihr ungeduldig zugerufen. Sie hatte aber ruhig weitergesprochen: »Ich erzähle das nicht, damit ihr mich nachträglich um Verzeihung bitten sollt. Warum auch? Das Problem lag genau genommen bei mir. Wenn man kein Selbstwertgefühl hat, wenn eine Frau sich selbst als Wurm sieht, dann gesellt sich eben anderes Gewürm hinzu. Das wollte ich euch ganz einfach einmal sagen. Ich weiß, ihr habt mich für beschränkt gehalten. Erst in Deutschland habe ich darüber nachgedacht und das Bedürfnis verspürt, mit euch zu reden.«

In diesem Augenblick hätte Yeong-Su sie tatsächlich aus der Welt schaffen mögen. Sie kam ihm wie ein leibhaftiger Videofilm vor, auf dem alle seine Untaten akribisch aufgezeichnet waren. Sie brauchte nur auf die Wiederholungstaste zu drücken, und dieser Film würde endlos ablaufen und ohne Strom und Batterie Bilder und Stimmen auferstehen lassen. Yeong-Su spürte, wie der Wunsch, diese Frau zu töten, in ihm Raum gewann. In Gedanken stach er mit dem Messer auf sie ein, erstickte sie mit einem Kissen, stieß sie vom Dach eines Hochhauses. Immer wieder stellte er sich vor, wie er der schlafenden Jin-Suk ein spitzes Messer in die Brust stieß. Während das Blut wie eine Fontäne aus ihrem Körper spritzte und das ganze Zimmer danach roch, würde er in die mitgebrachte saubere Kleidung schlüpfen und ganz ruhig den Raum verlassen. Das Blut würde stoßweise aus ihrem Herzen quellen. Er stellte sich vor, wie Jin-Suks Mund Blut spuckte und sie schwer atmete. Dann würde er sagen, wie Leid es ihm tue. Er habe all das nicht gewollt.

Letztlich hätte diese Jin-Suk nie mehr auftauchen sollen. Lebten sie nicht alle drei in glücklichen Verhältnissen? Sie hatten Kinder und eine Eigentumswohnung. Am Wochenende fuhr man zu seinem Einkaufszentrum und hatte längst vergessen, dass man sich einst eine Frau teilte. Es war wirklich das Beste, wenn Jin-Suk verschwand, wie sie gekommen war.

Das alles ging Yeong-Su durch den Kopf, wenn er sich auch nichts anmerken ließ. Bevor er seinen Fantasien weiter freien Lauf lassen konnte, waren Jung-Kwon und Jeong-Sik am verabredeten Ort erschienen. Es wurde für alle ein gespenstisch irreales und peinliches Treffen. Jin-Suks Rückkehr war höchst beunruhigend. Yeong-Su hatte wie die andern in der Illusion gelebt, diese Frau sei aus ihrem Leben für immer getilgt. Eigentlich war es nett von ihr gewesen, so schnell nach dem Abschluss der Universität in ein fernes Land zu entschwinden. Inzwischen hatten sie sogar die Tatsache, dass Jin-Suk Korea verlassen hatte, vollständig verdrängt. Es war schon schwierig, sich einzugestehen, dass das einstige Dummchen als Umweltschützerin vor ihnen stand. Diese Situation war einfach unerträglich komisch und grotesk. Wenn es zwischen ihnen und Jin-Suk jemals um Macht gegangen war, so hatte sie jetzt eindeutig die Dinge in der Hand. Sie war es, die sie zu diesem Treffen bestellt hatte. Zudem kannte sie alle drei sehr genau. Umgekehrt wusste niemand, welches Verhältnis zwischen Jin-Suk und jedem Einzelnen bestand. Nun zerrte Jin-Suk auf einmal Dinge, deren Existenz erfolgreich verdrängt worden war, ans Licht. Wenn es auch keiner aussprechen wollte, hielt Jin-Suk auf einmal alle Fäden in der Hand. War es nicht eine logische Konsequenz, dass man einen Drang verspürte, diese Person zu beseitigen? Diese Frau hatte sie doch ohne mit der Wimper zu zucken bloßgestellt. So war es vielleicht zu verstehen, dass er bei der Nachricht von Jin-Suks Tod instinktiv auf seine Hände starrte. Hatte er, ohne sich dessen bewusst zu sein, ein Messer in seiner Faust gehalten? War er in jener Nacht wirklich wie üblich mit dem Taxi nach Hause gekommen? In seinen Träumen hatte er Jin-Suk mehr als nur ein Mal getötet. Schier endlos war ihr Blut geflossen. Musste er deswegen ein Geständnis ablegen? Konnte man für ein nicht begangenes Verbrechen Reue zeigen? Letztlich neigte er nicht zu solchen Bekenntnissen. Das machte ihn unangreifbar. Er musste nicht fürchten, bei einer polizeilichen Vernehmung eine Unbedachtheit zu begehen. Nur seine Träume beängstigten ihn. Sie waren beunruhigend wie das Leben.

Vor seinem Haus schaute sich Yeong-Su verstohlen um. Er hatte das Gefühl, von irgendwo mit einem Fernglas beobachtet zu werden. Er war felsenfest überzeugt, dass man ihn beschattete. Man konnte das schon Verfolgungswahn nennen. Erst nachdem er sehr unauffällig seine Umgebung gemustert hatte, drückte er auf den Klingelknopf. Die Tür öffnete sich. Aus der Wohnung drang der penetrante Geruch gekochter Bohnenkeimlinge. Seine Frau war schon wieder ins Wohnzimmer gegangen und hatte sich vor den Fernseher gesetzt. »Hat jemand angerufen?«, wollte Yeong-Su wissen. »Wer sollte schon anrufen«, entgegnete seine Frau sichtlich gereizt. Ihre Stimme klang höhnisch. »Ist euer Verbrechertreffen beendet?«

Yeong-Su unterdrückte seinen aufsteigenden Ärger. Aber sie gab keine Ruhe. »Alle Achtung, intelligent habt ihr es schon angestellt. Immerhin ist die Polizei noch nicht in unserer Wohnung aufgetaucht.« Bei diesen Worten konnte Yeong-Su nicht mehr an sich halten. Drohend baute er sich vor ihr auf. Sie erschrak, als sie sein verzerrtes Gesicht sah. »Mach den Fernseher aus«, herrschte Yeong-Su seine Frau an. Sie schien den Ernst der Lage immer noch nicht zu begreifen. Erst als er seine Aufforderung wiederholte, schaltete sie das Gerät aus. Yeong-Su ging in das Schlafzimmer und legte sich auf sein Bett. Sie schaltete erneut das Fernsehgerät ein. Der Newskanal sendete gerade Nachrichten. Aber über den Mord in Changcheon-dong wurde schon nichts mehr berichtet. Der Fall einer durch Messerstiche getöteten Frau war nicht spektakulär genug. Die Nachrichten beschäftigten sich mit der Neuordnung von Bankenstrukturen sowie mit dem neuesten Finanzskandal. High-Tech-Firmen hatten sich durch geschönte Bilanzen Kredite in riesiger Höhe erschlichen. Suk-Kyeong stand auf und ging zu ihrem Mann ins Schlafzimmer. »Willst du nicht Urlaub nehmen und vielleicht aufs Land in deine Heimat fahren?« Erregt sprang Yeong-Su auf. »Was soll das schon wieder? Was willst du damit sagen? Wegfahren tut nur jemand, der Gewissensbisse haben muss. Meine Verfehlung, wenn das Wort überhaupt angebracht ist, besteht allein darin, mit Jin-Suk ein paar Gläschen getrunken zu haben. Das ist alles.«

Suk-Kyeongs Augen blitzten, während sie fragte: »Getrunken hast du also mit Jin-Suk. Oh, ich verstehe. Nun sag mir nur, wann das war!« Er senkte den Kopf, bevor er das Datum nannte. »Am Fünfzehnten«, wiederholte seine Frau erregt. »Das war doch der Tag, an dem sie ermordet wurde? Wie kannst du da so seelenruhig zu Hause hocken!«

Yeong-Su vermochte sich nicht mehr zu beherrschen. Er packte seine Frau an den Haaren und warf sie aufs Bett. Sie schrie: »Ja, töte mich nur, auf einen Mord mehr oder weniger kommt es nun auch nicht mehr an!« Er warf sich auf ihren Körper und würgte sie. Er hörte ihr Keuchen. Aber er hatte schon von ihr abgelassen. »Schwächling«, schrie Suk-Kyeong und stieß ihn zur Seite. Voller Verachtung ging sie aus dem Zimmer. Er blieb aufgewühlt auf seinem Bett liegen. »Was ist nur los mit unserer Ehe?«, dachte er. »Ich habe dieser Jin-Suk kein Haar gekrümmt. Es gibt also absolut keinen Anlass, sich schuldig zu fühlen. Warum kann die eigene Frau, dieses Miststück, nicht nett und freundlich sein, wenn ihr Mann in solchen Schwierigkeiten steckt? Stattdessen erzählt sie mir, dass intelligente Verbrecher sich anders verhalten würden. Wie kommt sie dazu, sich so überheblich und triumphierend aufzuführen? Man könnte fast annehmen, sie erwartet, dass ich den Mord begangen habe. Wahrhaftig, so scheint es zu sein. Vielleicht sollte ich auswandern? Das ganze Vermögen nach und nach in Bargeld umsetzen und dann schnell auf und davon ins Traumland Kanada?«

In diesem Moment klingelte sein Handy. Jeong-Sik war am Apparat. Er sagte nur: »Schalte den Fernseher ein.« Yeong-Su suchte nach der Fernbedienung und drückte die Taste von Kanal sieben auf dem kleinen Fernsehgerät im Schlafzimmer. Der Sender zeigte gerade, wie Jung-Kwon in Handschellen von der Polizei aus der Wohnung geführt wurde. Es waren die letzten Bilder der Meldung. So konnte Yeong-Su nur erahnen, was sich ereignet hatte.

»Warum hat das Jung-Kwon nur getan?«, fragte Yeong-Su ratlos. »Wenn ich das wüsste«, hörte er Jeong-Sik niedergeschlagen am Telefon antworten. In seiner Stimme schwang eine Spur von Bedauern mit. »Die Polizei spricht von einem Racheakt, da sie sich angeblich nicht mit ihm treffen wollte. Aber bekanntlich haben wir an jenem Tag zusammengesessen und getrunken.« Yeong-Su schnalzte hörbar mit der Zunge. »Das heißt, sie hat ihn nicht allein treffen wollen. Wie auch immer, der dumme Kerl hat sein Leben verpfuscht. Aber an erster Stelle hat er Jin-Suk das Leben genommen.«

»Bist du okay?«, hörte er Jeong-Sik am Telefon fragen. »Gibt es Schwierigkeiten mit deiner Frau? Wie du sagtest, weiß sie einige Dinge?«

»Mach dir keine Sorgen, es ist alles in Ordnung«, antwortete Yeong-Su. »Aber ich finde einfach keine Ruhe. Ich weiß selbst nicht, was mit mir los ist. Bekanntlich habe ich, verdammt noch mal, kein Blut an den Händen.«

»Mir geht es ähnlich«, brummte Jeong-Sik. »Die letzten Tage habe ich kaum ein Auge zugetan. Verstehe das Leben, wer will. Doch immerhin werde ich jetzt wohl wieder ruhiger schlafen können. Wir hören voneinander«, sagte Jeong-Sik und legte auf.

Yeong-Su ging ins Wohnzimmer zu seiner Frau, die missmutig auf das laufende Fernsehprogramm starrte. Betont freundlich versuchte er, ein Gespräch zu beginnen. »Du, bald ist doch Weihnachten. Wollen wir nicht auf den Namdaemun-Markt[60] gehen und einen Weihnachtsbaum kaufen?«

Sie schaute ihn nur entgeistert an. Seine übertriebene Art erinnerte an einen Missionar, der seine Heilsbotschaft unter die Leute bringen will. Nun eröffnete Yeong-Su seiner Frau, dass im Fernsehen gerade berichtet worden sei, dass Jung-Kwon den Mord begangen habe.

»Hätte dieser Blödmann uns nicht Bescheid geben können! Immerhin wäre mir dann vieles erspart geblieben«, fügte er hinzu.

»Schöne Freunde hast du da«, entgegnete seine Frau. Suk-Kyeongs Miene verriet Bedauern und Verachtung zugleich. Yeong-Su unterdrückte seinen aufsteigenden Zorn. Betont gelassen fragte er: »Gehen wir nun einen Weihnachtsbaum kaufen oder nicht?« Sie schwieg.

»Dann lassen wir es eben«, brüllte Yeong-Su, der jetzt endgültig die Beherrschung verloren hatte. Er lief ins Badezimmer und wusch sich die Hände. Das Wasser an seinen Händen erschien Yeong-Su rot wie Blut. »Ich habe es doch nicht getan«, dachte er und schaute dabei in den Spiegel. Das Gesicht eines Monsters sah ihn an.

In diesem Moment hörte er seine Frau schimpfen. Mit hysterischer Stimme schrie sie auf das Kind ein: »Hat Mama nicht gesagt, du sollst das nicht anfassen?« Das Kind hatte die rote Weihnachtskarte von Jin-Suk entdeckt und damit gespielt. »Santa Claus kommt zu den Menschen hernieder …« tönte es aus dem Musikchip. Er hörte, wie seine Frau die Karte in Stücke riss. Aber der in China produzierte Musikchip erwies sich als widerstandsfähig und tönte munter wei-

60 Großer Markt mit einem vielfältigen Warenangebot im Zentrum von Seoul.

ter. Unversehens summte Yeong-Su die Melodie mit: »Santa Claus kennt die Kinder, die Gutes tun. Heute Abend ist es so weit, trallala …« Seine Frau klaubte unterdessen aus dem Abfallkorb den Chip heraus, der hartnäckig seine Melodie weiterdudelte. Sie ging auf den Balkon und warf ihn über die Brüstung.

»Santa Claus kommt zu den Menschen hernieder …«

Das unschuldige Weihnachtslied würde wohl erst schweigen, wenn die Batterie leer war.

Aber die beiden hörten es schon nicht mehr.

Aus dem Koreanischen von Lie Kwang-Sook und Sylvia Bräsel

KANG SOK KYONG

Hinter Glas

Kaum hatte Hui-Su den Lift verlassen, stürzte sie zur Wohnungstür und drückte hastig die Klinke herunter. Ihr Gesicht glühte. In der Aufregung dachte sie nicht daran, den Schlüssel ins Schlüsselloch zu stecken. Aber die Tür sprang ohne weiteres auf. Hatte sie etwa vergessen, die Tür abzuschließen? Während sie die Türschwelle überschritt, schüttelte sie den Kopf. Es war schon mehrmals vorgekommen, dass sie die Tür nicht abgeschlossen hatte, wenn sie kurz die Wohnung verließ. Dergleichen mehr passierte ihr nicht zum ersten Mal. So hatte sie auch schon beim Einkaufen für ein Produkt doppelt bezahlt. Konnte es sein, dass sie heute in ihrer Kopflosigkeit vergessen hatte, die Tür abzuschließen? Zwar glaubte sie, die Tür abgesperrt zu haben, aber wirklich sicher war sie sich nicht. In der Diele kam Hui-Su plötzlich der Gedanke, dass vielleicht Jeong-Mi, die heute Klavierunterricht hatte, schon in der Wohnung sein könnte. Jeong-Mi war bereits einmal, als Hui-Su ausgegangen war, früher nach Hause gekommen und hatte sich dann zwei Stunden allein auf dem Kinderspielplatz herumgetrieben. Deshalb hatte Hui-Su einen Wohnungsschlüssel für ihre Tochter nachmachen lassen. Doch als Hui-Su die Kinder Jeong-Mi und Jong-Il zerstreut beim Namen rief, weil sie dachte, es müsse jemand in der Wohnung sein, meldete sich niemand.

Das Zimmer von Jeong-Mi war leer. Auf ihrem Bett lagen Giraffe, Hase, Schildkröte und andere Stofftiere herum. Auf dem Boden sah sie lauter kleine bunte Papierschnipsel. Gestern hatte Jeong-Mi als Hausaufgabe ein Prisma gebastelt und dabei wohl das bunte Papier im ganzen Zimmer verstreut.

Hui-Su schob die Schnipsel leicht mit der Fußspitze beiseite und ließ sie dann liegen. Vor zwei Monaten hatte sie etwa zehn Anziehpuppen aus Pappe, die überall im Zimmer aufgestellt waren, zusammengeräumt. Die Puppen mit den gemalten Sternenaugen hatte sie säuberlich auf dem Schreibtisch gestapelt. Dagegen hatte Jeong-Mi heftig protestiert. Seitdem war Hui-Su nicht mehr im Kinderzimmer gewesen und hatte den Raum auch nicht geputzt.

»Die Puppen brauchen auch Platz zum Leben. Wenn man sie stapelt, ersticken und sterben sie«, hatte die Tochter damals empört zu ihr gesagt.

In diesem Moment fiel Hui-Sus Blick auf das Bild der Indianerfamilie an der Wand, das Jeong-Mi gemalt hatte.

Jeong-Mi hatte im Fernsehen einen Dokumentarfilm über Indianer gesehen und dann diese Indianerfamilie mit Bändern und Federschmuck groß an die Wand gezeichnet. Das war ziemlich bald, nachdem sie in dieses Haus eingezogen waren. Damit wollte Jeong-Mi anscheinend zeigen, dass sie ein Recht hatte, über ihr erstes eigenes Zimmer frei zu verfügen.

Hui-Su verließ das Zimmer der Tochter, in dem noch immer die Vorhänge geschlossen waren. Doch kurz bevor sie das Kinderzimmer von Jong-Il öffnete, überlegte sie es sich anders. Jong-Il war doch heute früh zum Schwimmen gegangen. Er hatte auch Unterricht in Taekwondo und spielte mit den Nachbarskindern Baseball. So konnte er bestimmt nicht vor der Dämmerung nach Hause kommen. Jetzt erst bemerkte Hui-Su, dass sie immer noch die Plastiktüte in der Hand hielt, und ging zur Küche.

Im Wohnzimmer, das zur Küche führte, blieb sie aber plötzlich stehen und kniff die Augen zusammen. Durch das in westlicher Richtung liegende Fenster fiel das Sonnenlicht herein. Hui-Sus Blick blieb an einem Hochhaus hängen, wo Dutzende Fenster so winzig wie auf der Bühne eines Puppentheaters erschienen.

Hui-Su warf die Plastiktüte vom Supermarkt zur Seite und setzte sich schwerfällig auf den Polsterstuhl, der dicht an der Wand stand. Was war hier nur los? Zum vorderen Wohnblock hin, der ihr die Aussicht versperrte, ließ sie den Vorhang gern geschlossen, besonders zu dieser Tageszeit, da das Sonnenlicht ungehindert einfiel.

Bevor sie zum Einkaufen gegangen war, hatte sie den Vorhang natürlich zugezogen. Wie konnte jetzt, kaum eine halbe Stunde später, das Wohnzimmer von der Sonnenhitze durchflutet sein? Sie hatte das Gefühl, auf ihrer Brust krabbele ein Insekt. Unwillkürlich zuckte sie zusammen. Aber es war nur ein Schweißtropfen.

Vis-a-vis standen zwei mit Schaumstoff gepolsterte Sessel. Hui-Su hatte sie mit in die Ehe gebracht. Auf den ersten Blick wirkten sie mit ihrem grünen Kordbezug noch ordentlich, doch innen war die Schaumstoffpolsterung durch Jong-Ils Kampfspiele mit seinem Prinzenschwert stark in Mitleidenschaft gezogen. So hatten sie, wenn Besuch kam, keine annehmbare Sitzgelegenheit anzubieten. Deshalb waren wohl fünf Sitzkissen neben dem Fenster aufgestapelt.

Daneben lagen ein paar ältere Hefte von Frauenzeitschriften. Hui-Su konnte sie von ihrem Stuhl aus mit dem gestreckten Arm erreichen. Zu ihrem Wohnblock kam ein Wagen, der Frauenzeitschriften zum Entleihen anbot. Sie hatte diesen Wagen zufällig gesehen und gleich mehrere Hefte auf einmal ausgeliehen. An diesem Tag holte Hui-Su ihre alten Kleider hervor, um sie zu ändern. Sie öffnete das Bündel, nahm einzelne Kleidungsstücke heraus und trennte sie auf. Als sie aber die Teile ausgebreitet liegen sah, wurde sie ratlos. Als ob sie vergessen hätte, sie zu ändern, blätterte sie nun in den zerfledderten Zeitschriftenheften, bis es dämmerte.

An der gegenüberliegenden Seite befand sich eine Schrankwand. Darin waren der Fernsehapparat, das Videogerät sowie ein Plattenspieler mit Lautsprecherboxen und Schallplatten dicht gedrängt untergebracht. Obwohl die Wohnung ansonsten kaum möbliert war, besaßen sie solche modernen elektronischen Geräte in bester Qualität. Denn der Beruf ihres Mannes machte derartige Anschaffungen unumgänglich.

Die Keramikvase mit den getrockneten Rosen und das Terakotta-Gefäß in der Mitte der Schrankwand wirkten dazwischen etwas verloren. Aber solche Stücke, ob man sie mochte oder nicht, gehörten dazu, wenn man in gewissem Maße den Geschmack der Mittelschicht repräsentieren wollte.

An der gegenüberliegenden Wand hing ein Tuschebild. Es war ein ostasiatisches Gemälde, das spitze Berge und ein Dorf zeigte. »Nach dem Regen kommt die Stille. Von den Blüten der Rettichpflanze bringt der wehende Wind den Duft herüber. Der Leser schließe sein Buch.« Diese Zeilen aus einem chinesischen Gedicht standen auf einer extra dafür vorgesehenen Fläche des Bildes. Die Atmosphäre des Gebirgsdorfes, um das Nebel aufzusteigen schienen, harmonierte gut mit der klaren, schlicht gehaltenen Schrift. Zudem schien der dezent wirkende europäische Bilderrahmen geschmackvoll diese Aussage zu unterstreichen. Hui-Su hatte das Bild vor einem Jahr bei einer Ausstellung gekauft.

Im Sonnenlicht sah das Gebirge auf dem Bild anders aus als bisher. Die Bergspitzen waren kahl geworden. Am Fuß der Berge schienen die Sonnenstrahlen die vorsichtig aufgetragene rötliche Farbe zu reflektieren. So sahen die Berge nun wie kahl geschorene, verwundete Köpfe aus. Auch das Dorf hoch oben am Berg wirkte unnatürlich. Der Gipfel wurde von der hellen Farbe des Himmels überflutet, wodurch er irgendwie entrückt erschien.

Während Hui-Su in Gedanken die Schwächen des Bildes

auflistete, geriet sie in Verlegenheit. Immerhin hatte sie, die Hausfrau war, ohne zu zögern eine beträchtliche Summe für das Bild ausgegeben. Aber sie hatte nun einmal eine große Vorliebe für bildende Kunst. Zudem erinnerte sie die Szenerie des Bildes an ihre Kindheit. Hui-Su war als Kind kränklich gewesen und hatte deshalb, bis sie eingeschult wurde, bei ihren Großeltern in so einem Gebirgsdorf gelebt.

In ihrem Alltag, der ihr nichts als die banale Pflicht der Zubereitung von drei Mahlzeiten abverlangte, war dieses Bild für Hui-Su der Spiegel einer Erinnerung, die Sehnsucht in ihr weckte. Und gerade dieses Bild erschien ihr nun als eine Täuschung.

Hui-Su wandte den Blick von dem kahlen Berg ab, als hätte sie etwas gesehen, was sie nicht sehen sollte.

Sie stand auf und wollte das Sonnenlicht, das all diese Gedanken ausgelöst hatte, endlich aus dem Raum verbannen. Da erst bemerkte sie, dass der Vorhang verschwunden war. Der Vorhang war wirklich verschwunden! Hui-Su war so überrascht, dass sie mit offenem Munde dastand. Erst nach einer Weile begann sie nachzudenken.

Wie intensiv sie sich auch zu erinnern versuchte, sie war sich nicht sicher, ob sie die Tür beim Verlassen der Wohnung abgeschlossen hatte oder nicht. Hier aber stand sie auf jeden Fall vor einer vollendeten Tatsache. Sollte es allerdings ein Dieb gewesen sein, so wäre es doch lustig und lächerlich von ihm gewesen, gerade den Vorhang mitzunehmen. Im Wohnzimmer gab es das wertvolle Videogerät und die Langspielplatten, selbst die Wanduhr war teurer als der Vorhang. Alles Übrige nicht anzurühren und den Vorhang mitzunehmen – ein solcher Dieb konnte nur geistesgestört sein.

Vielleicht hatte der Dieb aber den Vorhang nur heruntergerissen, um andere Sachen hineinzupacken? Vielleicht hatte er dann gehört, wie sich jemand näherte, und war blitzschnell geflohen? Wenn es so gewesen wäre, hätte er doch den Vorhang wegwerfen müssen! Von dem aber fand sich keine Spur im Wohnzimmer.

Hui-Su überlegte, ob sie den Pförtner anrufen sollte. Aber dann wollte sie doch noch im Schlafzimmer nachsehen. Es war seltsam: Außer dem Vorhang fehlte nichts. Hui-Su ging zum Schlafzimmer, öffnete weit die Tür und stellte sich mit verschränkten Armen davor.

Sie konnte das Zimmer mühelos überblicken, doch ihr fiel nichts auf. Die Kommode und das Bett, die amerikanischen und japanischen Zeitschriften, das dunkelbraune Bücherregal, in dem sämtliche Werke der Weltliteratur sowie Bücher aus ihrer Studienzeit dicht gedrängt standen, das Reklameschild für Salem-Zigaretten über dem Bett (ein Liebespaar, das rauchend in den Wald läuft) – all das war unverändert da, so wie sie es gewohnt war. Auch die zwanzig gerahmten Reklameseiten aus Zeitungen und Zeitschriften hingen unverändert an ihrem Platz an der gegenüberliegenden Wand und wurden von den extra dort angebrachten sieben Lampen angestrahlt.

Nun ging sie zum Kleiderschrank und zog die Schubladen heraus. Die goldene Halskette mit den drei herzförmigen Anhängern und der Doppelring mit den vier Diamant-Imitaten, das Sparbuch und auch das Bausparbuch waren noch da. Die beinahe 25 Gramm schwere Kette aus reinem Gold hatte Hui-Su von ihrer Mutter zur Hochzeit als Anlage für Notzeiten bekommen. Den Ring hatte ihr Mann, obwohl er arm war, ihr als Hochzeitsring geschenkt, um sich als Mann in Szene zu setzen. Doch seit der Hochzeitsreise hatte sie ihn nur in der Schublade aufbewahrt.

Es war nicht nötig, das Sparbuch zu überprüfen, denn sie hatten nur eine kleine Summe für den Notfall festgeschrieben. So schloss sie die Schublade und die Schranktür wieder zu. Hui-Su machte sich nichts aus Schmuck und besaß daher keine weiteren Edelsteine oder Wertgegenstände. Nein, in diesem Zimmer galten die gerahmten Reklameseiten als Werte! Hier konnte man lesen:

»Sie leiden unter Blässe? Sebatin – das Mittel gegen Anämie für die Frau!« (Auf dem Poster blickte dabei ein Mann mit einem Medikament in der Hand eine Frau an.)

»Männliche Eleganz – Männliche Autorität – Silvertex«

Aber auch solche Plakate waren darunter:

»Naturschutz-Kampagne im Doppelpack: Wir sammeln im Wald nicht nur Flaschen unserer Firma ›Schildkröte‹ – sondern alle Bierflaschen! Für eine saubere Umwelt – Ihre Schildkröten-Brennerei AG & Mitarbeiter.«

Toilettenartikel, Zahnpasta, Kekse – es fehlte nichts an dieser Wand. Man fühlte sich bei all der Reklame wie in einem Kaufhaus. Die Werbung zwingt beim Einkaufen zum Vergleich des Warenangebotes – und wenn es auch nur um eine Zahnpasta geht. Es ist, als würde unsere Zeit in kleine Stücke zerbröselt und verschluckt. Die ständige Aufforderung zum Konsum kann im Menschen die Illusion erzeugen, er habe viel zu tun. Weil Hui-Su Tag für Tag inmitten dieser Werbephilosophie und Werbewelt lebte, empfand sie manchmal einen Druck auf der Brust wie bei einer Neurose. Heute aber kam ihr der Raum ganz fremd vor.

Sollte ein Dieb in dieses Zimmer eingedrungen sein, so dürfte er sich hier unwohl gefühlt haben – wie ein Mensch mit schwachem Magen, der unvorbereitet an eine üppig gedeckte Tafel eingeladen wird. Doch Hui-Su hatte andere Sorgen: Wer hatte nur den Vorhang mitgenommen und weshalb? Mit diesem Gedanken im Kopf schaute sie einen Augenblick lang selbstvergessen auf die Reklamebilder. Da klingelte plötzlich das Telefon. Erst wollte sie gleich im Schlafzimmer den Hörer abnehmen. Aber dann ging sie ins Wohnzimmer. Kaum hatte sie »Hallo« gesagt, erklang die Stimme ihres Mannes: »Wo warst du? Bist du aus dem Haus gegangen?«

»Ich war Einkaufen.«

»Wenn du Einkaufen gehst, schließ doch die Wohnungstür ab. Stell dir vor, es kommt ein Dieb, was willst du dann machen?

Hui-Su war erschrocken. Wie konnte ihr Mann das wissen? Doch die lebhafte Stimme ihres Mannes tönte unentwegt aus dem Telefon:

»Hast du irgendwas verändert gefunden? Ich konnte dich telefonisch nicht erreichen. Deshalb bin ich kurz nach Hause gegangen. Aber du warst nicht da.«

»Dann warst du das mit dem Vorhang? Weshalb?«

»Wir wollten vorhin für ein Werbebild Küchengeschirr fotografieren. Nachdem wir mit der Anordnung fertig waren, fanden wir den Hintergrund nicht gut. Da fiel mir unser Vorhang ein, und ich rannte nach Hause.«

»Ach, deshalb.«

Hui-Su schwieg vor Verblüffung. Hätte ihr Mann nur einen kleinen Zettel hinterlassen, wäre ihr der Schreck erspart geblieben, dachte sie bei sich. »Ist nichts verschwunden?«, fragte ihr Mann nun noch einmal. Hui-Su blickte auf die Wetterhähne, die auf der Dachterrasse des gegenüberliegenden Hochhauses aufgereiht standen wie die Tauben.

»Der Vorhang ist verschwunden, und durch deine gütige Mithilfe sehe ich jetzt die dicken Tauben da drüben und schwitze.«

»Schwitzen tue ich doch noch mehr, nicht wahr, gnädige Frau?«

»Ja, freilich.«

Hui-Su war verärgert, ließ es sich aber nicht anmerken.

»Hast du auch überall nachgeschaut? Eigentlich war ich es ja, der vergessen hat, die Türe abzuschließen. Ich war so sehr in Eile. Aber dass du dich gar nicht erinnerst, ob du die Türe abgeschlossen hast oder nicht! Wie ist so etwas möglich?«

»Dann warst du das also mit der Tür?«

»Das war dumm von mir«, sagte ihr Mann mit schwacher Stimme. So war es gewesen: Hui-Su hatte die Tür abgeschlossen. Ihr Mann hatte dann mit seinem Schlüssel die Wohnung geöffnet und vergessen, abzuschließen. Während sie mit ihrem Mann telefonierte, konnte sie sich überhaupt keinen Reim darauf machen. Anscheinend war er jetzt in seinem Büro. Man hörte zumindest andere Leute neben ihm sprechen und lachen.

»Die Leute hier sagen mir, ich solle auf meine Frau gut aufpassen. Du hast ja früher, als wir für eine Waschmaschine Werbung machten, empfohlen, eine Frau zu zeigen, die aus dem Haus geht. Deshalb sagen sie mir das jetzt.«

Auch Hui-Su lachte leise. Vor ein paar Monaten hatte ihr Mann sie gefragt, welche Szene er zu dem Slogan »Die Waschmaschine erleichtert der Hausfrau die Arbeit« malen sollte, um eine starke Wirkung zu erzielen. Nachdem sie eine halbe Stunde überlegt hatte, sagte sie: »Zeig eine Frau, die aus dem Haus geht.« Da erwiderte ihr Mann überrascht: »Ich hatte an eine Frau gedacht, die strickt.«

»Übrigens«, fuhr ihr Mann fort, »beginnt heute wieder eine Arbeitsphase mit Übernachtung im Hotel. Ich muss einen sehr eiligen Auftrag erledigen. Tag und Nacht werde ich in meiner blauen Jeanshose stecken und durcharbeiten. Ist das für einen Mann von vierzig Jahren nicht schrecklich!«

»Du magst doch die blaue Jeanshose ...«

»Trag ich sie etwa, weil ich sie mag? Nein, weil sie bequem ist. Weißt du nicht, wie gern ich ein Gatsby[61] wäre?«

Hui-Su fand ihren Mann seltsam. Auch schien er unruhiger als sonst zu sein.

[61] Anspielung auf den Roman ›Der große Gatsby‹ von F. Scott Fitzgerald (1896–1940).

»Du hast anscheinend heute im Büro eine gute Nachricht bekommen.«

»Heute ist der vierte Jahrestag der Kreation der ›Weißen Zahnpasta‹. Die Firma hat uns überraschend Geld für ein Festessen geschickt. Sie hatten übrigens voriges Jahr plötzlich diese Werbung eingestellt, und wir haben uns deswegen schon große Sorgen gemacht. Doch wie uns jetzt mitgeteilt wurde, haben sie nur deshalb aufgehört, weil der Verkauf so gut lief. Und das sagen sie uns erst nach einem Jahr! Schrecklich.«

Zum ersten Mal hatte Hui-Su mit ihrem Mann so lange telefoniert.

Schon seit ihrer Hochzeit vor gut zehn Jahren sprach er am Telefon immer ganz knapp. Er sagte meist nur kurz den Grund seines Anrufes, so wie man im Chinarestaurant das Essen bestellt. Zum Beispiel: »Geh bitte ins Gemeindebüro und besorge irgendein Dokument.« Oder: »Bring mir bitte die japanische Zeitschrift von zu Hause mit.« Oder auch: »Heute beginnt eine Arbeitsphase mit Übernachtung im Hotel.«

Weder beim Telefonieren noch bei den Vorbereitungen für eine Dienstreise ins Ausland konnte man genau erkennen, ob ihr Mann eher für seine Familie oder für das Geschäft lebte. Jedenfalls bezog er immer das Wochenende mit ein und trat die Reise zum Freitag an. Selbst während des Sommerurlaubs ging er auf Dienstreise ins Ausland.

Genau so regelmäßig drückte er Hui-Su ein- oder zweimal im Jahr Geschenke in die Hand. Er schien damit seine Liebe zeigen zu wollen. Vielleicht war es auch seine Art, sich für das mangelnde Interesse an ihrer Person zu entschuldigen. Vor ein paar Jahren im Winter hatte er sie zu einem sehr feinen Modegeschäft mitgenommen. Er suchte für sie zwei Kleidungsstücke aus, die mehr kosteten als sein Jahresbonus. Es handelte sich um ein Seidenkleid mit chinesischem Kragen, gestickten Malvenblüten auf der Brust und weiten Falten unter der Taille und einen langen Mantel mit weißem Pelzkragen im Stil des 19. Jahrhunderts. Es waren sehr teure Stücke – und Hui-Su zögerte, sie anzunehmen. Ihr Mann aber sagte, eine solche Gelegenheit komme nicht wieder – und bezahlte, ohne zu zögern.

Als wäre es ein Filmkostüm, trug sie dieses weiße Seidenkleid nur einmal zur Weihnachtsfeier der Werbeleute. »Kleider machen Leute«, heißt es treffend in einem Sprichwort. Als Hui-Su mit dem Kleid auftrat, zog sie alle Blicke auf sich. Ihr Mann war glücklich über die Bemerkung, dass er wohl seine schöne Frau lange versteckt gehalten habe.

Nachdem ihr Mann sie noch einmal gebeten hatte, die Wohnung genau zu kontrollieren, legte sie den Hörer auf. Gleich darauf läutete es an der Tür. Ohne zu fragen, wer da sei, öffnete sie. Draußen standen ihre ehemalige Studienkollegin Sun-Ok, die in einem der vorderen Blöcke wohnte, und der Vorsteher des Wohnviertels. »Was ist los, weshalb kommen Sie zusammen zu mir?«, fragte Hui-Su und schaute abwechselnd die beiden an. Sun-Ok erklärte schnell, dass man sich auf dem Weg getroffen habe. Wie immer ging von Sun-Ok ein starker Parfümduft aus. Selbst wenn sie zu Hause war, schminkte und parfümierte sich Sun-Ok. Der Vorsteher des Viertels blieb ernst, schob seine goldgeränderte Brille höher und sagte dann:

»Weshalb hängen Sie an Ihrem Balkon keine Ranken auf? Habe ich Ihnen nicht gesagt, dass heute Nachmittag die Gäste der internationalen Wirtschaftskonferenz hier vorbeikommen? Wir müssen die Häuser schmücken. Von unseren siebzehn Blöcken ist nur Ihre Wohnung dem Aufruf noch nicht gefolgt.«

Der Verantwortliche hatte Hui-Su schon gestern in dieser Angelegenheit ermahnt. Heute schickte er nun den Vorsteher. Um auf die ausländischen Gäste einen guten Eindruck zu machen, sollten sie Ranken aus Plastik – also keine frischen Zweige – am Balkon dekorieren! Die ohnehin trostlosen Hochhäuser wirkten dadurch noch schlimmer.

»Ich kann das nicht tun«, entgegnete Hui-Su gleichgültig.

»Es kostet nur 1500 Won. Weshalb können Sie es nicht tun?«

»Ich habe kein Geld dafür.«

»Wer tut es schon gern? Aber wenn es der Staat verlangt, macht man es einfach!«

»Es ist mir zu viel, ich kann nicht. Lassen Sie mich bitte in Ruhe.«

Der Mann, der auf die fünfzig zuzugehen schien, wurde unhöflich. Sie unterdrückte ihren Ärger, blieb aber hartnäckig. Da herrschte der Vorsteher sie an:

»Was, leben Sie etwa allein in Korea? Eine junge Frau – so unhöflich und unverschämt! Falls Sie deswegen noch Ärger bekommen, müssen Sie die Verantwortung ganz allein tragen. So ein unsolidarisches Verhalten! Deshalb kann uns auch nichts gelingen!«

Nachdem der Vorsteher die Tür hinter sich zugeschlagen hatte, machte Hui-Su ihrer Verachtung Luft und trat ins Wohnzimmer.

»Du bist hartnäckiger, als man denkt«, warf Sun-Ok ein.

»Ich habe zwar genörgelt, aber die hässlichen Ranken schließlich aufgehängt.« Hui-Su nahm gegenüber Sun-Ok Platz und lehnte sich an die Wand. »Bist du ausgegangen?«, fragte sie gleichgültig. Wenn Sun-Ok Langeweile hatte, kam sie zu Besuch und schwatzte so lange über Gott und die Welt, bis Hui-Su müde wurde. Deshalb war Hui-Su nicht sonderlich über ihr Kommen erfreut.

»Ja, ich habe meine Schwiegereltern besucht. Habe ich dir schon erzählt, dass meine Schwiegermutter fremdgegangen ist und dazu noch ein Grundstück meines Schwiegervaters verkauft hat? Der war Lehrer und ist ein weltfremder Mann.

Er wusste nichts davon. Erst jetzt hat er es gemerkt. Meine Schwiegermutter hat alles Geld von zu Hause genommen und es ihrem Geliebten gebracht. Sie hat sogar Geld geliehen, um es ihm zu geben – und jetzt weiß sie nicht, wie sie die Zinsen bezahlen soll. Ihr Liebhaber ist zehn Jahre jünger als sie und schon verschwunden, dieser Gauner. Mit sechzig sucht das Weib immer noch eine Liebesaffäre. Das ist doch verrückt.«

»In diesem Alter noch solche Leidenschaft – beneidenswert ist das!«

Hui-Su meinte das ehrlich. Doch Sun-Ok kniff ihre Augen zusammen, bis sie nicht mehr zu sehen waren.

»Muss Leidenschaft so weit gehen, dass man sein Vermögen vergeudet und sich selbst ruiniert? Wenn man weiß, wie man später dafür leiden muss, dann ist diese Lebensfreude, diese Lust, doch zu teuer bezahlt und wie ein Irrlicht.«

»Was hat denn für dich Wert im Leben? Sag einmal, wie du das siehst, als normale Bürgerin sozusagen.«

Hui-Su fielen die frisch gepflückten Weintrauben ein, die sie vorhin gekauft hatte, und sie ging in die Küche. Sie kam mit den gewaschenen Weintrauben und einem Teller für die Traubenkerne zurück. Im Teller hatte sich abgetropftes Wasser gesammelt.

»Nun, ich bin ja eine verheiratete Frau, und so versuche ich, in diesem Rahmen irgendwelche bleibenden Werte zu finden.«

Nach einer Weile rümpfte Sun-Ok die Nase und lachte. Dann erzählte sie, dass sie gestern Abend mit ihrem Mann, der spät nach Hause gekommen war und nach Alkohol roch, noch Geschlechtsverkehr gehabt habe:

»Er hat gleich danach zu schnarchen angefangen. Ich aber konnte gar nicht einschlafen. Mir war so langweilig, dass ich mit seinem Glied spielte. Als unsere Kinder größer wurden, wollten sie nicht mehr in meine Arme kommen, und dieses Ding an meinem Mann ist nun mein ewiges Spielzeug. Er atmete schon tief. Aber plötzlich fuhr er hoch und drückte mich an die Wand. ›Was ist denn los, mitten in der Nacht, was willst du denn?‹, schrie er und drückte mich so fest, dass ich davon eine Beule bekam.«

»Er war wohl müde, und deshalb war es ihm lästig«, entgegnete Hui-Su.

Sun-Ok ließ ihre Finger durch ihr Haar gleiten und rieb sich den Kopf. Hui-Su reagierte nur wortkarg auf diese Erzählungen. Sie tauchte ihre Finger in das Wasser, das sich auf dem Teller angesammelt hatte. »Dein ewiges Spielzeug? Wirklich? Ist es nicht eher ihr eigenes Spielzeug?«

Obgleich ihr Mann, wenn er anrief, so beiläufig mit ihr sprach, als würde er ein Nudelgericht bestellen, hatte sie manchmal großes Verlangen nach ihm. An solch einem Tag kaufte sie Krabben, sein Lieblingsgericht, kochte und wartete den ganzen Tag ungeduldig auf ihn. Doch dann kam er todmüde nach Hause und schlief schnarchend ein, ohne zu ihr zu kommen.

Andere Male kam es, ohne dass sie es erwartet hatte, zum Verkehr. Es war dann, als würde sich ein heftiger Regenguss entladen. Vor einem Monat war ihr Mann nach mehreren Tagen im Hotel nach Hause gekommen, um seine Kleidung zu wechseln. Nach dem Essen hatte er Hui-Su plötzlich niedergedrückt wie bei einer Vergewaltigung. Natürlich erlebte sie manchmal auch unerwarteten Genuss.

Hui-Su spritze mit ihren Fingern das Wasser aus dem Teller in die Luft, als könne sie so einen Regenbogen zaubern. Vielleicht erinnerte diese Geste aber eher an einen Pfarrer, der den Glauben verloren hat und kraftlos alles mit Weihwasser besprengt. Hui-Su wiederholte diese Handlung mit einem abwesenden Gesichtsausdruck. Sun-Ok starrte sie an und fragte plötzlich: »Wie geht es deinem Herrn Yi-ramer?«

Da kein Wasser zum spritzen mehr im Teller war, steckte sich Hui-Su eine Weintraube in den Mund.

»Oh, probier mal diese Trauben. Sie sind schrecklich sauer!«

Der Spitzname Yi-ramer war durch eine Scheidung entstanden. Aus dem Umkreis von Hui-Sus Mann hatte sich ein im Aufsichtsrat der Werbefirma sitzender Mitarbeiter vor kurzem scheiden lassen. Alles war ähnlich wie im Film ›Kramer gegen Kramer‹ abgelaufen. Der Mann hatte sich nur für seine Arbeit interessiert und sich nicht um die Familie gekümmert. Seine Frau war ihm deshalb davongelaufen.

»So etwas ist wohl möglich.«

Sun-Ok beobachtete, wie Hui-Su die Schale der Trauben leicht mit den Vorderzähnen kaute und dann ausspuckte. Sie nahm auch eine Weintraube. »Auch bei dir ist so etwas möglich.« Anscheinend schmeckte die Weintraube auch Sun-Ok zu sauer. Sie schloss ihre Augen. »Ist das aber wirklich möglich für eine verheiratete Frau?«

Während Hui-Su noch eine Weintraube nahm, zog sie die Augenbrauen zusammen.

Sun-Ok berief sich beim geringsten Anlass auf »die verheiratete Frau«. Es klang so, als wollte sie betonen: »Ich bin eine anständige Frau.« Nachts führte sie sich wie ein Vamp auf – und doch tat sie so, als müsste eine ideale Ehefrau stets sittsam sein.

»Bevor eine Hausfrau eine Ehefrau wird, mag man sie doch einfach als Mensch. Jeder kann mal einen Fehltritt tun. Außerdem stellt man sich fälschlicherweise die Untreue gewöhnlich nur als genussvolle Abwechslung vor. Aber es kann doch auch ein Mittel der Selbstbehauptung sein.«

»Nur weil es keine andere Möglichkeit gibt, sich zu behaupten, sollte man untreu sein? Wenn das in einer Illustrierten stünde, würde man es lesen. Doch wer könnte so etwas ernst nehmen?«

Nach diesem Wortwechsel erzählte Sun-Ok wieder von ihrer Ehe. Sie hatte früher mehrmals versucht, ihrem Mann ihr Herz auszuschütten. Aber meistens kam er spät nach Hause und hatte keine Lust, darauf einzugehen. Den leisesten Versuch überspielte er, oder er drückte solche Themen einfach weg. Er sprach von der notwendigen Atmosphäre für so ein Gespräch und knipste dann das rote Lämpchen an. Damit war die Gelegenheit mal wieder gründlich verpasst. Aber andererseits hatte er auch Recht, denn selbst wenn sie darüber geredet hätten, was hätte es genützt? Was kann es überhaupt bringen?

Sun-Ok ließ diese Frage im Raum. Doch gleichzeitig schien sie überrascht, dass Hui-Su von Untreue als Mittel der Selbstbehauptung sprach.

Als Sun-Ok nachfragte, antwortete Hui-Su nur zögerlich mit »nun ja«.

Eigentlich hatte sie nur eine allgemeine Einsicht formulieren wollen. Zu sagen, dass sie sich damit nicht identifiziere, hätte doch feige geklungen. Nein, sie erinnerte sich, dass sie selbst einmal mit solchen Gedanken gespielt hatte. Hui-Su liebte ihren Mann und wusste, dass ihr Mann sie ebenfalls liebte. Dennoch fühlte sie sich manchmal unerfüllt. Dann spürte sie diesen ungestümen Drang, auszubrechen. Aber sie war sich in ihrem Innern unsicher, ob man zur Selbstbehauptung auch untreu werden durfte.

»Ich weiß nicht, was es wirklich bedeutet, sich selbst zu behaupten. Auf jeden Fall aber würde ich die Treue nicht ohne triftigen Grund preisgeben.«

»Herr Yi-ramer muss sehr aufpassen.«

Sun-Ok schüttelte bei diesen Worten den Kopf und lächelte boshaft.

Heute klang dieser Name Yi-ramer besonders unangenehm in Hui-Sus Ohren. Seit Sun-Ok den Film ›Kramer gegen Kramer‹ gesehen hatte, nannte sie den Mann von Hui-

Su in Anlehnung an den Filmtitel häufig einfach »Yi-ramer«. Es war, als wünschte sie dem Paar ein ähnliches Schicksal.

Warum sie selbst solche Gedanken heraufbeschworen hatte, konnte sich Hui-Su nicht recht erklären. Aber warum redete Sun-Ok so? War ihre Vermutung richtig, dann konnte es nur eine Antwort geben: Sun-Ok wünschte sich wohl selbst ein solches Schicksal. Was sie ihrem Mann sagen wollte, musste sie unterdrücken, und deshalb redete sie wie ein kleines Mädchen dauernd über die Nichtigkeiten des Alltags. Das anzuhören, war furchtbar ermüdend.

»Ach, was ist denn das? Siehst du die Würmer, die das Holz zerfressen!«

Sun-Ok schaute sich gerade den Webstuhl für Stoffmatten genauer an, den Sang-Gyu, der Ehemann von Hui-Su, vor zwei Monaten zur Aufnahme eines Werbebildes mitgebracht und hier aufgestellt hatte. Außer beim Putzen hatte Hui-Su noch keinen Blick darauf geworfen.

Als sie sich die Stelle, auf die Sun-Ok mit dem Finger zeigte, genauer ansah, fand sie auf dem Boden ein Häufchen Puder wie von einer Vitamintablette. Sun-Ok verteilte es mit dem Finger und untersuchte noch einmal mit prüfendem Blick den Webstuhl.

»Die Würmer haben an mehreren Stellen Löcher gebohrt. Vielleicht ist die Feuchtigkeit daran schuld.« Mit diesen Worten brachte sie den Webstuhl auf die Veranda. Während sie versuchte, den Webstuhl zu reinigen, murmelte sie: »Den hätte man ein paar Mal in der Sonne trocknen lassen sollen!« Das war ein Hinweis auf Hui-Sus Gleichgültigkeit. Aber die schien darauf nicht zu reagieren.

»Weil sie Holzwürmer sind, fressen sie eben Holz. Lass nur!«

*

Es war Hui-Su, als würde sie trotz Einsatzes aller Kräfte in einem tiefen Sumpf irgendwo in den Tropen versinken. Dann erwachte sie. Die Hähne krähten. Unwillkürlich öffnete sie die Augen und blickte auf die Leuchtziffern der Uhr, die neben dem Bücherschrank hing. Der hellgrüne Stundenzeiger stand auf vier Uhr.

Dann hörte sie die klaren Schläge eines hölzernen Gongs. Sie kamen von dem nahe gelegenen Tempel, wo gerade die Zeremonie vor dem Buddhabild stattfand. Hähne und Mönche verkündeten, wie es ihre Aufgabe war, den Beginn des Tages. Aber Hui-Su lag in einem bodenlosen Dunkel.

Sie hatte das Fenster offen gelassen, doch es ging kein Luftzug. Die Hitze des letzten Tages war etwas verflogen. Doch ihr Nacken und auch das Betttuch fühlten sich klebrig feucht an. Sie schlug das Betttuch zur Seite. Ein paar Fenster des vorderen Blocks waren erleuchtet. Sie schienen ein Muster zu bilden. Hin und wieder hörte man ein Auto fahren, aber das schien weit entfernt zu sein. Hui-Su fühlte sich allein.

Es war ihr, als würde sie in einem Raum schweben, der keinem Zimmer glich. Es schien eher eine Insel, nein, ein Sumpf oder ein Grab zu sein. Wenn ihr Mann nicht zu Hause war, kam ihr dieser Raum voller Werbeposter manchmal so leblos und kalt wie eine Gruft vor.

Dabei war es keinesfalls so, dass die Abwesenheit ihres Mannes diesen seelischen Druck verursachte. Eher konnte sie, vielleicht weil ihr Mann nicht da war, das wahre Wesen dieses Zimmers erkennen. In der dunklen Leere fühlte sich Hui-Su wie ein umherfliegender Geist. Die gläserne Stille machte sie beklommen und verschaffte ihr auf seltsame Weise zugleich Genuss. Zusammenhanglos schwirrten Gedanken durch ihren Kopf.

Der Name Gatsby, den ihr Mann gestern genannt hatte, kam ihr wieder in den Sinn. Bis vor einem Jahr hatte ein Plakat mit Robert Redford in der Rolle des Gatsby in ihrem

Schlafzimmer gehangen. Beim Einzug in ihre jetzige Hundertzwanzig-Quadratmeter-Wohnung hatte sie es entfernt, denn es wirkte seltsamerweise in diesem großen Raum völlig glanzlos. Ob ihr Mann das gemerkt hatte, wusste sie nicht. Doch warum hatte er plötzlich gesagt: »Ich wünschte mir, Gatsby zu sein.« Er konnte also den Traum von Gatsby noch nicht vergessen haben.

»Ist das ein Spiel, das ihr Kunst oder so ähnlich nennt? Von unserer Firma hängt die Existenz von mehr als zweihundert Leuten ab! Sie, haben Sie jemals auch nur einen einzigen Bleistift verkauft? Und Sie wagen es, das als Spiel zu betreiben?«

Mit solchen Wortgeschossen agierte ihr Mann, der für sein hitziges Temperament bekannt war, gegenüber seinen Mitarbeitern.

Er hatte den Trend der Zeit erkannt und warb erfolgreich für Mittel zur besseren Verdauung bei nervösen Erkrankungen. Er selbst entspannte sich mit seinen aggressiven Wortgeschossen vor den Mitarbeitern. Hui-Su, die Sekretärin und andere Leute aus seiner unmittelbaren Umgebung hatten das schon häufig erlebt. Der junge Mann mit dem kurzen Haar, der aussah, als käme er gerade aus dem Friseursalon, konnte für den Moment bestürzt wirken. Doch gleich darauf funkelten seine großen Augen wieder, und er lockerte seine Krawatte. Nur an seinem Gesichtsausdruck konnte man die Wandlungen ablesen. Hui-Su sah, dass er wieder einmal Schaum vor dem Mund hatte, so sehr hatte er sich in Rage geredet. Dabei war er keineswegs ein hinterhältiger Typ. Hui-Su hätte ihm das gern gesagt. So suchte sie seinen Blick. Als sich ihre Augen trafen, lächelte sie ihm zu wie eine ältere Schwester.

Er war schon ein hartnäckiger Mensch, der nicht aufgab. Nach einer Unterbrechung von zwei Jahren kam er zurück, um die Werbung dieser Firma zu übernehmen.

Inzwischen wusste er, wie hart der Überlebenskampf war, denn er hatte sich erfolglos als Bäcker selbstständig gemacht. Weil er keine Erfahrung hatte, produzierte er zu viel Kuchen. Damit war sein Schicksal besiegelt. Ohne Wasser kann der Fisch nicht leben – und so kam er wieder zur Werbung. Doch hätte er den Trend besser erkannt, würde er nach eigener Aussage besser auf die Pharma-Branche gesetzt haben.

Ihr Mann schien der Faszination von Werbung verfallen zu sein.

Damals erzählte er ihr von Jean-Henri Fabre[62] und seinen Beobachtungen zu den Bandfüßern[63]. Wenn nämlich ein Bandfüßer sein Opfer Chrysochroa fulgidissima[64] fangen will, sticht er es mit seinem Giftstachel. Das Opfer ist wie betäubt und kann sich nicht mehr bewegen, obwohl es noch lebt. Weil der junge Bandfüßer nur lebende Insekten frisst, muss er sein Opfer auf diese Weise fangen. Der Autor und Naturbeobachter Fabre interessierte sich nicht nur für die Stärke des Giftes, er wollte vor allem herausfinden, an welcher Stelle das Insekt verletzt werden muss. Der Bandfüßer, so stellte sich heraus, ist eindeutig gezwungen, die ungeschützte und damit verwundbare Stelle am Körper des Käfers zu finden.

Nach Meinung von Hui-Sus Mann funktionierte Werbung genau nach diesem Prinzip. Das Problem ist nicht, mit welcher Ware man den Verbraucher gewinnen will, sondern wo seine verwundbare Stelle ist, an der man dann die Nadel ansetzen muss. So formuliert man dann zum Beispiel: »Der Geschmack dieser Zahnpasta beseitigt Mundgeruch im Nu.«

[62] Jean-Henri Fabre (1823–1915), französischer Autor.

[63] Lebewesen aus der Gruppe der Tausendfüßler.

[64] Käfer, auch Tamamusi genannt. In verschiedenen Religionen kommt dieser Käferart eine besondere Bedeutung zu.

Ja, es stimmte schon, so wie alles, was Midas mit der Hand berührte, zu Gold wurde, so wurde alles, was er mit seiner Hand berührte, zu Werbung. Er war tatsächlich ein tüchtiger Werbefachmann geworden. Hui-Su war glücklich, das zu sehen, so wie man den Erfolg eines jüngeren Bruders erlebt. Aber was sie an ihm hinreißend fand, war eigentlich das Gegenteil davon.

Er, der in blauen Jeanshosen herumlief und von dem alle sagten, er sei von der Werbung besessen, wünschte sich eigentlich, einmal wie Gatsby einen weißen Frack zu tragen. Cremefarbener Frack, weiße Seidenkrawatte, weiße Schuhe – so würde er gern eine Party geben und die ehemalige Geliebte wiedersehen. Es war ihm zwar klar, dass er es nicht so weit bringen würde – doch der Wunsch, irgendwann einen Frack anzuziehen, blieb.

Die Stille in der Wohnung wurde von einem herannahenden Auto unterbrochen. Anscheinend fuhr das Auto bis vor das Hochhaus, in dem Hui-Su wohnte. Man hörte, wie eine Autotür zugeschlagen wurde und Schritte verhallten. Nach dem Klang der Schritte musste es eine Frau sein. Wo hatte sie die Nacht verbracht? Warum kam sie erst am frühen Morgen nach Hause? Es konnte nur eine berufstätige oder eine leidenschaftliche Frau sein. Auf keinen Fall schien es eine Hausfrau zu sein.

Hui-Su musste unwillkürlich an die Zeit denken, als die nächtliche Ausgangssperre[65] öffentlich aufgehoben wurde. Damals berichteten alle Zeitungen darüber, als wäre es ein historisches Ereignis. Doch wenn man es sich genauer überlegte, betraf es eine Hausfrau wie Hui-Su gar nicht. Nur an der Tatsache, dass man nach Mitternacht noch ein Auto kom-

[65] Zur Zeit der Militärdiktatur in Südkorea herrschte Ausgangssperre.

men hörte oder eben ihr Mann erst um zwei oder drei Uhr zu Hause war, konnte sie das Ende des Ausgehverbots wahrnehmen. Für sie selbst, die abgeschottet in ihrer Wohnung lebte, kam es nicht in Frage, spätabends noch unterwegs zu sein.

Sie erinnerte sich jedoch, dass sie in ihrer Jugendzeit, wenn sie zu Weihnachten oder Silvester in einer Gruppe von Freundinnen auf den nächtlichen Straßen flanierte, auch plötzlich Lust verspürte, allein auszugehen. Eines Abends, als ihr Mann nicht nach Hause kam, war sie bis ein Uhr noch immer nicht eingeschlafen. Da ging sie, ohne die Tür abzuschließen, aus dem Haus. Sie hatte kein bestimmtes Ziel, nahm aber ihren Geldbeutel mit.

In ihrer Ängstlichkeit wagte sie jedoch kein Taxi zu nehmen. So lief sie nur um die Hochhäuser in der Nähe herum. Im Dunkel der Nacht sah sie unter einer Straßenlaterne einen starr blickenden Alten mit einem Spitz daherkommen – und schon beschleunigte sie ihren Schritt. Ohne es selbst zu merken, hatte sie sich an das Leben im Glashaus bereits gewöhnt.

Plötzlich musste Hui-Su daran denken, wie sie mit der kranken Jeong-Mi im Arm mitten in der Nacht ihren Mann aufgesucht hatte. Jeong-Mi war damals drei Jahre alt gewesen. Das war nun schon fünf Jahre her. Damals war es ebenso schwül wie heute. Jong-Il war zu Besuch bei ihren Eltern auf dem Lande, und ihr Mann musste wieder einmal wegen seiner Arbeit im Hotel bleiben. So war sie mit ihrer Tochter allein zu Hause.

Des Nachts war Jeong-Mi schluchzend und quengelnd aufgewacht. Sie hatte hohes Fieber und verlangte nur nach Wasser. Sie zitterte stark am ganzen Körper und weinte. Sie war schon vom Säuglingsalter an kränklich gewesen. Kurz vor der Sperrstunde hatte ihr Körper wie ein Feuerball zu glühen begonnen. Vor Angst wurde es Hui-Su ganz schwindlig.

Außer sich, nahm sie das Kind auf den Rücken und ging gleich in kurzen Hosen hinaus. Es war etwa eine halbe Stunde vor Beginn der Sperrzeit, und man konnte kaum ein Auto finden. Endlich hielt ein Auto an. Als sie aber sagte: »Bringen sie uns bitte zu irgendeinem Krankenhaus«, fuhr der Wagen einfach davon. Das Kind schien zu spüren, dass seine Mutter völlig durcheinander war. Deshalb umklammerte es Hui-Sus Arm so fest, dass es ihr weh tat. Es schrie, und sein Schweiß und seine Tränen nässten Hui-Sus Rücken.

Mit Mühe konnte Hui-Su schließlich ein Taxi anhalten. Sie ließ den Taxifahrer zu dem Hotel in Chungmu-ro[66] fahren, wo ihr Mann logierte. Allein konnte sie ja nichts entscheiden. Sobald Jeong-Mi ihren Vater sah, sank ihr Fieber, als wäre alles eine Lüge gewesen. Sie erzählte ihm sogar, dass sie tagsüber mit ihrer Mutter auf dem Spielplatz gewesen war und dort geschaukelt hatte. Wie ein Kind, das an mangelnder Zuwendung leidet und getröstet wird, war sie schon wieder heiter geworden. Als Jeong-Mi ruhig eingeschlafen war, kam Hui-Su der Gedanke, dass sie vielleicht unnötig Theater gemacht habe.

Ihr Mann aber weckte Mutter und Tochter genau um vier Uhr auf und schickte sie nach Hause. Das kam ihr heute noch herzlos vor. Sobald das Kind eingeschlafen war, hatte er sich wieder an den Tisch gesetzt und gearbeitet. Gleich nach Ende der Ausgangssperre weckte er sie – und sagte, als sei es seine erste Pflicht: »Ihr müsst nun gehen.« Wenn ihr Mann arbeitete, hätte ihn wohl nicht einmal Kleopatra interessiert. Damals hatte er sie so kalt und gefühllos angeschaut. Nannte man ihn deshalb einen Taoisten?

Im Taxi nahm Hui-Su die schlafende Tochter in den Arm, während sie auf die nächtliche Straße mit den erleuchteten

[66] Viertel im Zentrum von Seoul.

Straßenlaternen schaute. Dabei wurde ihr Blick immer trauriger. Ihr kam regelrecht die Galle hoch. Sie konnte sich nicht mehr beherrschen und weinte krampfhaft.

Die Gebäude unweit der beleuchteten Straße erschienen ihr wie verunstaltete Wesen, die in ihrer Entwicklung gehemmt worden waren. Die ganze Stadt, die in Dunkel und Stille hingekauert dalag, wirkte wie ein traumloses Ungeheuer, eine melancholische Landschaft. Hui-Su fühlte, wie dieser Zustand sie erfasste, und wischte sich die Tränen ab.

Nun erst spürte sie am eigenen Leib glühende Hitze. Wie eine kühlende Welle strich der Wind an ihrem Gesicht vorbei. Hui-Su streckte die Hand aus, als wollte sie den Wind fangen, doch der war spurlos verschwunden. Kraftlos ließ Hui-Su den Arm sinken.

Wie tot lag sie da. Nur das gleichmäßige Ticken der Uhr war zu hören. Wenn man konzentriert darauf hörte, konnte man den Eindruck gewinnen, die Zeit würde vor jemandem davonrennen.

Mit zusammengezogenen Augenbrauen und angehaltenem Atem blieb Hui-Su eine Weile liegen. Dann stand sie plötzlich auf. Die Fenster sahen aus, als wären sie in dunkelblauer Pastellfarbe gemalt. Die Dunkelheit hatte ihre harte Schale abgelegt und begann ihr Inneres zu zeigen. Hui-Su fühlte, dass sie nicht mehr schlafen konnte. Schnell wollte sie den engen Raum verlassen. Sie kleidete sich an, um frische Luft zu schnappen. Sie wollte spazieren gehen, bevor die Dunkelheit verschwand und die Menschen erwachten.

Hui-Su ging auf den Flur und blieb vor Jeong-Mis Zimmertür stehen. Sie horchte kurz. Als sie die Tür öffnete, blies ihr der Wind frisch ins Gesicht. Durch ein geöffnetes Fenster sah man den hinteren Häuserblock im Dunkeln liegen. Jeong-Mi ließ dieses Fenster offen, wenn sie ins Bett ging, um die Sterne zu sehen. Vor dem anderen Fenster, durch das man auf die Hochhäuser direkt gegenüber blickte, ließ sie den Vorhang zugezogen, wie sie es wohl bei ihrer Mutter gesehen hatte.

Trotz des heißen Wetters hielt Jeong-Mi im Schlaf wie gewöhnlich ihre Schildkröte im Arm. Als sie voriges Jahr eingeschult wurde, schenkte ihr der Vater dieses Stofftier, und sie kümmerte sich darum wie um ein Baby. Wenn sie aus der Schule zurückkam, griff sie zuerst nach diesem Plüschtier. Nicht nur die Schildkröte, auch andere Stofftiere und die Puppen, die sie selbst aus Papier gebastelt hatte, liebte sie innig. An dieser Fürsorge merkte man, dass Jeong-Mi eine eigenständige Person geworden war.

Obwohl das Licht nicht eingeschaltet war, konnte Hui-Su, nachdem sie eine Weile neben Jeong-Mi gesessen hatte, ihre Gestalt gut erkennen. Sie schlief zusammengekauert wie im Mutterleib. In dieser Haltung, mit der Schildkröte im Arm, kam sie ihr bemitleidenswert vor. So streichelte sie Jeong-Mis Stirn. Auf ihrer weichen Haut fühlte man den klebrigen Schweiß. Weshalb musste sie nur bei dieser Hitze so zusammengekauert liegen? Sie erinnerte sich, sie früher schon in dieser Haltung beobachtet zu haben.

Jeong-Mi schien zu spüren, dass jemand in ihrer Nähe war, und gab einen Laut von sich. Hui-Su flüsterte in ihr Ohr:

»Jeong-Mi, streck dich bitte aus. Ist es dir nicht zu heiß?«

Als sie ihre Beine ausstrecken wollte, sträubte sich Jeong-Mi heftig. Hui-Su gab auf.

»Warum willst du nicht?«

»Ich mag nicht größer werden, ich will nicht erwachsen werden.«

Ihre Stimme klang so, als spräche sie im Schlaf, doch ihre Aussprache war klar. Hui-Su machte große Augen. Wie kann ein Kind so etwas sagen? Zugleich überkam sie ein Schuldgefühl, dass sie ihr Kind nicht genug geliebt habe.

Jeong-Mi hatte am letzten Schultag ein Zeugnis nach

Hause gebracht, in dem fast nur Einsen standen. Nur in Kunst hatte sie eine Drei bekommen. Jeong-Mi konnte sich damit nicht abfinden, und ihre Augen füllten sich mit Tränen.

Nach Meinung von Sun-Ok war Hui-Su an dieser Note schuld, weil sie nur einmal die Einladung zum Elterntag angenommen hatte. Auch hatte sie versäumt, dem Lehrer ein Geschenk zu bringen, wie es allgemein erwartet wurde.

In der Dunkelheit war das Indianer-Bild nur in Umrissen erkennbar. Die Indianerfamilie auf der Zeichnung hatte durchweg Ähnlichkeit mit Jeong-Mi. Alle vier Personen hatten ein besonders langes und schmales Gesicht. Jeong-Mi schloss den Mund, als wolle sie schlafen. Doch Hui-Su kam der Gedanke, sie müsse Jeong-Mi noch etwas erzählen. Sie rief das Kind beim Namen und schüttelte es leicht.

»Hm«, antwortete Jeong-Mi verschlafen. Hui-Su war beruhigt und flüsterte: »Soll ich dir etwas erzählen von damals, als du klein warst?« »Ja, ja.« Jeong-Mi war schläfrig, aber anscheinend doch neugierig, denn sie antwortete, ohne zu zögern. Hui-Su streichelte Jeong-Mis Haar und begann zu erzählen, als wäre sie dafür ausgebildet:

»Du kannst dich gewiss nicht daran erinnern, denn du warst damals erst zwei Jahre alt. Papas Firma musste für ein Tourismus-Poster, das für die Stadt Jinju[67] Werbung machen sollte, eine Aufnahme machen. Man hatte jedoch für diese Werbeaufnahme keine passenden Personen gefunden. Deshalb mussten Papa und ich diese Rollen übernehmen. Du warst gerade krank, und ich wollte dich keinen Moment allein lassen. Aber es ging leider nicht anders. Ich bat deine Großmutter, also meine Mutter, auf dich aufzupassen. Als wir frühmorgens aus dem Haus gingen, schienst du das zu spüren

[67] Stadt im Südosten Koreas in der Provinz Kyungsangnam-do.

und begannst zu schreien. Mir war den ganzen Tag, als hörte ich dein Weinen. Ich gab kein gutes Modell ab, so beunruhigt war ich. Später habe ich dieses Plakat vernichtet, deshalb hast du es nie gesehen.«

Jeong-Mi sagte nur »hm« und tat, als höre sie zu. Hui-Su dachte, sie hätte das Plakat doch lieber als Erinnerung aufbewahren sollen. Damals hatte sie nach einem halben Tag voller Sorge gegen vier Uhr zu Hause angerufen. Als die Verbindung nach Seoul hergestellt war, hörte sie zuerst das Schreien ihres Kindes. Sie erschrak noch mehr, als sie erfuhr, dass das Kind den ganzen Tag keine Milch getrunken und nur geweint hatte. Da sagte sie: »Ich komme sofort«, und legte den Hörer auf.

»Wir hatten ohnehin geplant, mit dem Nachtzug zurückzufahren, daher riet Papa mir vom Fliegen ab. Doch ich nahm gleich ein Taxi und fuhr zum Flughafen Kimhae[68]. Ich drängte den Taxifahrer, schneller zu fahren, worauf er ärgerlich wurde. Als ich am Airport ankam, war das Flugzeug gerade abgeflogen. Ich nahm schließlich ein Taxi nach Seoul. Das war etwa zehnmal so teuer, und ich kam erst kurz vor der Sperrstunde in Seoul an. Dein Papa kam am nächsten Morgen in der Frühe. Nachdem du an meiner Brust getrunken hattest, schliefst du fest ein. Als dein Papa dich so sah, sagte er, ich hätte unbesonnen gehandelt. Doch ich war so erschrocken und dachte nur: Wenn du stirbst, was dann? Solche Angst habe ich gehabt.«

»Hm, hm«, murmelte die Tochter, während sie fast das ganze Gesicht in dem Kopfkissen vergrub. Das Kind schien wieder einzuschlafen. Es hatte offenbar gespürt, dass die Erzählung zu Ende war. »Ich meine, du …« Doch Jeong-Mi reagierte nicht mehr. Hui-Su hatte das Verlangen, die Tochter

[68] Flughafen in der Nähe der Stadt Pusan.

auf die Wange zu küssen. In diesem Moment musste sie daran denken, dass ihr eine solche Geste immer unangenehm gewesen war. Gleich danach hatte sie stets die Spuren abgewischt. Vielleicht mochte Jeong-Mi ja Mamis Kuss auch nicht so recht. Wie eine Geliebte, die Abschied nimmt, küsste Hui-Su ihre Tochter nur leicht auf die Lippen und stand auf.

Inzwischen war das Dunkel verschwunden, und der Himmel erstrahlte in hellem Blau. Man hörte die vorbeibrausenden Autos. Aber die Hochhäuser, die wie Puppenstuben wirkten, schliefen noch ruhig vor Tagesanbruch. Auf dem Bürgersteig waren nur hin und wieder Leute zu sehen. Ein Alter mit langem grauem Haar und kurzen Hosen ging vorbei. Hui-Su hielt inne, als wollte sie ihm Respekt erweisen. Erst als er vorüber war, überquerte sie die Straße. Ging man auf dem Bürgersteig geradeaus weiter, dann gelangte man zum Haupteingang der Wohnanlage. Hui-Su lief jedoch den Hügel hinunter, der die Anlage begrenzte und in das nächste Wohngebiet führte.

Als sie den Hügel hinabstieg, fiel ihr Blick auf einen Tennisplatz. Ein Mann mittleren Alters und ein junger Mann übten Tennis, indem jeder für sich gegen die Wand spielte. Für Hui-Su war es faszinierend, dass man am frühen Morgen schon so viel überschüssige Kraft haben konnte.

Vom Fenster ihrer früheren Wohnung aus konnte man direkt auf einen Tennisplatz sehen. Dort hatten von früh bis spät schwitzende Menschen den weißen Tennisball mit scheinbarer Leichtigkeit über das Netz geschlagen. Jedes Mal, wenn Hui-Su zum Tennisplatz hinüberschaute, war es ihr vorgekommen, als wären die Spieler Tiere. Am Wochenende, wenn der Tennisplatz besonders belebt war, zog sie einfach den Vorhang zu. Sie konnte den Anblick nicht ertragen, obwohl ihr Mann ihr Verhalten mit Kopfschütteln quittierte und sie als dekadent bezeichnete.

Hui-Su ließ den Tennisplatz hinter sich und stieg einen steilen Weg am Rand eines verlassenen, von Unkraut überwucherten Platzes hinauf, bis sie die asphaltierte und recht breite Hauptstraße des Wohnviertels erreichte. Es erschien noch wie ein ruhiges altes Dorf mit ein paar Platanen am Straßenrand.

Hier und da öffneten um die Wette kleine Kramläden ihre Türen. Lieferanten von Sojabohnenpaste und Tofu fuhren mit ihren Motorrädern vor. Etwas entfernt trug ein Junge Zeitungen aus. Ein Straßenkehrer zog mühsam seinen Wagen an Hui-Su vorbei. Er roch nach Abfall und Fäulnis.

Kurz darauf hörte sie etwas auf den Boden fallen. Als Hui-Su sich umsah, wuchtete der Straßenkehrer bereits eine Sperrholzplatte auf seinen Wagen. Hui-Su spürte ein Verlangen, den Mann für seinen Fleiß zu loben. Aber sie schwieg.

Jeden Morgen reinigte dieser Mann ganz früh die Straßen von Schmutz und Abfällen. Er verdiente damit sein Brot zum Überleben. Hui-Su musste daran denken, dass sie noch bequem wie eine Königin auf ihrem Daunenkissen lag, während dieser Mensch bereits arbeitete.

War sie nicht doch dekadent? Der Mann zog inzwischen seinen Wagen mühsam weiter, und Hui-Su wandte sich ab.

Sie stieg weiter den Hang hinauf und bog in eine verwinkelte Gasse ein. Ein Reis- und Gemüseladen tauchte vor ihr auf. Aus einer Hundehütte streckte ein schläfriger Hund den Kopf heraus, und eine Gemüsehändlerin spritzte gerade mit einem Wasserschlauch die Straße.

Auf der linken Straßenseite, die von dem Wasserstrahl nicht erreicht worden war, näherte sich eine alte Frau. Sie trug ein gemustertes Kleid mit blauen Blättern. Ihr Körper war plump wie ein Reissack, und ihr ergrautes dichtes Haar hatte sie zu einem Pferdeschwanz zusammengebunden.

Die alte Frau hob eine Hand und murmelte vor sich hin: »Das Vaterland, sage ich.« Als Hui-Su an ihr vorbeiging, konnte sie nur diese Worte verstehen. Die alte Frau hatte offenbar den Verstand verloren. Warum sollte sie sich sonst schon früh am Morgen um das Vaterland sorgen? Vielleicht war ihr Sohn im Krieg gefallen. Hui-Su schaute die Alte an, die summend an ihr vorüberging. Als sie der Alten nachschaute, traf sich ihr Blick mit dem der Gemüsehändlerin.

»Die Alte ist eigentlich normal, nur wenn es ihr langweilig ist, führt sie so ein Theater auf«, rief ihr die Händlerin zu. Sie schien an die alte Frau gewöhnt zu sein.

So war es also, wenn man Langeweile hatte ...

Langeweile konnte einen Menschen schon am frühen Morgen verrückt machen.

So spielte Sun-Ok in der Morgenstunde mit dem Glied ihres Mannes, und Herr Yi-ramer, der jeden Tag wie ein Roboter um halb fünf aufstand, schaute eben in die Werbespalten der Morgenzeitung. Sollte es ihm endlich eines Tages langweilig sein, würde er von Gatsby im weißen Frack träumen.

Wenn man es verabsolutiert, dachte Hui-Su, dann rühren letztlich auch Liebe, Hoffnung und Patriotismus letztlich nur von Langeweile her.

Über die Mauer des Hauses mit dem Eisentor, an dem die Alte im blau gemusterten Kleid gerade vorbeiging, reckte sich der Zweig einer lila Trichterwinde.

Ihre Blüten sahen frisch, aber farblos aus. Bevor sie ihren Blick weiterschweifen ließ, entdeckte Hui-Su eine braune Katze, die ihren Schwanz in der Trichterwinde versteckte und hingekauert auf der Lauer lag. Sie wirkte nicht bösartig. Eher faul und hochnäsig blickte sie auf die Straße hinunter, als wollte sie aufpassen, was der Tag bringen mochte.

Inzwischen war es ganz hell geworden. Die Sonne brannte bereits, und man konnte die Schwüle spüren. Am Ende des Wohnviertels erhob sich ein felsiger Berg mit einem Akazienwald. Als sie näher kam, hörte sie die Zikaden zirpen. Sie kam nun an einem Garten vorbei, in dem Kiefern, Buchsbaum und Pfingstrosen wuchsen. Ihr Blick fiel auf einen weißen Rosenstock. Im morgendlichen Sonnenlicht fühlte sie sich von den edel blühenden Blumen angezogen. Sie blieb stehen. Noch bevor sie an den Blüten riechen konnte, stieg ihr ein geheimnisvoller Duft in die Nase. Gerade als sie sich zu der Rose hinabbeugen wollte, sah sie in der doppelblättrigen Blüte etwas Dunkles. Es war ein Käfer. Schon so früh am Morgen fand sie einen Käfer in der Blüte! Sie bekam Mitleid mit ihm und nahm ihn vorsichtig heraus. Da sah sie an der Blüte, wo der Käfer genagt hatte, eine gelbliche Stelle.

Aus dem Koreanischen von Gwi-Bun Schibel-Yang und Wolfgang Schibel

Han Kang

Die Früchte meiner Frau

1

Es muss irgendwann Ende Mai gewesen sein, als ich zum ersten Mal diese sonderbaren blauen Flecken am Körper meiner Frau bemerkte. Ich erinnere mich, dass an diesem Frühlingstag die Pfingstrosen vor der Portierloge unseres Wohnblocks schon am Verblühen waren. Achtlos zertraten die Vorübergehenden die auf dem Gehweg unweit des Seniorenheims liegenden abgefallenen Fliederblüten.

Es war am späten Vormittag.

Das Sonnenlicht fiel angenehm in das Wohnzimmer und ließ zahllose Staubkörnchen und Pollen in seinen Strahlen tanzen. Meine Frau und ich genossen die wärmende Sonne, die auf unsere Körper schien. Schweigend saßen wir da und lasen die sonntägliche Morgenzeitung.

Die letzten Tage waren anstrengend für mich gewesen, wie schon all die Arbeitswochen zuvor. Nur am Wochenende war es mir vergönnt, einmal richtig auszuschlafen. Ich war gerade erst aufgestanden. Ohne viel dabei nachzudenken, folgten meine Augen dem gedruckten Text, während ich mich genüsslich rekelte und es mir bequem machte.

»Schau mal, ich habe blaue Flecken bekommen, die einfach nicht weggehen.«

Die Stimme meiner Frau schreckte mich aus der sonntäglichen Ruhe auf. Etwas abwesend wandte ich mich ihr, die das Schweigen durchbrochen hatte, zu. Ich setzte mich auf und rieb mir die Augen, während ich noch immer die Zeitung an mich presste. Meine Frau hatte inzwischen ihr Hemd bis zum BH nach oben geschoben. Auf Bauch und Rücken kamen zwei tiefblaue Flecken zum Vorschein.

»Wobei hast du dich denn so verletzt?«

Wortlos öffnete sie den Reißverschluss ihres Faltenrocks. Auf ihrem Steiß prangten unübersehbar weitere blaue Flecken, so groß wie der Handteller eines Neugeborenen.

»Oh, wie ist denn das passiert?«

Meine laute Stimme durchbrach schrill die beschauliche Ruhe im Wohnzimmer unseres Sechzig-Quadratmeter-Apartments.

»Keine Ahnung … vielleicht habe ich mich unbemerkt irgendwo gestoßen … Ich dachte, es würde verschwinden, aber die Flecken werden immer größer.«

»Tut das nicht weh?«

Ich bereute meinen barschen Ton schon etwas und nahm mich zurück.

»Ich spüre eben keine Schmerzen. Im Gegenteil, die Stellen sind taub. Das beängstigt mich aber noch mehr.«

Während ein Lächeln den besorgten Ausdruck auf ihrem Gesicht milderte, fragte sie mich mit entwaffnender Offenheit: »Soll ich zum Arzt gehen?«

Mit Befremden musterte ich ihr noch jugendliches Gesicht, das mir plötzlich wie das einer Unbekannten vorkam. Es erschien mir fast unwirklich, dass ich schon vier Jahre lang mit dieser Frau unter einem Dach zusammengelebt haben sollte.

Meine Frau war drei Jahre jünger als ich und hatte in diesem Jahr ihren neunundzwanzigsten Geburtstag gefeiert. Vor der Heirat wirkte sie sogar so jung, dass die Leute die ungeschminkte junge Frau an meiner Seite für ein Schulmädchen hielten. So war es mir manchmal peinlich gewesen, mich mit ihr in der Öffentlichkeit zu zeigen. Auf einmal sah ich in ihrem Gesicht deutliche Spuren von Ermüdung, die nicht recht zu den kindlichen Zügen passen wollten. Ich musste unwillkürlich daran denken, dass jetzt niemand mehr meine Frau mit einer Schülerin oder Studentin verwechseln würde, wenn wir zusammen spazieren gingen. Eher würde man sie für älter halten, als sie wirklich war. Ihre einst apfelroten Wangen wirkten eingefallen, und von ihren weiblichen Rundungen war wenig geblieben. Ihre Magerkeit ließ Mitleid in mir aufsteigen.

Ich versuchte mich krampfhaft zu erinnern, wann ich zum letzten Mal meine Frau bei Licht nackt gesehen hatte. Ganz sicher war es nicht in diesem Jahr gewesen und möglicherweise auch nicht im Jahr davor.

Wie konnte ich vor mich hin leben, ohne zu ahnen, dass der Körper des mir am nächsten stehenden Menschen übersät war von dunklen Flecken? Ich überschlug in Gedanken die Zahl der feinen Falten um ihre Augenwinkel und bat sie dann, sich auszuziehen. Sie errötete. Dabei traten die Wangenknochen unschön in ihrem abgemagerten Gesicht hervor.

»Wenn mich aber jemand sieht«, hörte ich meine Frau sagen.

Mir erschienen ihre Worte unsinnig, da unser Wohnblock im Unterschied zu den anderen Apartmenthäusern mit den Balkonen in Richtung der Ausfallstraße zur Dongbu-Autobahn[69] zeigten. Die Fahrbahn, die das Wohnviertel über den Junggryrang-Fluss[70] hinweg mit der Schnellstraße verband, erstreckte sich in der Länge von drei Wohnblöcken. Daher war es ohne ein gutes Fernglas unmöglich, heimliche Blicke auf diese Häuser zu richten. Zudem kam niemand, der mit dem Auto auf der Ringstraße vorbeiraste, auf die Idee, in ein

[69] Autobahn in Richtung Osten.

[70] Nebenfluss des Han in Seoul.

Wohnzimmer im dreizehnten Stock eines Hochhauses zu spähen. Der Einwand meiner Frau, beobachtet zu werden, war also aus der Luft gegriffen. Es war nur denkbar, dass sie sich vor mir genierte. Ich musste auf einmal daran denken, dass wir uns während der Flitterwochen nicht selten am hellichten Tage geliebt hatten – bis zur Erschöpfung von unseren noch ungeschickten Liebesspielen. Hatten wir damals nicht die Fenster vom Balkon samt der gläsernen Verbindungstür zum Wohnzimmer weit offen gelassen, um die Augusthitze zu lindern?

Ein Jahr später waren wir zwar nicht mehr so unbeholfen im Liebesakt, dafür gaben wir uns ihm auch nicht mehr bis zur völligen Erschöpfung hin. Meine Frau pflegte ungewöhnlich früh ins Bett zu gehen. Wenn ich einmal spät von der Arbeit nach Hause kam, war sie in der Regel bereits eingeschlafen. So öffnete ich stets leise die Wohnungstür. Wenn ich dann aus dem Bad in das dunkle Schlafzimmer trat, vernahm ich schon das gleichmäßige Atmen meiner Frau und fühlte mich einsam. Um dieses Gefühl abzustreifen, schmiegte ich mich an ihren Körper. Sie strich mir aber nur stumm über das Haar, bis ich in meiner Bewegung innehielt. Ihre Haltung, die weder Leidenschaft noch Ablehnung signalisierte, war für mich schwer fassbar. Sie lag einfach mit halb geöffneten Augen wie abwesend da.

»Alles? Soll ich alles ausziehen?«

Mit einer Miene, die wohl ihre Verlegenheit überspielen sollte, sah sie mich an, während sie ihre Unterwäsche zusammenknüllte, um damit ihre Scham zu bedecken.

Es war wirklich schon lange her, dass ich sie nackt gesehen hatte.

Dennoch verspürte ich keinerlei Lustgefühle. Als ich nun nicht nur auf ihren Hüften, sondern auch auf ihren Unterschenkeln und sogar auf den Innenseiten ihrer Oberschenkel diese blauen Flecken entdeckte, stieg unwillkürlich Empörung in mir auf. Erst nach und nach verlor sich dieses Gefühl, und ich fühlte mich plötzlich allein gelassen, ohne zu wissen, warum. War meine Frau in ihrer unachtsamen Art irgendwann des Abends vor sich hinträumend auf der Straße vor ein fahrendes Auto gelaufen? Oder war sie im Treppenhaus unseres Hochhauses, als das Licht ausging, gestürzt und hatte all das einfach verdrängt oder vergessen?

Meine Frau stand wie verloren mit dem Rücken zur Sonne, die an diesem Frühlingstag in unser Apartment schien. Noch immer hielt sie beide Hände vor ihr Geschlecht und fragte wie zur Bestätigung: »Soll ich zum Arzt gehen?« Wie sie so dastand, sah sie unglaublich mitleiderregend, bedauernswert und elend aus. Überwältigt von diesen Gefühlen nahm ich sie zum ersten Mal seit langer Zeit für einen kurzen Augenblick fest in die Arme.

2

Ich hatte angenommen, die dunkelblauen Flecken würden nach einiger Zeit vergehen. Deshalb hatte ich nur mit einem gutmütigen Lachen erwidert: »Wenn es dir nicht weh tut, sind die Flecken wohl bald wieder weg. Es ist nicht das erste Mal, dass du dir Schrammen zugezogen hast, weil du versäumt hast, aufzupassen.«

Bis zum darauf folgenden Frühsommer vergaß ich diese Geschichte mit den seltsamen Blessuren völlig. Erst eines Abends, als ein heißer Wind mit den Blättern der großen Platane und den Straßenlaternen sein Spiel trieb, wurde ich daran erinnert. Meine Frau, die mir gegenüber am Esstisch saß, legte plötzlich den Löffel beiseite und sagte:

»Irgendwie ist das seltsam ... Schau mal!«

Ohne eine weitere Erklärung hob sie ihre mit einer kurzärmeligen Bluse bekleideten dünnen Arme und zog sich die

Bluse mitsamt dem Hemd über den Kopf. Ich erschrak.

Waren im Frühjahr die blauen Flecken lediglich so groß wie eine Kinderhand gewesen, so schienen die jetzigen Ausmaße mit Taros-Blättern[71] vergleichbar. Auch die Farbe, die an das dumpfe Grau von Trauerweiden erinnerte, war auf unheimliche Weise intensiver geworden.

Meine Hand zitterte, als ich ihren Körper berührte und über einen Fleck an ihrer Schulter strich. Irgendwie war es, als würde ich einen mir fremden Menschen berühren. Wie schmerzhaft musste man sich verletzt haben, dass man solche Prellungen davontrug?

Ihr Gesicht schien meine Annahme zu bestätigen. Es wirkte auf erschreckende Art aschfahl und krank. Ihre Haare, die früher schwarz geglänzt hatten, wirkten stumpf und tot. Auch ihre Augen hatten allen Glanz verloren.

»Was ist bloß in letzter Zeit mit mir los? Es zieht mich unablässig ins Freie, und wenn ich dann draußen bin … Wenn ich die Sonne nur sehe, möchte ich mir die Kleider vom Leib reißen. Was soll ich sagen? Ja, es ist, als sehnte sich mein Körper danach, nackt zu sein.«

Während meine Frau diese Worte sprach, erhob sie sich von ihrem Stuhl. Ihr unbekleideter dünner Oberkörper wirkte gespenstisch.

»Vorgestern«, redete sie weiter, »zog ich sogar alles aus, ging auf den Balkon und stellte mich neben den Wäscheständer. Ich empfand keine Scham … Jeder hätte mich sehen können … Ich stand zweifellos da wie eine Verrückte.«

Ich beobachtete, wie ihre hagere Gestalt auf mich zukam, während ich nervös mit meinen Essstäbchen spielte.

[71] In Europa wenig bekannte Pflanze mit verschlungenem Wurzelstock. Nach einer Sage konnte man damit Schlangenbisse u. a. heilen. Taros wird auch als Estragon oder Schlangenkraut bezeichnet.

»Ich hab keinen Hunger. Ich trinke nur Wasser, so viel wie nie zuvor … Aber ich kann nicht einmal ein halbes Schälchen, Reis am Tag zu mir nehmen. Weil ich so wenig esse, bilden sich offensichtlich nicht genug Magensäfte. Auch wenn ich mich zum Essen zwinge, bringt das nichts. Ich muss mich übergeben, wo immer ich gerade bin.«

Meine Frau sank auf die Knie, als würde sie zusammenbrechen und begrub ihr Gesicht in meinem Schoß. Weinte sie wirklich? Auf jeden Fall glaubte ich die Tränen auf meiner Trainingshose zu spüren.

»Kannst du dir vorstellen, wie man sich fühlt, wenn man sich mehrmals am Tag übergeben muss? Wie ein Mensch, der auf festem Boden seekrank wird. Ich kann sogar nicht mehr aufrecht laufen. Mein Kopf brummt … Ich habe bohrende Schmerzen im rechten Auge. Meine Schultern sind hart wie Holz, in meinem Mund staut sich Speichel wie Wasser … und immer wieder muss ich erbrechen – auf dem Gehsteig, an den Stämmen der Bäume …«

Während meine am ganzen Körper mit blauen Flecken übersäte Frau gegen ihr Schluchzen ankämpfte und sich dabei auf die Lippen biss, hörte ich das Summen der alten Neonleuchte, das mich an das Zirpen eines Insekts erinnerte.

»Bitte, geh zum Arzt!«, sagte ich zu ihr, wobei ich ihren Kopf hochhob. »Bitte geh gleich morgen zum Internisten!«

Ihr Gesicht war feucht und unansehnlich. Ich versuchte, sie mit einem strahlenden Lächeln aufzumuntern, während meine Hand durch ihr glanzloses, welkes Haar strich.

»Außerdem könntest du wirklich etwas besser auf dich Acht geben, wenn du unterwegs bist. Woher stammen all die Blutergüsse auf deinem Körper? Du bist doch kein Kind mehr!« Während ich sprach, öffnete sie kraftlos ihre von Tränen benetzten Lippen, und auf ihrem verweinten Gesicht erschien ein Lächeln.

3

War meine Frau weinerlich? Eigentlich konnte ich das nicht behaupten. Vor der Hochzeit hatte sie viel gelacht und Optimismus verbreitet. Tränen hatte ich zum ersten Mal in ihren Augen gesehen, als sie mir sagte: »Ich mag nicht in einem Apartmenthochhaus in Sanggye-dong[72] wohnen.« Mit ihrer klaren und ruhigen Stimme, die im Gegensatz zu ihrem kindlichen Gesicht stand, hatte sie zitternd hinzugefügt:

»Ich glaube, an einem Ort, wo fast eine dreiviertel Million Menschen auf engstem Raum lebt, werde ich allmählich verdorren. Hunderte, tausende gleiche Wohnungen, Küchen und Decken, Toiletten, Badewannen und Balkone. Ich hasse den Aufzug. Auch die Parks und Spielplätze, die Geschäfte und Zebrastreifen, all das hasse ich.«

»Was ist denn plötzlich in dich gefahren, dass du dich aufführst wie ein Kind?« Ich hatte damals versucht, meine Frau zu beschwichtigen. »Warum urteilst du so, ohne je dort gewohnt zu haben? Was ist so schlimm daran, dass viele Menschen da leben?«

Ich muss ihr dabei ernst in die gutmütigen Augen geschaut haben.

»Ich selbst habe immer, sogar ganz bewusst, nur Wohnungen in der Nähe von belebten Geschäftsstraßen gesucht. Orte, wo sich Menschen treffen, Straßen, wo laute Musik erklingt und Autos im stockenden Verkehr hupen, haben mich immer fasziniert. Anders hätte ich es nicht ausgehalten.«

Aus den sanft blickenden Augen meiner Frau waren nur Tränen gerollt.

»Sonst hätte ich das Alleinsein nicht ertragen.«

[72] Große Wohnsiedlung im Nordosten von Seoul.

Meine Frau wischte sich mit den Handflächen immer wieder die Tränen ab, die ihr Gesicht regelrecht wuschen.

»Ich spüre, dass ich an einer unheilbaren chronischen Krankheit ganz langsam zugrunde gehen werde«, sagte meine Frau. »Es ist mir, als würde ich nie mehr dieses 13. Stockwerk verlassen und für immer dort gefangen sein.«

»Warum sagst du so schreckliche Dinge? Du bist wirklich eigenartig«, warf ich ein.

Dabei war meine Frau in der Tat im ersten Jahr unseres Einzugs oft, wenn auch nicht ernsthaft, krank gewesen. Sie hatte sich so an die ungemütlichen Temperaturen in ihrer alten, an einem Steilhang gelegenen Wohnung gewöhnt, dass sie wohl die Zentralheizung in unserer Apartmentwohnung nicht vertrug. Als sie noch tagtäglich die steile Straße mit eiligen Schritten hinauf- und hinabgelaufen war, fühlte sie sich gesund. Ohne einen einzigen Tag zu fehlen, hatte sie für einen kargen Lohn in einem Verlag gearbeitet. Nun, auf einmal, schien ihr Körper alle Energie verloren zu haben.

Dass meine Frau ihre Arbeit aufgab, lag allerdings nicht an unserer Heirat. Ich hatte ihr erst kurze Zeit nach der Kündigung einen Heiratsantrag gemacht. Vielmehr plante meine Frau damals, mit all ihren Ersparnissen, der Abfindungssumme und dem Geld, das sie durch Nachhilfestunden mühsam verdient hatte, das Land zu verlassen. Sie sprach beiläufig von ihrer Idee, auszuwandern, weil sie eine Frischzellenkur für ihr Blut brauche. Es war genau am Abend jenes Tages, als sie den Kündigungsbrief, der seit geraumer Zeit ständig in ihrer Tasche steckte, bei ihrem Vorgesetzten abgegeben hatte. Sie erklärte mir, dass sie spüre, dass sie ihr verunreinigtes Blut austauschen müsse. Zudem könne nur noch viel frische Luft ihre verschmutzten Lungen reinigen. Es sei der Traum ihrer Jugend gewesen, frei zu leben und frei zu sterben. Sie habe all das bisher nur aufgeschoben, weil ihre Lebensumstände es nicht erlaubt hätten, sich so zu verwirklichen. Doch jetzt habe sie eine hübsche Summe Geld beisammen und könne es wagen. Sie wolle einfach fort von hier, ein halbes Jahr in einem fremden Land leben, dann weiterreisen in ein anderes Land, dort wieder ein paar Monate bleiben und immer weiterziehen …

»Bevor ich sterben muss«, hatte sie noch mit einem Lächeln hinzugefügt.

»Ebenso möchte ich bis ans Ende der Welt gehen, ganz langsam von einem Ort zum anderen, bis auf die andere Seite der Erde.«

Doch anstatt ihren Traum wahr zu machen und an das andere Ende der Welt zu fliegen, steuerte sie ihr bescheidenes Vermögen zu unseren Hochzeitsausgaben und der neuen Wohnung bei. Sie begründete ihre Entscheidung nur kurz mit den Worten: »Aus irgendeinem Grund kann ich mich nicht von dir trennen.«

Was für eine tiefgreifende Bedeutung musste diese Unabhängigkeit, von der meine Frau geträumt hatte, gehabt haben? Ich nahm damals einfach an, dass all das nicht so entscheidend gewesen sein konnte, wenn sie derart bereitwillig darauf verzichtete. Auch erschienen mir ihre Freiheitspläne etwas unrealistisch oder besser gesagt wie die Luftschlösser eines naiven Kindes. Sie selbst hätte das bestimmt erst begriffen, wenn es zu spät gewesen wäre. So kam ich nicht ohne Stolz zu der Einschätzung, dass sie diese rechtzeitige Erkenntnis letztlich mir verdankte.

Doch offensichtlich war ihre Gesundheit angegriffen. Wenn ich beobachten musste, wie sie ihre schmalen Schultern hängen ließ und auf die vorbeirasenden Autos starrte, während sie ihre dahinwelkenden Wangen an die gläserne Balkontüre presste, wurde mir das Herz schon schwer. Es schien, als würde ein unsichtbarer Arm ihre Schultern umklammern. Auch ihre Beine wirkten wie in Eisen gelegt, und eine scheinbare Leblosigkeit ging von ihr aus.

Wenn des Nachts oder bei Tagesanbruch ein Taxi oder ein Motorrad auf der leeren Straße lautstark vorbeifuhr, erschrak meine Frau und zitterte am ganzen Leib. Einmal sagte sie, es käme ihr so vor, als bewegten sich nicht die Autos, sondern die Straße. Ihr sei dann, als würde die Wohnung in diesem Strudel fortgerissen. Das sanfte Gesicht, das ich von ihr im Schlaf gewohnt war, verzerrte sich dann augenblicklich und blieb noch Stunden aschfahl wie bei einer Toten.

»Diese Dinger, woher kommen die nur alle?«, hatte sie ganz leise einmal im Halbschlaf gemurmelt.

»... und wohin fahren sie?«

4

Als ich am nächsten Abend die Wohnungstür öffnete, erwartete mich meine Frau bereits in der Diele. Offensichtlich hatte sie mein Kommen vom Wohnzimmer aus gehört. Sie trug weder Hausschuhe noch Socken, sondern war barfuss. Ihre ungepflegten weißen Zehennägel bogen sich deutlich nach innen.

»Was sagt der Arzt?«

Sie antwortete nicht auf meine Frage. Stattdessen beobachtete sie mich schweigend beim Ausziehen der Schuhe. Sie strich sich eine glanzlose Haarsträhne hinter das Ohr und wandte ihren Kopf zur Seite.

Unwillkürlich musste ich an unsere erste Begegnung denken. Damals war mir schon dieses für sie typische Profil aufgefallen. Ein älterer Arbeitskollege hatte uns einander vorgestellt und die Vermittlerrolle übernommen. Als er uns allein ließ, hatte zuerst Schweigen geherrscht. Ich wusste nicht, wie ich ihren geheimnisvoll anmutenden Gesichtsausdruck deuten sollte. Ihr Blick schien durch mich hindurch in die Ferne zu wandern, an einen Ort, den nur sie kannte. In diesem Moment entdeckte ich die Einsamkeit eines fremden Menschen. Dabei wirkte ihr Gesicht bei flüchtiger Betrachtung heiter und liebevoll. Mir gab dieser Augenblick die Hoffnung, dass diese Frau mich verstehen würde.

»Ich war zeit meines Lebens allein«, stieß ich schließlich hervor. Der Alkohol hatte meine Zunge gelöst. Aber auch nach meiner Beichte starrte meine zukünftige Frau, die damals sechsundzwanzig Jahre alt war, weiter mit unverwandtem Blick in eine unbekannte Ferne.

»Warst du schon beim Arzt?«

Meine Frau hatte ihr Gesicht noch immer abgewandt und nickte kaum merklich mit dem Kopf. Warum sah sie mir nicht gerade in die Augen? Wollte sie ihre blasse Gesichtsfarbe verbergen oder ihr Missfallen über etwas, das ich getan hatte, zum Ausdruck bringen?

»Sag schon, was meint der Arzt?«

»Angeblich ist alles in Ordnung«, beeilte sie sich zu sagen. Ihr Tonfall war ebenso beiläufig wie kühl.

Als ich meiner Frau zum ersten Mal begegnete, faszinierte mich besonders ihre Stimme. Sie hatte etwas Feines, Vornehmes und Zerbrechliches zugleich. Diese zierliche Person schien mir keine Dutzendware zu sein. An jenem Abend reagierte meine Angebetete jedoch auf mein etwas unsicher vorgetragenes Geständnis unerwartet fast abweisend. »Ich möchte im Leben nirgends sesshaft werden«, hatte sie mit beinahe gleichgültiger Stimme erwidert.

Aus einer Eingebung heraus begann ich ihr zu erzählen, dass ich auf dem Balkon unserer späteren Wohnung gern allerlei Pflanzen und Blumen züchten würde. Neben vielen Blumen sollten Frühlingszwiebeln, Salat und grüner Perilla[73]

[73] Gewürz, auch Schwarznessel, Chinesische Melisse oder wilder Sesam genannt.

wachsen, der im Sommer weiß wie Schnee erblüht. Während ich all das sagte, hatte mich meine Frau unverwandt angeschaut, so als würden diese Worte nicht zu meiner Person passen. Als ich noch eifrig hinzufügte, ich würde auch Bambussprossen ziehen wollen, begann sie vielsagend zu lachen. Ermutigt von ihrem sanften, kindlichen Lachen, öffnete ich ihr mein Herz und gestand meine tiefe Einsamkeit.

Nach unserer Heirat richtete ich, wie versprochen, auf dem Balkon unseren kleinen Garten ein. Doch leider waren wir beide keine geschickten Gärtner. Wir hatten uns vorgestellt, dass das Gemüse allein durch regelmäßiges Begießen gedeihen würde. Aber aus unerfindlichen Gründen verkümmerten die Schösslinge und gingen schließlich ein, ohne ein einziges Mal Ertrag gebracht zu haben.

Die Ratschläge der Nachbarn in unserem Hochhaus änderten an dieser Situation nichts. Ob es nun den Pflanzen an der Verwurzelung im Erdreich hoch oben fehlte oder die mangelhafte Qualität von Luft und Wasser schuld war, blieb ungeklärt. An Sorgfalt, wie man uns unterstellen wollte, konnte es aber wirklich nicht liegen. Meine Frau widmete sich den Pflanzen mit Herzblut. Das ging so weit, dass sie einen halben Tag lang den Kopf hängen ließ, wenn ein Salatkopf oder eine grüne Perilla verdorrt waren. Doch sobald sich eine Staude zu erholen schien, summte sie leise eine fröhliche Melodie vor sich hin.

Es blieb unerklärlich, dass trotz aller Mühen nur die rechteckigen Blumenkästen mit ausgetrockneter Erde übrig blieben. Ich konnte mich nur verwundert fragen, wohin all die Stauden und Gemüsepflanzen verschwunden waren. »Wo sind all die Tage geblieben, an denen ich die Töpfe auf den Fenstersims stellte und meine Hände in den Regen streckte«, schoss es mir unwillkürlich durch den Kopf. Ich erinnere mich, dass meine Frau in einer solchen Situation einmal zu mir sagte: »Lass uns fortziehen, ganz weit weg von hier.«

Im Gegensatz zu unserem Gemüse, in dessen Blätter nach dem Gießen ab und an die Lebenskraft für einen Weile zurückkehrte, welkte meine Frau zusehends dahin. Sie klagte über eitrigen Schleim in Kehle und Nase, der ihre Lebendigkeit zu ersticken und abzutöten schien. »Was soll zwischen Abgasen, Lärm und bedrückender Enge auch wachsen«, fügte sie mit verächtlicher Stimme hinzu, während sie ihre Hände schützend über die Salatpflanzen hielt, damit das schmutzige Regenwasser sie nicht erreichen konnte.

Ihr Blick schien in meinen Augen die Bestätigung ihrer Aussage zu suchen.

»Was meinst du damit? Was ist denn so eng und schlimm?«, fragte ich gereizt zurück, während ich meiner Frau mit den Händen Regenwasser ins Gesicht spritzte.

Ihre Worte und ihr mimosenhaftes Wesen erschienen mir wie ein Angriff auf unser kleines, zerbrechliches Glück.

Ich betrachtete die schwermütige Gestalt und den abgemagerten Körper meiner Frau, die sich gerade erschrocken das Gesicht abrieb. Dabei entfuhr ihr ein leises Stöhnen. Ihre Arme ruderten ziellos durch die Luft, während mir der kalte Regen ins Gesicht schlug.

In dieser angespannten Atmosphäre kippte plötzlich ein Blumentopf vom Fensterbrett auf die Füße meiner Frau. Scherben und Erde verteilten sich in Windeseile auf dem Balkon. Sie biss sich auf die Lippen, hockte sich nieder und umklammerte ihren nackten, schmerzenden Fuß.

Schon vor unserer Hochzeit hatte sie die Angewohnheit, sich auf die Lippen, zu beißen, wenn ich ärgerlich wurde. Sie überlegte dann meist eine Weile und sagte mir dann offen ihre Meinung. Doch mit diesem Tag änderte sie ihr Verhalten. Ihr Mund blieb fest geschlossen. Wir stritten uns seitdem nie mehr. Aber meine Frau schwieg von nun an auch hartnäckig.

»Was hat man denn für eine Diagnose gestellt?«

Meine Worte klangen unglaublich müde, und ich fühlte die Einsamkeit in mir hochsteigen. Ich zog mein Jackett aus. Meine Frau nahm es mir nicht ab.

»Der Arzt konnte nichts finden«, erwiderte sie kurz und einsilbig und hielt weiter den Kopf abgewandt.

5

Meine Frau wurde immer verschlossener. Von sich aus fing sie kaum mehr ein Gespräch an, und wenn ich etwas fragte, antwortete sie lediglich mit einer Kopfbewegung. Wenn ich sie anherrschte, sie solle mir antworten, bewirkte ich nicht mehr, als dass sie an mir vorbeischaute, als wollte sie sagen: »Was gibt es denn …« Dass sie eine ungesunde Gesichtsfarbe hatte, war mittlerweile sogar unter dem Licht der Neonlampe zu erkennen.

Da bei der ärztlichen Untersuchung nichts festgestellt worden war, hielt ich es für wahrscheinlich, dass es sich um eine psychosomatische Erkrankung handelte. Doch was quälte meine Frau so sehr?

Die letzten drei Jahre hatte ich in bester Erinnerung. Ich hatte eine Arbeit, die interessant war und mich doch nicht überforderte. Die Miete für unser Apartment war dank der Nachlässigkeit des Vermieters in der letzten Zeit nicht gestiegen. Der Bausparvertrag wurde bald fällig. War all das nicht ein Glück? Auch meine Frau mit ihrem treuen, wenn auch nicht betörenden Wesen schien Balsam für meinen erschöpften Körper zu sein. Ich fühlte mich wohl und geborgen.

Wo lag das Problem meiner Frau? Ich konnte mir nicht vorstellen, welches Leiden ihr seelisches Gleichgewicht durcheinander bringen sollte. Jedes Mal, wenn ich mich fragte, mit welchem Recht sie sich vor mir verschloss, fühlte ich

Einsamkeit in mir hochsteigen, die sich mit einem starken Gefühl der Abneigung nach und nach vermischte.

Als ich an einem Sonntag von einer einwöchigen Dienstreise ins Ausland zurückkehrte, stand meine Frau gerade auf dem Balkon und hängte Wäsche auf. Mir stockte fast der Atem bei ihrem Anblick. Die Arme waren über und über mit blauen Flecken bedeckt, so dass die wenigen gesunden Hautstellen wie weiße Tupfen wirkten. Ich stellte mich ihr in den Weg, als sie mit dem leeren Wäschekorb ins Wohnzimmer zurückkam, und forderte sie auf, sich auszuziehen. Als ich meiner widerstrebenden Frau das T-Shirt über den Kopf streifte, sah ich, dass auch ihre Schultern ganz blau schimmerten.

Ich starrte gebannt auf ihren Körper und wich dann taumelnd einen Schritt zurück. Ihre dichte Achselbehaarung war zur Hälfte ausgefallen, und ihre einst zarten und weichen Brustwarzen wirkten unnatürlich grau.

»So geht es nicht weiter … Ich muss deine Mutter anrufen«, stieß ich hervor.

»Nein, ich mach das schon. Lass das.« Meine Frau sprach ungewohnt laut und zugleich undeutlich, als würde ihr die Zunge den Dienst versagen.

»Geh zum Arzt, hast du verstanden? Zum Dermatologen. Nein, fahr lieber gleich ins Krankenhaus!« Meine Stimme klang aufgeregt.

Meine Frau nickte nur.

»Ich würde gerne mitkommen«, fuhr ich fort, »aber du weißt, dass ich mir die Zeit nicht nehmen kann. Du musst lernen, selbst auf dich aufzupassen, ja?«

Sie nickte erneut.

»Lass deine Mutter kommen! Hör auf mich!«

Wieder schien sie wortlos zuzustimmen, während sie sich auf die Lippen biss. Ich war mir unsicher, ob sie überhaupt zuhörte. Meine Worte schienen an ihr abzugleiten.

6

Mit einem Ruck hielt der Lift. Mit meinem schweren Koffer trat ich aus dem Aufzug, ging den langen dunklen Flur entlang zu meiner Wohnungstür und drückte auf den Klingelknopf. Doch in der Wohnung blieb es still, so oft ich auch auf den Knopf drückte und angestrengt lauschte. Schließlich stellte ich den Koffer ab und schaute auf meine Uhr. Es war acht Uhr. Meine Frau ging zwar gewöhnlich früh ins Bett, aber diese Zeit erschien mir doch übertrieben. Ich spürte auf einmal meine Müdigkeit. Zudem hatte ich noch nicht zu Abend gegessen. An so einem Tag möchte man die Wohnungstür nicht selbst öffnen.

Hatte meine Frau meinen Vorschlag befolgt und war in Begleitung ihrer Mutter zum Krankenhaus gefahren? Oder hielt sie sich bei ihren Eltern auf? Doch in der Diele fiel mein Blick auf die Pantoffeln, die Turnschuhe und die Straßenschuhe meiner Frau, die unordentlich herumlagen. Während ich meine Schuhe auszog, spürte ich eine ungewöhnliche Kühle in der Wohnung. Noch bevor ich die Küche betrat, stieg mir ein fauliger Geruch in die Nase, der mich augenblicklich ekelte. Im Reiskocher klebte verkrusteter Reis, in der Spüle stapelte sich ungewaschenes Geschirr, und in einer Plastikwanne schwammen wohl schon tagelang Wäschestücke in einer abgestandenen, streng riechenden Lauge. Im Kühlschrank lag verdorbenes Gemüse, darunter Gurken und Zucchini.

Ich rief nach meiner Frau. Weder aus dem Bad noch aus dem Schlafzimmer oder dem Abstellraum kam eine Antwort. Im Wohnzimmer sah ich die Morgenzeitung auf dem Tisch, so wie ich sie vor Antritt der Dienstreise hinterlassen hatte. Daneben stand eine leere Halbliterpackung Milch und ein gebrauchtes Glas mit einem Rest eingetrockneter Milch. Auch eine weiße Socke, die meine Frau ausgezogen haben musste, eine rote Geldbörse aus Kunstleder und andere Dinge lagen achtlos verstreut umher.

Die seltsame Stille in der verlassen wirkenden Wohnung wurde nur durch den ohrenbetäubenden Lärm der vorbeirasenden Autos auf der Ausfallstraße durchbrochen.

Ich fühlte mich hungrig und müde. Nur ein einziger sauberer Löffel zum Reisessen war mir geblieben. Beim Anblick des schmutzigen Geschirrs, das im Spülbecken vor sich hingammelte, und angesichts der unaufgeräumten Wohnung stieg plötzlich eine tiefe Einsamkeit in mir hoch. Ich war aus einem fernen Land zurückgekehrt, und niemand schien mich daheim zu erwarten. Dabei brannte ich darauf, zu erzählen, was ich während der langen Flugreise erlebt hatte. Gern hätte ich auch von den fernen Landschaften berichtet, die ich vom Zug aus gesehen hatte. Doch kein Mensch war da. Niemand fragte, ob ich müde sei, und ich musste nicht tapfer leugnen. Doch all das ließ mich spüren, wie allein ich war. Die aufsteigende Einsamkeit verband sich mit einem Gefühl von ohnmächtigem Zorn. Denn niemand auf dieser Welt schien sich für mich zu interessieren. Ich kam mir plötzlich wertlos vor. Eine innere Kälte stieg in mir hoch. Dabei sehnte ich mich nach Nähe und Wärme. Offensichtlich hatte ich mir etwas vorgemacht. Es gab keinen Menschen, der mich tröstete. Das war schon bitter. Überall und immer allein zu sein, nicht geliebt zu werden, das war, wie bei lebendigem Leibe zu sterben.

In diesem Moment vernahm ich ein leises Rufen. Es war mehr ein undeutliches Murmeln, das vom Balkon aus an mein Ohr drang. Es schien die Stimme meiner Frau zu sein.

»Warum antwortest du nicht, obwohl du da bist?«, rief ich aufgebracht, während ich die Balkontür hastig aufstieß. Das Gefühl der Verlassenheit schlug in Erleichterung um. Zugleich vermochte ich meine Empörung über die vorgefundene Situation kaum zu unterdrücken.

»Wie sieht denn die Wohnung aus? Was hast du überhaupt gegessen?«

Da sah ich ihren nackten Körper.

Meine Frau hatte beide Arme in die Höhe gestreckt, als würde sie jemandem zujubeln, und kniete in dieser Haltung vor dem eisernen Balkongitter. Ihr Körper hatte ein dunkles Grün angenommen. Das Gesicht schimmerte wie das Blatt einer immergrünen Akazie. Ihre Haare, die zuvor wie abgestorbene Rettichblätter gewirkt hatten, glänzten nun wie frisches Feldgras. In ihrem grünlichen Gesicht funkelten schwach zwei Augen. Ich war einen Schritt zurückgetreten, da versuchte meine Frau, sich zu mir hin aufzurichten. Aber sie schien weder stehen noch laufen zu können. Lediglich ihre Oberschenkel zuckten nervös. Wie unter Schmerzen bewegte sie ihre knochigen Hüften nach links und rechts. Dabei kam ihre verkümmerte Zunge wie eine Unterwasserpflanze zwischen den bläulichen Lippen zum Vorschein. Ihre Zähne waren bereits spurlos verschwunden.

»... Wasser.«

Es kostete meine Frau sichtlich Mühe, dieses Wort, das mehr wie ein Seufzer klang, mit ihren bleichen Lippen zu formen.

Verwirrt lief ich in die Küche und füllte eine Plastikschüssel randvoll mit Wasser. Mit schnellen Schritten eilte ich auf den Balkon zurück. Ich zitterte dabei so stark, dass das Wasser auf den Boden des Wohnzimmers schwappte. Nachdem ich meiner Frau das Wasser über die Brust gegossen hatte, erwachte ihr Körper wie eine große Pflanze zu neuem Leben. Noch einmal wässerte ich ihren durstigen Leib. Tänzelnd stellten sich plötzlich ihre Haare auf. Fassungslos schüttelte ich den Kopf, während ich zusah, wie der bezaubernd grünlich schimmernde Körper meiner Frau durch meine Wassertaufe aufblühte.

Nie war meine Frau so schön gewesen.

7

Liebe Mutter!
Nun kann ich dir keine Briefe mehr schreiben. Auch den Pullover, den du bei uns gelassen hast, kann ich nicht mehr anziehen. Ich meine den purpurfarbenen Wollpullover, den du bei uns vergessen hast, als du im letzten Winter bei uns warst.

An jenem Tag, als mein Mann auf Dienstreise ging, hatte ich ihn angezogen, weil ich an jenem Morgen Schüttelfrost hatte. Zum Glück war der Pullover noch ungewaschen. Er roch nach Essen und nach dir. Normalerweise hätte ich ihn erst nach dem Waschen angezogen. Aber weil es so kalt war und ich eine Weile dich spüren wollte, bin ich schließlich darin eingeschlafen. Bis zum frühen Morgen ließ die Eiseskälte nicht nach. Oh, Mutter, wie habe ich gefroren, und wie groß war mein Durst! Als die morgendlichen Sonnenstrahlen endlich durch das Schlafzimmerfenster fielen, brach ich in Tränen aus. Damit die Sonne meinen Körper wärmen konnte, ging ich auf den Balkon und zog mich aus. Diese Sonnenstrahlen waren so zart wie dein Duft, und ich fiel augenblicklich auf die Knie und rief nach dir. Wie lange habe ich so verharrt? Ein paar Tage, einige Wochen oder mehrere Monate? Kaum hatte sich die Luft aber erwärmt, da begann die Temperatur auch schon wieder unmerklich zu sinken, und allmählich wurde mir kalt.

Die Fenster der fernen Apartmenthäuser jenseits des Junggryrang-Flusses waren zu dieser Stunde in orangefarbenes Licht getaucht. Können mich ihre Bewohner sehen? Kann man mich aus den Fahrzeugen, deren Scheinwerfer beim Überqueren der Ausfallstraße gerade eingeschaltet werden, wahrnehmen? Wie sehe ich aus?

Mein Mann ist viel liebenswürdiger geworden. Er hat einen großen Blumenkübel mitgebracht und mich eingetopft. Am Sonntag saß er den ganzen Vormittag auf der Türschwelle zum Balkon und hat sogar die Blattläuse entfernt. Er erinnerte sich sogar daran, dass ich Leitungswasser nicht mag – und obwohl er sehr müde war, ging er am Morgen auf den Berg hinter unserem Wohngebiet und brachte einen Eimer voller Quellwasser mit, das er mir über die Beine goss. Obendrein kaufte er vor einigen Tagen einen Sack frischer Blumenerde für mich. Wenn es geregnet hat und die Luft über der Stadt für kurze Zeit sauber ist, lüftet er in aller Frühe.

*

Mutter, es ist eigenartig. Ich kann nichts sehen und auch nichts hören oder riechen, dennoch kommt es mir vor, als sei alles viel lebendiger geworden als früher. Ich spüre, wie die Autos auf der Ausfallstraße vorüberbrausen, bemerke die hauchzarten Erschütterungen, die von den Schritten meines Mannes ausgelöst werden, wenn er die Wohnungstür aufschließt und zu mir kommt. Ich nehme die Feuchtigkeit wahr, die sich vor einem Regenschauer wie ein fruchtbringender Traum in der Luft sammelt, und sehe die Morgennebel am Himmel aufziehen.

Ja, ich fühle, wie die Bäume nah und fern sprießen und Knospen treiben. Ich fühle, wie das Herz unseres alten Nachbarn aussetzt und dann doch weiterschlägt. Ich fühle, wie in der Wohnung über uns Spinat gekocht wird und ein Stockwerk tiefer Chrysanthemen in einer Vase angeordnet werden. Man hat ihre Wurzeln abgeschnitten, und nun thronen sie über der Stereoanlage. Tag und Nacht irrlichtern Sternschnuppen am Himmel, und die Platanen entlang der Ausfallstraße neigen ihre Kronen sehnsuchtsvoll nach der aufgehenden Sonne. Auch mein Körper scheint sich dorthin zu öffnen.

Kannst du das verstehen, Mutter? Ich weiß, dass ich nun bald nicht mehr nachdenken kann, aber das macht mir nichts aus. Seit langem träume ich davon, einfach nur so von Wind, Sonne und Wasser leben zu können.

*

Ich muss jetzt viel an meine Kindheit denken. Ich sehe mich in die Küche rennen und mein Gesicht in deinem Rock vergraben, der verführerisch nach Sesamöl oder geröstetem Sesam duftete. An meinen Händen klebte immer Erde. Wie oft, Mutter, habe ich diese erdigen Hände in deinem Rock vergraben.

Wie alt werde ich damals gewesen sein? Ich erinnere mich an einen Frühlingstag. Es nieselte, und ich saß auf einem Traktor, den Vater lenkte. Wir fuhren die Küste entlang. Erwachsene lächelten mich an, und Kinder, denen das nasse Haar auf der Stirne klebte, winkten hüpfend. Ihre Gesichter drehten sich wie Windräder.

Für dich, Mutter, war das die Welt, ein ärmliches Fischerdorf am Meer. Du bist an diesem Ort geboren und aufgewachsen. Dort hast du uns Kinder zur Welt gebracht, hast gearbeitet und bist alt geworden. Irgendwann wirst du da am Fuß der Berge neben Vater im Grab unserer Ahnen ruhen.

Mutter, ich hatte Angst, dass ich so leben müsste wie du. Deshalb bin ich den weiten, weiten Weg gegangen. Ich glaube, ich war sechzehn Jahre alt, als ich ohne Ziel unser Haus verließ. Über einen Monat irrte ich durch Großstädte wie Pusan, Taegu und Kangreung. Diese Städte werde ich nie vergessen. In einem japanischen Restaurant gab ich mich für älter aus und arbeitete als Kellnerin. Abends übernachtete ich, die keine feste Bleibe hatte, in einer Privatbibliothek, die rund um die Uhr geöffnet hatte. Ich mochte dieses Leben. Mich faszinierten die Lichter der hell erleuchteten Großstädte und ihre begüterten Einwohner.

Mutter, damals konnte ich nicht ahnen, dass ich später einmal gealtert und mit welkem Gesicht auf diesen Straßen unter fremden Leuten wandeln würde. Ich habe weder in der Heimat noch in der Fremde mein Glück gefunden. Wohin nur soll ich gehen?

Eigentlich war ich niemals wirklich glücklich. Ein hartnäckiger Geist schien mich zu verfolgen. Schnürte er mir den Hals zu und fesselte meine Arme und Beine? Wie ein weinendes, geschlagenes Kind wollte ich immer nur diesem Fluch entkommen. So oft war ich den Tränen nahe, Mutter. Aber ich blieb dennoch mit braver Miene ganz hinten im Bus sitzen, auch wenn ich am liebsten mit der Faust die Scheiben eingeschlagen und mir das Blut von den Händen geleckt hätte. Was quälte mich? Wovor wollte ich weglaufen bis an das Ende der Welt, und warum habe ich es nicht getan? Weshalb habe ich nicht einfach dieses Land verlassen und mein verwunschenes Blut gereinigt?

*

Angeblich konnte der Arzt beim Abhören meiner Organe nichts Außergewöhnliches feststellen. Nur ein leises Zischen, wie ein ferner Windhauch, soll vernehmbar gewesen sein. Etwas in der Art hatte ich den alten Doktor murmeln hören, während er mit den Fingerspitzen auf sein Stethoskop klopfte. Anschließend hatte er das Instrument auf einen Tisch gelegt und das Ultraschallgerät eingeschaltet. Zuvor strich er mir ein klares, kühles Gel auf den Bauch und fuhr dann gewissenhaft mit einem kalten, stabförmigen Gerät über meine Haut vom Herzen bis zum Unterleib. Auf dem Monitor zeichneten sich schemenhaft meine Eingeweide ab.

»Sieht alles ganz normal aus«, murmelte der Doktor und schnalzte dabei hörbar mit der Zunge. »Auch am Magen … ist nichts Ungewöhnliches zu erkennen.« »Alles ist in Ordnung«, wiederholte er wie zur Bestätigung. »Magen, Leber, Gebärmutter, Nieren – alles tadellos.«

Warum hat er nicht bemerkt, dass sich alle diese Organe langsam in ein Nichts auflösten?

Nachdem er mir das Gel mit Zellstoff abgetupft hatte, wollte ich mich aufrichten. Doch er forderte mich auf, liegen zu bleiben, und drückte mir hier und da fest auf den Bauch, ohne dass es besonders weh tat. Ich schüttelte jedes Mal den Kopf und sah dem Arzt unverwandt in seine bebrillten Augen, während er in unerwartet vertraulichem Tonfall fragte.

»Tut es da weh?«

»Ist das o. k.?«

»Keine Schmerzen an dieser Stelle?«

Auf dem Heimweg, nachdem mir der Arzt prophylaktisch eine Spritze verabreicht hatte, musste ich mich wieder übergeben. Ich hockte mich an die kalte Kachelwand der U-Bahnstation. Während ich darauf wartete, dass der Schmerz nachließ, begann ich zu zählen, wie es mir der Arzt zur Beruhigung empfohlen hatte. Das Herz sei für alles verantwortlich, hatte er gemeint und wie ein Mönch immer wieder beschwörend gesagt: »In jeder Situation gelassen bleiben und Frieden im Herzen haben. Eins, zwei, drei, vier … beim Zählen die innere Ruhe finden …«

Doch der Schmerz ließ nicht nach und trieb mir schließlich die Tränen in die Augen. Wieder und wieder erbrach ich Magensaft. Ich musste mich auf den Boden setzen. Trotzdem drehte sich alles weiter vor meinen Augen.

Ich weiß nicht, wann es dann tatsächlich geschah …

*

Mutter, ich träume immer wieder denselben Traum. Mein Körper wächst wie eine Pappel in Windeseile in den Himmel. Ich werde immer größer und durchstoße das Dach unseres Balkons, ich dehne mich über die Apartments im 15. und 16. Stock bis zur Dachterrasse aus. Ich vermag Beton und Stahl aufzubrechen. Ach, und an der höchsten Stelle gedeiht eine faszinierend schöne weiße Blume. Ich recke meine Äste mit aller Kraft und schiebe den Himmel ein Stück höher, indem ich durch meine prall gefüllten Adern klares Wasser pumpe. So werde ich diese Wohnung verlassen. Mutter, nachts träume ich schon davon.

*

Es wird kälter mit jedem Tag. Wie viel Laub ist heute in der Welt zu Boden gefallen, wie viele Insekten haben auf den Wiesen ihr Dasein ausgehaucht, wie viele Schlangen haben ihre Haut abgestreift? Haben nicht auch einige Frösche deshalb vorzeitig ihren Winterschlaf begonnen?

Mutter, immer wieder wandern meine Gedanken zu dir und deinem Pullover. Aber inzwischen kann ich mich nicht mehr gut an deinen Duft erinnern. Ich würde gerne meinen Mann bitten, dass er mich mit deinem Pullover zudecken soll. Aber es gibt keinen Weg mehr, ihm das zu sagen. Was soll ich tun? Er weint und ärgert sich zugleich, während er gebannt zuschaut, wie ich verdorre. Du weißt, dass ich auf der ganzen Welt der einzig nahe Mensch für ihn war. Ich kann spüren, dass sich seine warmen Tränen in das Quellwasser mischen, mit dem er mich begießt. Ich fühle, wie er seine Fäuste hilflos zum Himmel hin ballt.

*

Mutter, ich habe Angst. Mir fallen alle Glieder ab. Dieser Blumentopf ist zu eng und hart. Die Enden meiner ausgestreckten Wurzeln tun mir weh. Mutter, ich sterbe, bevor der Winter kommt. Nun werde ich nie wieder auf dieser Erde blühen.

8

An jenem Abend, als ich von der Dienstreise zurückkehrte, goss ich drei Mal eine Schüssel Wasser über meine Frau. Sie erbrach sich heftig und spuckte gelbes Magensekret. Blitzschnell schrumpften ihre Lippen vor meinen Augen hinweg. Als ich mit meiner zitternden Hand nach ihren leichenblassen Lippen tastete, hörte ich zum letzten Mal einen undeutlichen Laut aus ihrem Mund. Nie wieder habe ich danach ihre Stimme oder auch nur ein Stöhnen vernommen.

Aus ihren Oberschenkeln sprossen üppige weiße Wurzelfasern. Ganz in Dunkelrot entfaltete sich eine Blüte auf ihrer Brust. Ein gelblicher Blütenstempel, dessen wulstige Spitze weiß schimmerte, durchbrach ihre Brustwarzen und drängte empor. In diesem Moment hatte es den Anschein, als wolle meine Frau ihre Arme um meinen Hals legen, solange sie noch aus eigener Kraft dazu in der Lage war. Während ich in ihre noch schwach glänzenden Augen blickte, ging ich in die Hocke und beugte mich vor, damit ihre kamelienblattartigen Hände meinen Hals besser umfassen konnten. »Geht's?«, fragte ich. Ihre Augen, die wie reife Weintrauben wirkten, lächelten matt.

Den ganzen Herbst über konnte ich beobachten, wie rötlichgelbe Farbe den Körper meiner Frau nach und nach umhüllte. Wenn ich das Fenster öffnete, wiegte sie ihre hochgereckten Arme ganz sanft und kaum merklich im Wind.

Als der Winter nahte, verlor meine Frau nach und nach ihre Blätter. Das zarte Rot, das meine Frau umgeben hatte, verwandelte sich in ein tiefes Kastanienbraun.

Ich überlegte, wann ich das letzte Mal mit ihr geschlafen hatte. Damals war ihrem Unterleib ein fremder und wohlriechender Duft entströmt, der nicht mit üblichen Körpersekreten vergleichbar erschien. Ich hatte damals vermutet, dass meine Frau eine neue Seife ausprobiert oder sich aus einer

Laune heraus etwas Parfüm auf die Haut gesprüht hatte. Wie lange war das her?

Bald sah man meiner Frau kaum mehr an, dass sie einmal ein menschliches Geschöpf mit zwei Beinen gewesen war. Ihre Pupillen, die an reife Weintrauben erinnerten, wurden allmählich von einer Art Rinde überwuchert. Schließlich gelang es mir nicht mehr, in dieser verwandelten Gestalt meine Frau zu erkennen. Die Spitzen ihrer Äste erschienen unerreichbar. Doch immerhin konnte ich noch ein unbeschreiblich vages Gefühl einer körperlichen Verbindung spüren, wenn ich den Balkon betrat. Eines Tages, als die Blätter, die einst Hände und Haare meiner Frau gewesen waren, gänzlich abfielen, tat sich an der Stelle, wo früher ihr Mund gewesen war, eine Öffnung auf. Eine Handvoll reifer Samen fiel heraus. Nach diesem Ereignis riss der letzte dünne Faden einer unbestimmten Gefühlsgemeinschaft ab.

Ich hielt die winzigen Kerne, die wie das Innere eines Granatapfels plötzlich herausgequollen waren, in meinen Händen und setzte mich damit auf die Türschwelle zwischen Balkon und Wohnzimmer. Solche Samen sah ich zum ersten Mal. Sie waren hart wie Sonnenblumenkerne, die in Cocktailbars neben Popcorn als Knabbereien serviert werden. Ich nahm einen Kern und schob ihn in den Mund. Die glatte Hülse war geruchlos und schmeckte nach nichts. Nun biss ich kräftig mit den Zähnen auf diese sonderbare Frucht, die von der einzigen Frau, die ich auf der Welt hatte, geblieben war. Zuerst lag sie herb und scharf auf der Zunge, im Nachgeschmack schien sie dagegen leicht bitter.

Am folgenden Tag kaufte ich etwa ein Dutzend kleine, runde Blumentöpfe, füllte sie mit frischer Erde und pflanzte die Samen ein. Nachdem ich die Töpfchen neben dem Blumenkübel mit der ausgetrockneten Erde meiner Frau aufgereiht hatte, öffnete ich das Fenster. Während ich mich nach draußen lehnte und rauchte, dachte ich über den Geruch, ja, den Duft frischen Grases nach, der dem Unterleib meiner Frau einst unerwartet entströmt war. Inzwischen hatte der Spätherbst Einzug gehalten. Der Wind, der den Rauch meiner Zigarette davontrug und mein mittlerweile langes Haar zerzauste, war kalt geworden.

Ich überlegte, ob meine Frau wieder Knospen tragen würde mit dem neuen Frühling. Würde sich diese wunderbare rote Blüte erneut zeigen?

Ich fand keine Antwort.

Aus dem Koreanischen von Lee Ki-hyang

Gong Jiyoung

Die Stimme des Gewissens

I

Der Mai ist schon fast zu Ende. Ich weiß, ich antworte spät. Dabei wollte ich gleich schreiben, als ich deinen letzten Brief erhielt. Doch dann ist etwas dazwischengekommen. Nichts Besonderes, vielleicht könnte man es eine Lappalie nennen. Aber manchmal haben Menschen eine Vorahnung, die eintrifft. So muss es gewesen sein: Eine unsichtbare Hand schien in mein Leben einzugreifen und in meiner Vergangenheit wie in einem Buch zu blättern. So fühlte ich mich jedenfalls. Dir mag all das absurd erscheinen. Am besten, ich fange von vorn an.

In deinem letzten Brief las ich von den Problemen eines Mannes, der gerade die vierzig überschritten hatte. Die Arbeit scheint dir weiter wichtig zu sein, wenn auch mit verhaltener Begeisterung. Du schriebst aber auch, dass deine ehemalige Freundin dich besuchte. Du hast sie einmal sehr geliebt. Doch ich könnte mir vorstellen, dass du dich nach einem gemeinsamen Abendessen einfach so von ihr verabschiedet hast. Dein Leben geht eben seinen Gang. Sind meine Gedanken so falsch?

Natürlich kannst du meine Zeilen als einen Vorwurf missverstehen.

Aber ich erinnere mich an die Zeit, als wir gefangen waren und gefoltert wurden. Damals schon hast du ohne zu klagen zäh weitergearbeitet, obwohl du nach der Entlassung aus dem Gefängnis etwa acht Kilo abgenommen hattest. Erst sehr spät hast du überhaupt von den Qualen der Folter gesprochen. Ein Kommilitone von uns, der im Nebenzimmer verhört wurde, hatte uns verraten. Dabei war er dein Mitstreiter und Genosse. Doch er hielt dem Druck nicht stand. Nackt an das Folterbrett gebunden, mussten wir mitanhören, wie die Kriminalkommissare im Nebenzimmer die Sektkorken auf ihren Erfolg knallen ließen. Erst Jahrzehnte später hast du über die Erinnerungen an diese grauenvolle Nacht gesprochen.

Während ich das jetzt niederschreibe, beschleicht mich ein sonderbares Gefühl. Menschen, die einst gemeinsam gefangen waren, gefoltert wurden … Mir ist, als würde ich in diesem Augenblick über Schicksal, Glück, Liebe schreiben. Viel Zeit ist inzwischen vergangen. Ja, die Zeit verfließt.

Du hast von einer J. geschrieben, aber ich ahnte sofort, wer damit gemeint war. Ich muss gestehen, dass auch ich sie einmal nur mit Herzklopfen anschauen konnte. Ich glaube, wir haben sie alle damals mehr oder weniger angebetet. Das Strahlen ihrer schwarzen Augen faszinierte uns einfach. Ihre Erscheinung von Kopf bis Fuß wäre ansonsten kaum auf der Straße aufgefallen.

Ihre Heimatstadt war Kwangju[74]. Vielleicht ist das der

[74] Hauptstadt der Provinz Chollanam-do im Südwesten Koreas. Sie wurde durch den Aufstand im Mai 1980 gegen die in Korea herrschende Militärdiktatur weltweit bekannt. Nach offiziellen Angaben kamen durch das brutale Vorgehen des Militärs 170 Menschen, insbesondere unschuldige Demonstranten und Zivilisten (144), aber auch 22 Soldaten und vier Polizisten ums Leben. Eine hysterische antikommunistische Propaganda heizte die Situation an und diente der Machterhaltung des Militärs. Im November 1988 übernahm Chun Doo-Hwan, der im August 1980 zum Präsidenten gewählt wurde, die

Grund, dass sie in unserer Erinnerung bleibt und du so krankhaft leidest. Ansonsten wäre es ähnlich wie mit der Glorifizierung alter Popsongs. Es stimmt. Es beeindruckt mich, dass sie aus Kwangju gekommen ist, um dich zu besuchen. Aus Kwangju kam sie zu dir. Aus Kwangju kam sie als resignierte Frau. Wie tief reicht ein Schicksalsschlag? Wie unglücklich ist sie wirklich? Das wollte ich fragen …

Vor einigen Tagen war ich in Ratzeburg. Die Stadt liegt in der Nähe von Hamburg oder nordwestlich von Berlin, wenn man von der Hauptstadt anreist. Es ist eine schöne Stadt mit einem See. Ratzeburg ist ein in Deutschland bekannter Kurort. Doch hier gibt es auch ein Museum mit Werken des Künstlers Ernst Barlach, der mit Käthe Kollwitz zusammenarbeitete. Der Name der Stadt endet auf »-burg«. Darüber werden viele Geschichten erzählt. Eine Burg ist ja ein Schloss. Vielleicht lebten in der Burg einmal ein Prinz und eine Prinzessin.

Die Prinzessin ist wohl inzwischen Großmutter geworden? So könnte J. gefragt haben. Sie war in jener Zeit, an die ich mich erinnere, einundzwanzig Jahre alt. Mitten in einer ernsthaften Diskussion konnte sie unvermittelt solche verrückten Fragen stellen. Dabei setzte sie so ein ernsthaftes Gesicht auf, dass wir ab und an wirklich dachten, es handle sich um eine wichtige Frage. Ich wusste damals nicht, dass ihr miteinander liiert wart. Ich war wirklich ahnungslos. Erst später habe ich erfahren, dass dich eine Frau besuchte, als du mit deiner Freundin im Gefängnis warst. Diese andere Frau

Verantwortung für das Massaker. Die Vorgänge in Kwangju hatten weltweite Proteste zur Folge und beschäftigten verstärkt die koreanische Öffentlichkeit bis zur Demokratisierung Südkoreas Ende der achtziger Jahre.

wurde nach der Trennung von deiner Freundin später deine Ehefrau.

Seit vierzig Jahren lebe ich auf dieser Welt. Wie viele Trennungen hat es in all der Zeit gegeben. Abschied ist wohl das bequemste Mittel, Liebe zu vermeiden. Der Abschied bleibt das Ende einer Liebe in allgemeinster Form. Kurze Trennungen dagegen können einen Neuanfang, ein Wiederfinden bringen. In einem Roman ist all das oft nur ein Kapitel. Sprich nicht von Zerrüttung der Ehe oder Moral. Das trifft es nicht. Ich glaube nicht, dass es Treue ist, wenn ein Ehemann es nicht wagt, eine andere Frau bei der Hand zu nehmen.

Doch ich wollte von Ratzeburg erzählen. Wie du weißt, hat Professor Trumer mich nach Berlin gerufen. Ich ging auch von Marburg nach Berlin, weil meine junge Frau hier Musik studiert. Ich schreibe jetzt in Berlin meine Arbeit und kann, so oft ich will, Professor Trumer besuchen. Du erinnerst dich doch an ihn. Ungefähr vor fünf Jahren, als ich gerade an meiner Magisterarbeit saß, hast du ihn in Marburg getroffen. Die Anlage der Stadt erscheint wie mit Legosteinen konstruiert. Damals habe ich dich in eine Jazzbar mitgenommen, wo ein weißhaariger alter Professor Saxophon spielte. Das war Professor Trumer. Er wird empört sein, wenn er erfährt, dass ich ihn als alt bezeichne. Er fährt immer noch ein sehr kleines, altes Auto. Er gehört zur Generation der 68er, die bei uns mit der Generation 386[75] vergleichbar wäre. Trumer war einer

[75] Bezeichnung für die Generation in Südkorea, die heute zwischen dreißig und vierzig Jahre alt ist. Diese Generation charakterisiert sich selbst als liberal und sieht sich zugleich als progressive Kraft des modernen demokratischen Koreas. In diesem Sinne wird in der Erzählung eine Parallele zu der 68er-Generation in Deutschland gezogen. Die »3« steht dabei für das Alter zwischen dreißig und vierzig, die »8«

der Aktivisten der Studentenbewegung. Diese Bewegung hat in Europa viele Veränderungen gebracht, und ihr Einfluss reichte sogar bis nach Amerika. Professor Trumer trägt übrigens noch heute gern Jeans und spielt einmal in der Woche Saxofon in der Bar, die ein Freund von ihm betreibt. Was bedeutet Alter für ihn?

Ist es denkbar, dass wir in Wirklichkeit älter sind als die Leute hier? Eben weil wir nicht wissen, woher wir kommen und wohin wir gehen. Plaudern wir nicht mit den Frauen nur über unwichtige Dinge? Die Gegenwart des Professors bringt mich auf solche Gedanken. Er hat mich angerufen und gefragt, ob ich nach Ratzeburg mitfahren wolle. Er habe dort ein kleines Treffen und brauche einen Übersetzer für Deutsch und Koreanisch. Da ich so und so mit ihm meine Arbeit besprechen wollte, sagte ich sofort zu. Mit der Bahn braucht man etwa zwei und eine halbe Stunde von Berlin nach Hamburg. Der Professor nahm den Zug von Marburg, und wir trafen uns auf dem Hamburger Hauptbahnhof.

Es war Ende Mai. Der Himmel war sehr klar, als ich nach Ratzeburg abreiste. Meine Frau, die begeistert Gedichte liest, steckte mir einen kleinen Klebezettel mit einem Gedicht in meine Tasche. Es war ein Gedicht zu einem Drama von Lessing, einem im 18. Jahrhundert in Sachsen geborenen Schriftsteller. Wenn ich mich recht erinnere, standen auf dem Zettel die Zeilen: »Der Nebel kommt auf/Blätter fallen/Gieß den Wein, den milden Wein/Lassen wir die grauen Tage in die goldenen verwandeln/ja, in die goldenen.«

Wenn du das hörst, musst du vielleicht lächeln und denken, da lebt dieser Mann von vierzig Jahren mit seiner jüngeren Frau in irgendwelchen Träumen. Das Wetter war an

für den Eintritt in die Universität in den achziger Jahren und die »6« für das Geburtsjahrzehnt.

diesem Tag außergewöhnlich schön für die Jahreszeit in Deutschland. Wenn ein solches Wetter sich hält, grüßt man viel freundlicher, als würde man den guten Tag ins Koreanische übersetzen.

Dich mag verwundern, was ich vom Mai erzähle. Doch in Berlin blieb auch einen Monat nach Ostern das Wetter äußerst schlecht. Dicke, graue Wolken verdunkelten den Himmel. Seit dem Herbst schien die Sonne verschwunden zu sein. An einem Verkaufsstand für Erdbeeren, der an die Form der Frucht erinnerte, hatte man sogar ein Schild angebracht. »Wir warten auf Sonne für unsere Erdbeeren«, stand darauf geschrieben. Ich weiß nicht, ob du diesen innigen Wunsch ermessen kannst. Vielleicht muss man das trübe Wetter in Deutschland einmal erlebt haben. In Korea ist ja der Frühling viel sonniger und heller.

Als ich Professor Trumer in Hamburg traf, um mit ihm nach Ratzeburg zu fahren, kam er mir älter und gebrechlicher vor als noch vor einigen Monaten. Erst später erfuhr ich, dass ein Kollege von ihm unheilbar erkrankt war. Vielleicht war das die Ursache für seine schlechte Konstitution. Nur kurz klärte er mich über den Mann auf, dem unser Besuch galt.

»Jin-Su«, hatte Professor Trumer zu mir gesagt, »mein Freund muss ans Bett gefesselt auf seinen Tod warten. Wenn es so weit ist, wünscht er, in Kwangju begraben zu werden. Seine Frau, die vierzig Jahre an seiner Seite gelebt hat, ist dagegen. Sie hat uns benachrichtigt. Wenn er von der Welt geht, möchte sie ihn im Familiengrab beisetzen lassen.«

»Warst du in Kwangju?«, fragte mich nun Professor Trumer.

Seine karge Mitteilung machte mich neugierig auf diesen Deutschen, der unheilbar krank im Bett lag und in dieser Stadt in Korea einmal begraben werden wollte. Allmählich begann ich die Identität des kranken Freundes von Professor Trumer zu erahnen.

Du erinnerst dich bestimmt an den Videofilm über den Volksaufstand in Kwangju, den wir an der Universität gesehen haben. Gedreht hat diesen Film, der erstmals der Welt das Massaker von Kwangju zeigte, ein Mann namens Jürgen Hinzpeter. Jetzt besuchte mein Professor also diesen alten Freund. Als Studenten hatten sie sich gegen die herrschenden Verhältnisse und ihre Autoritäten aufgelehnt, so wie wir es in Korea auch getan haben. Jetzt treffen sich die ehemaligen Kommilitonen um Trumer an diesem Ort: Der eine reist aus Berlin an, der andere aus Paris. Der Berliner arbeitet als Taxifahrer, und der Freund aus Paris war Professor und Dekan. Der Dekan aus Paris heiratete eine deutsche Kommilitonin aus dem Freundeskreis. Dieser Professor aus Paris besitzt übrigens bis heute kein Auto, weil er das für kleinbürgerlich hält. Professor Frank Trumer hat mir das mit einem Lächeln erzählt.

Alte Freunde, alle über sechzig, treffen sich also bei einem Kommilitonen, dessen Lebenszeit zu Ende geht … und ich bin dabei. Ich, der mit dem Studium begann, als die Regierungszeit von Chun Doo-Hwan[76] gerade zu Ende ging. Mehr als vom Studieren wusste ich damals durch die Kommilitonen der höheren Semester von handfesten Demonstrationen mit Steinwürfen, Molotowcocktails, Tumult und Protestsongs.

Was sollte ich nun hier an diesem Ort übersetzen?

Warst du in Kwangju? Seine bohrende Frage blieb mir im Ohr.

[76] Im August 1980 gewählter koreanischer Präsident.

2

Seine Frau stand vor dem zweistöckigen Haus am Ratzeburger See. Sie war klein und sah gütig aus. Sie erinnerte mich an meine Mutter in Korea. Als Professor Trumer sagte, dass ich aus Korea käme, wurden ihre Augen nass. Dann dankte sie herzlich für meinen Besuch. Ich brachte es nicht übers Herz, ihr zu erklären, dass ich nicht direkt aus Korea, sondern aus Berlin angereist war.

Vom Fenster aus konnte man bizarre Wolken vorüberfliegen sehen. Es war nicht auszumachen, wann der blaue Himmel mit seiner an Kinderkissen erinnernden Wolkendecke einem grauen Gewölk weichen würde. Noch umarmte der prachtvolle See den klaren Himmel, und das Boot im Wasser schien den Segelbooten in der Ferne zu winken. Die Landschaft war schön.

Hinzpeter empfing uns in seinem fahrbaren Bett. Er war sehr groß, so dass seine Gestalt das ganze Bett ausfüllte. Er sah müde aus, aber seine Augen begannen augenblicklich zu strahlen, als Professor Trumer sagte, ein Koreaner sei gekommen. Obwohl mir weiterhin nicht klar war, warum ich an diesem Treffen teilnehmen sollte, fasste ich seine Hand und wünschte ihm gute Besserung. Er reichte mir seine schwache Hand und blickte mich lange an. Sein Blick ließ mich einen Kloß im Halse spüren. Ich war etwas verwirrt und verlegen zugleich. Zwar hatte ich schon wiederholt Partys von progressiven oder alternativen Deutschen besucht und mit ihnen bis spät in die Nacht diskutiert, doch erstmals während meines zehnjährigen Studienaufenthaltes nahm ich an einem Treffen der 68er-Generation teil.

Frau Hinzpeter brachte Käse und Tee. Auch deutscher Weißwein wurde angeboten. Auf den ersten Blick hätte man Professor Jean Marie Varion für den Hausbesitzer halten können. Seine legere Kleidung legte diese Vermutung nahe.

Er trug eine Hose und ein T-Shirt aus Baumwolle. Seine Hose war sichtbar ungebügelt. Es schien kaum vorstellbar, dass eine Hose so zerknittert aus dem Schrank kommen kann. Seine Frau ist Deutsche. Varion, der auch gut Deutsch spricht, ist nicht groß und ein typischer Franzose. Er hat ein schönes Gesicht, blaue Augen und blondes Haar. Würde er gestylt, könnte er Schauspieler sein und mit Alain Delon in einem Film spielen. Ihm schien jedoch jedes Interesse an seinem Äußeren zu fehlen. Er machte den Eindruck, als sei er ohne jegliche Morgentoilette hier erschienen.

Anfangs erklärten mir die Kommilitonen in Deutschland, man könne die politische Gesinnung der Professoren an der Kleidung ablesen: Die mit Krawatten seien Konservative, die in Jeans oder kurzen Hosen und T- Shirts, die durch die Stadt radelten, wären dem linken Spektrum zuzurechnen. Doch das traf oft nicht den Kern und entpuppte sich letztlich als »Ente«.

Unser Professor Trumer hält sich zum Beispiel für linksorientierter als viele Leute aus der ehemaligen DDR. Er legt Wert auf sein Äußeres. Karl Heinz, der früher Gymnasiallehrer war, arbeitet inzwischen als Taxifahrer. Er reiste schon gestern an und erzählt nun von seiner Entlassung aus dem Schuldienst. Seine Kritik an der Weltpolitik, den Grünen und Kanzler Schröder war kompromisslos. Nach den Worten von Professor Trumer verlor er jedes Interesse am Unterrichten. Seine Stellung als Gymnasiallehrer war ihm nichts mehr wert. Auch von seiner Frau hat er sich getrennt und lebt jetzt allein. Er sieht so aus wie Clint Eastwood in einem Film, den ich als Kind gesehen habe: Eine hagere Erscheinung mit langen Beinen in ausgeblichenen Jeans.

Von den alten Kommilitonen liegt nun einer todkrank im fahrbaren Bett hier im Wohnzimmer. Andere leben in verschiedenen Orten Europas. Wenn sie sich treffen, wie jetzt, sitzen sie zusammen ähnlich unbändigen Kindern. Sie machen einander Vorhaltungen, spotten und scherzen mit dem alten Freund, der gerade eine komplizierte Operation überstanden hat und schon sein Testament schrieb. Er soll vom Wein kosten und doch aufstehen. »Wenn du aus Versehen stirbst, werden wir deine Frau erben, die noch immer schön ist«, rufen sie ihm übermütig zu.

Frau Hinzpeter, die als Bibliothekarin an der Universität Hamburg arbeitete, wurde gerade pensioniert. Sie wirkte auf mich trotz ihrer schwierigen persönlichen Situation ruhig und strahlte eine dezente Eleganz aus.

Nach dem kleinen Wortgeplänkel brachte uns Frau Hinzpeter ein Video. Es war ein Film von KBS[77]. Der koreanische Fernsehsender drehte einen Bericht über Hinzpeter, bevor er die schwere Operation hatte. Er möchte den Text des Videos in deutscher Übersetzung besitzen, bevor er sterben muss.

Nun wusste ich, warum ich an diesen Ort kommen sollte.

Du musst dir vorstellen, es handelte sich also nicht um einen zeitgenössischen Spielfilm aus Korea, der auf der Berlinale einen Preis erhielt, und auch nicht um ein gut gemachtes Werbevideo zu unseren kulturellen Sehenswürdigkeiten. Von Berlin sollte ich nach Ratzeburg fahren, um im Jahr 2004 auf Deutsch von den Ereignissen in Kwangju zu erzählen, die uns als junge Menschen vor fünfundzwanzig Jahren erschütterten.

Ich war selbst überrascht, wie sehr ich Kwangju aus meinem Denken verdrängt hatte. Diesen Ort, wo diejenigen, die älter waren als wir, blutüberströmt starben. Dort, wo die Schreie der Menschen unauslöschlich bleiben, dort, wo Menschen der Gewalt trotzten und so über den Tod hinaus lebendig sind.

77 Korean Broadcasting System.

Hatte ich nicht Kwangju einfach vergessen wollen? Seit nunmehr zehn Jahren lebe ich in Deutschland und studiere Politikwissenschaften. Über das Internet erfahre ich zwar, dass ein ehemaliger Kommilitone in Korea Abgeordneter geworden ist oder an welcher Universität und in welchem Fach eine Stelle ausgeschrieben wurde. Eigentlich tausche ich regelmäßig Briefe mit früheren Kommilitonen aus, trinke Bier und tröste mich mit schönen Worten, wenn meine Zukunftsaussichten gerade mal nicht rosig sind.

In jenem Augenblick fühlte ich mich beschämt und empfand das Übersetzen als eine Art Vergeltung für mein Verhalten. Auch gestehe ich ein, dass ich mich überwinden musste, vor Menschen eines anderen Volkes dieses schändliche und traurige Kapitel unserer Geschichte Wort für Wort aufzurollen. Obwohl diese Leute Linke waren, die die Ereignisse in Kwangju einordnen konnten, war es mir nicht möglich, diese Barriere in meinem Kopf zu überwinden. Ich bin wohl nur ein halbherziger Linker. Jedenfalls hat man das einmal zu mir gesagt.

Als Frau Hinzpeter das Video eingelegt hatte, nahmen wir alle Platz. Der Film begann im Magazin von KBS. Ein Journalist schaute Materialien, Zeitungen und Zeitschriften vom Mai 1980 durch. Demonstrativ wurden Materialien zerrissen, ausgeschnitten oder geschwärzt. Diese Verfahrensweise galt übrigens auch für die Archivierung in der Bibliothek des Abgeordnetenhauses. Der Vorspann sprach die Probleme unumwunden an:

»Wer hatte damals Interesse, die Wahrheit zu vertuschen? Was geschah abgeschirmt von der Öffentlichkeit? Warum das Manöver misslang: Ein Augenzeuge am Tatort.«

All das war nicht die erste Szene eines Krimis. Überhaupt erinnerte schon der Anfang wenig an eine dieser typischen Untersuchungen. Ich hörte angespannt zu. Mein Mund wurde trocken. Endlich tauchte im Film ein Journalist auf:

der Korrespondent von ARD und NDR in Tokio, Jürgen Hinzpeter, mit einem Fotoapparat auf dem Wege nach Kwangju. Sein Gesicht zeigte man nicht.

Wie alt waren wir damals, du und ich? Wo waren wir gerade?

Er war damals dreiundvierzig – so alt wie wir heute. Jürgen Hinzpeter, der ehemalige Reporter von ARD, ist inzwischen siebenundsechzig Jahre alt.

Er hatte eigentlich Medizin studiert und wechselte nach den Unruhen von 1968 in den Journalismus. Mit seinem Fotoapparat dokumentierte der ehemalige Arzt schon die blutigen Ereignisse der Kriegswirren in Vietnam und Kambodscha. Über diese Länder führte ihn sein Berufsweg nach Tokio. An jenem schicksalhaften 19. Mai 1980, einem Montag früh, hörte Hinzpeter im Radio von Kwangju. Es war ein Zufall, dass er diese Sendung empfing. Vielleicht war es sein Schicksal, das ihn von nun an mit Korea verbinden sollte und Korea wohl auch mit der Welt. Jedenfalls beschloss er intuitiv, nach Kwangju zu reisen, obwohl dort einen Tag zuvor das Kriegsrecht verhängt worden war.

Die Regierung hat er nicht um Erlaubnis zur Berichterstattung gebeten. Dabei war es damals Pflicht für ausländische Journalisten, die Reportagen und die Reiseroute mit den zuständigen Stellen abzuklären. Hinzpeter hat das nicht getan. Ich habe ihn nicht nach dem Grund gefragt. Vielleicht war er als Asienreporter zu dem Schluss gelangt, dass solche Prozeduren wenig Erfolg bei den Regierenden versprachen.

Mit seinem Fotoapparat fuhr er Kwangju entgegen. Die jungen Koreaner auf dem Lastwagen trugen schulterlanges, ungepflegtes Haar. Ihre Hemden hatten lange Kragenecken, und ihre Gesichter waren von der Sonne gebräunt.

Der Lastwagen steuerte den Ort in Korea an, der von der wirtschaftlichen Entwicklung ausgeschlossen war und an dem es damals noch so gut wie überhaupt keine Elektrizität gab. Hier hatte Chun Bong-Jun[78] seinen Aufstand organisiert …

Auf dem Lastwagen sangen sie die Nationalhymne. Hinzpeter beobachtete diese Szene. Obwohl er nicht wusste, welches Lied man sang, war er tief beeindruckt. Die Nationalhymne, die wir in der Grund-, Mittel- und Oberschule hörten, erklang auch in dieser Morgenstunde, wo man uns erklärte, dass die Roten unsere Feinde sind.

Wie kann ich dir verständlich machen, was ich fühlte, als diese Hymne hier in Ratzeburg, einem Kurort in Deutschland, erklang? Draußen lag der See in der Sonne, Boote und Jachten schaukelten auf dem Wasser.

Der Lastwagen erreichte Kwangju. Viele Leute hatten sich dort schon versammelt. Sie reichten den Ankömmlingen Essen und Trinken. Sogar tanken konnte man kostenlos.

Das war ungewöhnlich. Denn allgemein feilschten die Menschen lautstark um den besten Preis für ein Päckchen Sojabohnen oder eine Flasche Schnaps. Diesmal gaben sie mit vollen Händen. Ein junger Mann wurde in Großaufnahme gezeigt. Wer war er? Kannte man seinen Namen? Hinzpeter und ich mussten die Antwort schuldig bleiben. Ich übersetzte einfach, was Jürgen Hinzpeter, bekleidet mit einem alten Hemd, zu erklären versuchte.

»Ich kann heute noch diesen Mann nicht vergessen. Ich erfuhr dann, dass er einige Tage später seiner Schussverletzung am Kopf erlag.« Hinzpeter vermochte dieses Bild nicht zu vergessen. Er saß mit Tränen in den Augen im Rollstuhl und lauschte meiner Übersetzung. Ich konnte seine Mimik nicht mehr deuten. Ich spürte die Gänsehaut an meinen Armen und dachte an Kwangju, die Stadt, die mit meinem Schicksal anders verbunden schien als im Falle von Jürgen Hinzpeter.

[78] Führer eines Bauernaufstandes Ende des 19. Jahrhunderts.

Die Filmaufnahmen zeigten nun im Hintergrund ein großes Plakat: »Mobilisiert für Kwangju die Kräfte von 800 000 Einwohnern.« Das habe ich lieber nicht übersetzt.

Dann waren flüchtende Menschen vor dem Mudeung-Berg[79] zu sehen. Mit Gewehren versuchten sie ihre Furcht zu überwinden. Hoffnung und Resignation schienen dicht beieinander in dieser von Grauen und Tod erfüllten Stadt Kwangju.

Inzwischen waren im Film die Luftlandetruppen zu sehen. Es erübrigte sich jede Übersetzung. In Reih und Glied begannen sie die bekannten Lieder zu singen, die zum Durchhalten aufriefen: »Für uns Soldaten der Luftlandetruppe gibt es nichts, was wir nicht überwinden können.« Auch ich hatte diese Lieder während der militärischen Ausbildung mit dem Gewehr in der Hand gesungen. Unwillkürlich musste ich an jene Zeit denken, da wir mit Prügeln und von Militärstiefeln getreten lernten, mit dem Gewehr umzugehen. In der Schule erklärten die Lehrer das Massaker von Kwangju kurzerhand zu einer Lüge. Wir sollten uns durch die kursierenden Gerüchte nicht täuschen lassen. In jenem Jahr 1980 besuchte ich die erste Klasse der Mittelschule und stand kurz vor der Zwischenprüfung. Ich ging wie immer nach Hause, aß etwas und lernte dann brav meine Lektion in Englisch: »I am a boy, you are a girl. Is she Sunhee?«

Im Film prügelten in den Straßen von Kwangju die Soldaten der Spezialtruppe auf die Demonstranten ein. Auch Passanten, Kindern und Frauen verschonte man nicht. Einer Frau wurden die Kleider am Leib zerfetzt. Ihr Kopf blutete gefährlich. Mit ihren zierlichen Händen versuchte sie noch ihre Blöße zu bedecken. Dann verschwand sie auf einem der Lastwagen. Wohin wurde sie verschleppt? Hinzpeter kann es

[79] Berg in der Nähe von Kwangju.

nicht sagen. Hier endet die Macht der Fotodokumente. Auch ich bin ratlos. Wir werden wohl nie ihr Schicksal erfahren.

Es muss während meines ersten Jahres an der Universität gewesen sein. Ich las einen Bericht von Augenzeugen des Massakers. Sie erzählten, dass Leichen von Frauen auch geschändet wurden. Die Brüste hätte man ihnen abgetrennt. J. hat sehr geweint. Damals wollte ich ihre Tränen nicht sehen. Ich wollte ein Mann sein, der die Frauen beschützt. Dabei war mir klar, dass ich nie ein Prinz sein würde, der eine Prinzessin in einen Elfenbeinturm bringen kann. Ich schämte mich einfach, mein Mitleid zu zeigen, obwohl ich mit J. mehr litt als mit der Frau, die ihre Brust verloren hatte.

Ich erinnere mich, dass man bei J. noch einen Hauch des Dialekts, der im Süden gesprochen wird, spürte. Sie erzählte mir einmal, dass ihr Vater sie während des Aufstandes in ein Zimmer eingeschlossen hatte. Doch das Knattern der Gewehre, ungleich stärker als der Lärm beim Braten von Puffbohnen, begleitete sie bis in die Träume.

Nun scheint sie eine gebrochene Frau zu sein, ohne jede Hoffnung. Doch sie hat dich besucht, nach zwanzig Jahren.

Im Film waren wieder knüppelschwingende Soldaten zu sehen. Ohne Rücksicht und ohne zu fragen, schlugen sie wahllos auf Männer in weißen Hemden und Frauen mittleren Alters ein, die dort standen und zusahen. Im Video sah man ihre überraschten Gesichter. Sogar Kinder wurden nicht verschont.

Erinnerst du dich an unseren Aufenthalt im Gemeindehaus Guro[80]? Dort wollten wir 1987 gegen die Manipulationen bei

[80] Industrie- und Arbeiterbezirk im Südwesten von Seoul.

der Präsidentenwahl protestieren. Sie haben uns einfach in ein Gebäude gejagt und Tränengas geworfen, immer wieder, wenn wir nur wagten, den Kopf zu heben. Wie Hasen bei einer Jagd wurden wir in einer Ecke zusammengetrieben. Mit einer Axt brachen sie dann die Tür auf und prügelten auf unsere Köpfe ein. Obwohl ich trotzig dachte, mein Kopf ist härter, als ihr denkt, hatte ich auch Angst, an dieser Kopfverletzung zu sterben. An all das muss ich auf einmal wieder denken. Hast du eine Vorstellung von der Hölle? Wir beide sind keine Christen und haben wohl nicht viel darüber nachgedacht. Doch der böse Traum hält sich hartnäckig, auch in Deutschland. Er ist immer da, wie unser Fluchtpunkt.

Damals wurde ich mit mehreren Männern zusammengepfercht. Lastwagen kamen, und Soldaten, deren Silhouetten im Dunkeln kaum auszumachen waren, prügelten auf uns ein. Obwohl ich Glück hatte, blieb dieser böse Traum. Die Schreie der Opfer und das Schlagen der Knüppel lasten auf uns wie ein Alp. Doch ich habe nicht wirklich nach den Ursachen gefragt. In mir vermischten sich die Bilder von Kwangju mit unseren Erlebnissen in den achziger Jahren.

Ich kann dir nicht mehr sagen, was ich in Ratzeburg übersetzte. Ob ich überhaupt Worte gefunden habe. Das Bild der Frau in den zerrissenen Kleidern verquickte sich mit der Vorstellung vom schlagenden Soldaten, dem Alptraum unserer Jugend.

Ich fühlte, wie mir das Blut in den Kopf stieg.

Die Filmvorführung wurde kurz unterbrochen. Frau Hinzpeter kam zu mir und fragte, ob mir die ganze Sache wirklich recht sei. Sie wiederholte ihre Worte, wohl um die Eindringlichkeit zu verstärken. Dann schenkte sie mir Weißwein ein. Wieder schämte ich mich. Ich brachte nur ein trockenes o. k. hervor, während ich langsam den kühlen Weißwein trank, mich kurz entschuldigte und ins Freie lief. Dort stand ich eine

Weile und dachte nur, der schreckliche Mai nimmt kein Ende. Ich musste mir eingestehen, dass ich Probleme hatte, mich der Situation zu stellen. Sollte ich das Professor Trumer vorwerfen? Ich hatte keine Zeit, weiter darüber nachzudenken. Ich musste auf meinen Platz zurück und für Jürgen Hinzpeter übersetzen. Ich war es ihm, dem Augenzeugen mit den blauen Augen, der sein Leben riskiert hatte, schuldig. Und ich musste es für meinen Professor Trumer tun, der seinen Idealen treu geblieben war, der aktuellen politischen Situation zum Trotz. Hatte er nicht in seinen Vorlesungen gesagt, dass Theorien, die nicht den Menschen dienen, Lügen sind? Da verband sich Wissenschaft mit Menschlichkeit und Liebe. All das hatte er seinen um Jahre jüngeren Schüler aus Asien gelehrt. Einem Mann, der in ein fremdes Land kam und sich oft wegen der nicht einfachen Sprache verunsichert fühlt.

»Kwangjus Straßen liegen voller Leichen. Unvorstellbare Grausamkeiten sind in den letzten Tagen geschehen. Bis spät in die Nacht konnte man die Rufe der Demonstranten hören.

Ich wollte all das in einem Ferngespräch meinem deutschen Sender mitteilen. Doch die Telefonkabel des Hotels zur Außenwelt wurden bereits gekappt.«

Der koreanische Sprecher las vor, was Hinzpeter damals schrieb. Ich übersetzte mechanisch: »Wer hat den Befehl für dieses Massaker gegeben? Wer hat die Fernsprechkabel gekappt? Wer hat den Plan ausgeheckt, im Dunkeln zu morden? Wer hat von dem Blutbad gewusst und wer nicht?«

3

Im Video zeigte man das Verwaltungsgebäude der Provinz. Hinzpeter bereitete seine Abreise aus Kwangju vor. In der Folgeszene erläuterte ein Journalist die damalige Situation:

»Erstmals sah ich Soldaten, die auf friedliche Menschen schossen. Obwohl die Leute mit koreanischen Fahnen winkten, schoss man auf sie. Die Toten wurden einfach fortgeschleppt. Das wiederholte sich. Die Leute ergaben sich, die Soldaten schossen sie dennoch nieder und brachten sie weg …«

Als Jürgen Hinzpeter Kwangju verließ, gelang es ihm, fünf wichtige Filme an seinem Körper aus der Stadt zu schmuggeln. Wie er sagte, waren ihm diese Filmdokumente wichtiger als alles andere. Während wir die Videoaufnahmen sahen und ich übersetzte, spürte ich das verhaltene Lächeln auf Hinzpeters Gesicht. Es schien zu sagen, das habe ich richtig gemacht. Sein Gesichtsausdruck ließ auch mich für einen Augenblick lächeln. Die Filme gelangten übrigens in einem Kästchen mit feinem Gebäck als Hochzeitsgeschenk getarnt nach Tokio. Von dort wurden die Filme nach Deutschland geschickt und informierten so zum ersten Mal über die Ereignisse in Kwangju.

Wir waren Studenten und saßen im Zimmer von Seong-Man zusammen, als wir den Film sahen. Alle mussten weinen. Ich erinnere mich, wie die mir gegenübersitzende J. sich fassungslos am Kleid einer Kommilitonin festklammerte. Sie schien ihre Umwelt vergessen zu haben.

Es war übrigens dieser Film, der Chun Doo-Hwan zum Rücktritt zwang. Diesem Politiker, der 1987 Lee Han-Yol[81] ermorden ließ, galten unsere Proteste auf den Straßen. Damals wurde mir zum ersten Mal die Tragweite des Materials bewusst.

[81] Student der Betriebswirtschaft an der Yonsei Universität in Seoul; gehörte zu den Aktivisten der Demonstration. Er starb an den Folgen einer Verletzung durch eine Tränengasgranate.

Dann zeigte man die Schlagzeilen der Zeitungen. Auf der ersten Seite waren Silberreiher abgebildet. »Neue Nester für Silberreiher« stand darunter. Das habe ich nicht übersetzt. Die großen schönen Vögel waren ja nicht schuld, dass in den Zeitungen keine Zeile über die Ereignisse in Kwangju zu lesen war. Die Zeitungsverleger hatten kurzerhand die Druckvorlagen ihrer Journalisten beschlagnahmt. Aus Protest reichten viele Journalisten Rücktrittsgesuche ein.

»Wir haben mit eigenen Augen sehen müssen, wie Menschen wie Tiere getötet und verschleppt wurden. Deshalb verweigern wir den Dienst und legen den Stift aus der Hand«, begründeten die jungen Journalisten ihren Schritt. Bedeutende Zeitungen und Radiosender in den USA, in Deutschland, Frankreich, ja wohl selbst in Afrika und in der ganzen Welt berichteten nun auf einmal über Kwangju.

Ich erinnere mich an einen Kommilitonen, der damals kurz in Korea zu Besuch war. Er hat einen geradlinigen Charakter und duldete die Ungerechtigkeiten nicht. Freunde und Studenten in Deutschland warnten ihn sogar vor den Konsequenzen seiner Haltung Korea gegenüber. Doch die Ereignisse in Kwangju gingen an dem Kommilitonen vorbei. Er hatte zu diesem Zeitpunkt ahnungslos mit seiner Familie in Seoul einen Ausflug gemacht.

Hinzpeter kehrte nach Kwangju zurück. Der erbitterte Widerstand der Einwohner verjagte schließlich die Soldaten aus der Stadt. Viele Leute hatten sich vor dem Gebäude der Provinzverwaltung versammelt. Im Film zeigte man das Gesicht von Park Kwan-Hyun[82]. Er wurde zwar nicht namentlich

[82] Jurastudent und Studentensprecher an der Chunnam-Universität zur Zeit des Aufstandes in Kwangju; wurde von der Polizei festgenommen und starb während eines Hungerstreiks im Gefängnis.

vorgestellt, aber ich erkannte ihn sofort. Park war damals Studentensprecher der Chunnam-Universität[83]. Gleich nach dem Aufstand in Kwangju wurde er ins Gefängnis geworfen, wo er 1983 starb. Im Video sprach er von der Hoffnung und rief zum Kampf auf. Er hat ohne Wenn und Aber sein Leben eingesetzt. Damals war er noch unter den Lebenden.

Wieder war Hinzpeter zu hören: »Aus Japan habe ich heimlich einige Zeitungen nach Korea gebracht, obwohl ich wusste, dass das nicht ungefährlich war. Ich dachte aber, die Einwohner von Kwangju freut es, wenn sie erfahren, dass über die Ereignisse in ihrer Stadt berichtet wurde.«

Im Film wurden Hinzpeters Worte ins Koreanische übersetzt.

»Ich war als Kriegsberichterstatter in Vietnam. Dort wurde ich bei meiner Arbeit auch verwundet. Aber zum ersten Mal habe ich hier so viele Leichen gesehen.«

Die Kamera schwenkte zur Turnhalle. Dort waren viele Tote aufgebahrt. Ich empfand es als grotesk, dass über den Särgen so friedlich koreanische Fahnen lagen. Im Hintergrund war das Weinen einer nicht mehr jungen Mutter zu hören, die immer wieder herzzerreißend »Mein Junge, mein Junge, mein Junge« schrie.

Wie sollte ich all das übersetzen? Für die Gefühle und die furchtbare Lage einer Mutter fehlten mir einfach die Worte. Wie sollte ich dieses Leid nur ausdrücken?

»Ich habe die Vorgänge auf dreißig Meter Straße aufgenommen«, war Hinzpeter erneut zu vernehmen. »Eine Frau und ein Mann, die ich filmte, schrien so laut vor Verzweiflung, dass es in der Turnhalle widerhallte. Dieses marker-

[83] Renommierte Universität in der Provinz Chunnam im Südwesten Koreas.

schütternde Weinen kann ich nie vergessen. Es tat weh und schmerzt heute noch so, dass ich Gänsehaut bekomme. Unter Tränen verließ ich den Ort gemeinsam mit einem Priester.«

Ich konnte nicht verstehen, was Hinzpeter noch auf Deutsch sagte. Nicht er, sondern seine Frau wischte sich dann als Erste die Tränen ab. Mir war, als würde ich noch einmal die Tränengasgranaten hören, und gleichzeitig sah ich den schreienden Seong-Man vor mir, der seinen Körper anzündete und sich vom Dach eines Gebäudes stürzte.

»Der Massenmord von Kwangju muss untersucht werden! Bringt die Verantwortlichen für Kwangju endlich vor Gericht!«

Die Szene zeigte einen Priester von über fünfzig Jahren. Er wandte sich nicht ab und weinte auch nicht. Er hatte sich wohl von Gott abgewandt, so wie ich. Ein alter Priester stand da und vermochte den kraftlosen, sprachlosen, ausgebrannten, alten und armen Gott nicht anzuschauen. Doch der Film ging schon weiter, es wurde kommentiert, und ich übersetzte.

Mein Freund, hörst du mich noch, so klar wie Hinzpeter, der nie für all das taub sein wird?

Hast du noch die schrecklichen Schreie der Menschen im Ohr?

In Hubschraubern wurden die Verantwortlichen der Presseagenturen in Kwangju eingeflogen. Die Wahrheit über Kwangju war ihnen durch die Berichte der Journalisten längst bekannt. Sie kehrten ungerührt in ihre Büros nach Seoul zurück, und in den Zeitungen und Radiostationen wurde verkündet, es habe nur zwei Tote gegeben. Im Film zeigte man nun den Leitartikel der Zeitung ›Chosun‹[84]. Hier war zu lesen, dass der Einsatz der Truppen, die Kwangju belagerten, den Frieden der Einwohner gerettet habe. Die

84 Eine der bedeutendsten Tageszeitungen in Korea.

Soldaten hätten den größten Aufstand, der je die Republik bedrohte, erfolgreich verhindert.

Ich vermochte die Lügen derer, die damals bei uns an der Macht waren, nicht zu übersetzen. Die Welt von Amerika, Deutschland, Japan bis Afrika wusste doch, was geschehen war. Auch unsere Presse kannte die Wahrheit. Aber sie schwieg und missbrauchte das Vertrauen unserer braven Bürger, indem sie sich auf die Seite der Mörder schlug.

Erinnerst du dich? Wir bastelten gemeinsam mit den Kommilitonen damals Flaggen.

Die nächste Szene zeigte wieder einen Priester. Er war damals gerade in Deutschland und erhielt die Nachricht von Hinzpeter über das Fernsehen. Sofort informierte er seine Kollegen in Korea. Einige jüngere Priester nahmen das Risiko auf sich und brachten das brisante Filmmaterial von Deutschland nach Korea. So konnte die Dokumentation, die jetzt vor uns ablief, produziert werden. Dafür hatten sich der deutsche Journalist in Korea und die koreanischen Priester in Deutschland engagiert. Ihnen ist es zu verdanken, dass die Wahrheit ans Tageslicht kam und nicht weiter unter den Teppich gekehrt werden konnte. Die Welt war wach geworden.

Hinzpeter war in den folgenden Jahren noch mehrmals in Korea. Er drehte viele Reportagen über Demonstrationen. Zum ersten Mal kam mir der Gedanke, dass wir vielleicht Schulter an Schulter am Kwanghwamun-Tor[85] gestanden haben könnten – wir neben ihm mit unseren Molotowcocktails in der Tasche. Hinzpeter war eine unerwünschte Person

[85] Das Haupttor des Kyungbok-Palastes aus der Chosun-Dynastie im Zentrum von Seoul.

für die damalige Regierung. Als er 1986 am Kwanghwamun-Tor Fotos machen wollte, wurde er in eine Gasse verschleppt und zusammengeschlagen. Dabei wurden sein Hals und sein Rücken schwer verletzt. Die Spätfolgen fesseln ihn nun mit dieser lebensbedrohlichen Erkrankung ans Bett, wie Professor Trumer sagt.

Ich sah, dass Hinzpeter lächelte, als der Film zu Ende war. Er wollte sich auf diese Weise wohl für meine Übersetzung bedanken. Er schaute mich an, und sein Lächeln schien zu sagen, Sie brauchen sich bei mir nicht zu entschuldigen.

Kannst du dir vorstellen, wie sehr ich mich geschämt habe? Ich hatte das Gefühl, es sei meine Schuld, dass er so krank ist. Ich habe ihn damals nicht vor dem Unheil bewahrt. Ich musste das Zimmer für eine Weile verlassen. Draußen flogen Vögel, und die Segelboote schaukelten noch immer auf dem See. Ich zündete mir eine Zigarette an und starrte in den Himmel, der so blau war wie damals im Mai.

4

Am Abend fuhr ich nach Berlin zurück. Die Sonne stand noch hoch am Himmel. Die Tage waren lang. Ich fühlte mich innerlich leer und verwirrt. Ich spürte auf einmal wieder die alten Wunden und den Geruch von Fäulnis und Blut. Vor meinen Augen stand das lächelnde Gesicht von Jürgen Hinzpeter in seinem fahrbaren Bett. Sein Lächeln schien zu sagen, wir sind Brüder. Ich konnte die bittere Trauer, die in mir aufstieg, nicht bändigen. Wie Judas nach dem Verrat an Jesus kam ich mir vor. An einer Raststätte hielt ich an und suchte im Kofferraum eine alte Kassette, die mir Freunde vor langer Zeit geschenkt hatten. Die Qualität der Kassette war schon so schlecht, dass ich die Lautstärke voll aufdrehen musste. Ich sang den Text mit: »Das ist unser festes Gelöbnis, wir schreiten voran, namenlos, es ist keine Zeit für Liebe und Ruhm.«

Warum nur wollte Jürgen Hinzpeter unbedingt in Kwangju begraben werden? Hatte er nicht gerade an diesem Ort zum ersten Mal in seinem Leben ein solches Blutbad und so viel unermessliches Leid erlebt … Hier war er dem ratlosen Priester begegnet, dem der Glaube an Gott verloren ging, hier sah er eine einfache Mutter in ihrem unstillbaren Schmerz. Hinzpeter musste seinen Einsatz für die Demokratie in Korea mit einer schweren Rückenverletzung bezahlen. Trotz modernster medizinischer Versorgung kann er nicht mehr stehen und laufen. Seine Lebensuhr läuft ab … Aber vielleicht hat er inmitten des Massakers das heiße ewige Leben gespürt. Ich musste an seine letzten Worte denken, die ich nur mit zusammengebissenen Zähnen übersetzen konnte:

»Ich habe all das gehört und gesehen, ich war Augenzeuge. Trotz meiner Tränen und meiner Trauer schrieb ich nieder, was ich erlebte. Ich hatte erkannt, dass die Wahrheit in Gefahr war, auch weil die koreanische Presse die Ereignisse zu vertuschten versuchte. Es war mir unmöglich, mich von der Wahrheit loszusagen. Alles, was in meinem Film berichtet wird, geschah vor meinen Augen. Das ist die Wahrheit, der man nicht entrinnen kann.«

Die alten Lieder tönten weiter aus der Kassette, verzerrt und quietschend. Mit unsäglichen Unterbrechungen und Wiederholungen leierte die Kassette: »Die Kommilitonen sind gegangen, aber unsere Fahnen bleiben. Wir stehen fest zusammen, bis die neue Zeit anbricht. Die Zeit vergeht, aber Fluss und Gebirge wachen und rufen. Vorwärts! Die noch am Leben sind, folgen uns, vorwärts!«

Mein Nacken wurde starr. Wieder spürte ich die aufsteigende Gänsehaut auf meinen Armen. Hatte ich nicht die zurückliegenden zwanzig Jahre nur mit mir selbst gekämpft? Was sagst du, wie war es bei dir? Ja, ich bin Kompromisse eingegangen, wollte erfolgreich sein und Karriere machen. Ich wollte die Vergangenheit einfach aus meinem Gedächtnis streichen. Geld wollte ich verdienen und eine schöne Frau haben. Unsere Jugend wollte ich im Alkoholrausch zurückholen. Letztlich wollte ich nun einmal die verlorenen, dunklen Jahre voller Züchtigung und Zuchthaus in goldene Zeiten verwandeln. Aber Hinzpeter mit seinem sonderbaren Wunsch hat mich aufgeschreckt. Sein kranker Körper hat mich umgeworfen und lässt mich nicht mehr los.

In diesem Augenblick meldete sich meine Frau auf dem Handy. Sie treffe jetzt ihre Freundin vor dem KaDeWe am Kudamm in Berlin. Ich könnte sie dann unterwegs abholen. Ich machte die Kassette aus. Ich beschloss, meine junge Frau nicht zu verstimmen. Vielleicht kann Wein wirklich graue Tage in goldene verwandeln. Jesus, dieser junge idealistische Mensch, hat schon vor zweitausend Jahren in Judäa versucht, mit seinem Blut die trostlose Welt zu vergolden.

Wie abgesprochen, wartete ich vor dem KaDeWe am Kudamm auf meine junge Frau. Doch ich konnte sie unter all den Passanten nicht gleich finden. An der U-Bahnstation Wittenberger Platz fiel mir ein schwarzes Schild ins Auge, auf dem stand: »Plätze des Grauens: Auschwitz, Dachau, Birkenau, Buchenwald, Sachsenhausen …« Ich war schon einige Male hier gewesen. Ein Kommilitone hatte mir zu Beginn meiner Berliner Zeit die Bedeutung des Schildes erklärt.

Es stand mitten in Berlin, gleich dort, wo man Currywurst verkaufte, die viele Koreaner für das beste deutsche Essen halten. Die Namen auf dem Schild fielen mir heute zum ersten Mal richtig auf. Die kohlschwarzen Buchstaben bezeichneten Orte, die in mir Scham und Nachdenken ganz eigener Art auslösten.

Mein Freund, sollte unser alter Kommilitone zum Bürgermeister von Seoul oder Kwangju (nein, es sollte unbedingt die Hauptstadt sein!) gewählt werden, dann sollten wir auch ein solches Schild auf einem zentralen Platz an einer U-Bahnstation aufstellen lassen. Darauf müssten die Orte unseres Grauens geschrieben sein: »Kwangju, Geochang, Hampyeong, Cheju[86] …«

5

In Berlin ist es heute bedeckt und regnerisch. Gerade musste ich meinen Brief an dich unterbrechen. Professor Trumer rief an und fragte, ob die Übersetzung eine zu schwere Aufgabe für mich sei. Er hat über das Internet erfahren, dass viele junge Leute inzwischen diskutieren, ob man Jürgen Hinzpeter auf dem Friedhof der Mai-Gefallenen in Kwangju beisetzen solle. Sie wussten bereits, dass Hinzpeter sehr krank ist. Viele haben positiv reagiert und sich für eine Bestattung in Kwangju ausgesprochen. Hinzpeter hat viel Ermutigung und Trost per E-Mail erhalten. Zu meinem Erstaunen geht es ihm jetzt besser. Ich musste wieder daran denken, dass Hinzpeter es war, der die Zeitungen zu den Bürgern von Kwangju brachte, die abgeschnitten von jeder Information wie auf einer Insel lebten. Wie groß muss damals die Freude gewesen sein. Die Menschen fühlten sich plötzlich nicht mehr verloren. Rettet uns nicht das feste Wissen, nicht allein und vergessen zu sein, vor dem sicheren Tod? Wenn wir diese Kraft nicht mehr spüren, erst dann beginnt das Sterben …

Von den Leuten, die damals von Hinzpeter die Zeitungen erhielten, sind wohl manche gestorben, und andere haben inzwischen das Land verlassen. Auch das war eine Antwort.

[86] Diese Orte stehen in Korea ebenfalls für blutig niedergeschlagene Aufstände (Cheju 1948; Hampyeong 1950; Geochang 1951).

Jürgen Hinzpeter brach in einer dunklen Zeit von Deutschland nach Kwangju auf.

Wohin aber sollen wir gehen: nach Afghanistan oder in den Irak …?

Die Wahrheit, das Gute und die Gerechtigkeit sind nicht weit verbreitet, hatte ich bei meinem letzten Besuch in Auschwitz gedacht. Jemand sagte treffend: »Auschwitz ist überall.« Es ist wohl immer wieder so unmöglich, das konkrete Leid der Menschen zu begreifen, wie es nicht möglich ist, den Atlantischen Ozean bis zum letzten Tropfen auszutrinken. Die Gewalt regiert über nationale Grenzen hinweg. Erst jetzt habe ich verstanden, wie ein Brief, ein gutes Wort, ein Film, eine Geste oder ein Lachen, die sagen, ihr seid nicht allein und vergessen, Menschen weiterleben lassen. Das Gute kann man mit seinen eigenen Händen schaffen.

Vielleicht werde ich jetzt zu sentimental, denn ich gebrauche Worte, die ich lange vergessen habe. Wieder spüre ich ganz stark diese Gänsehaut auf meinen Armen, die unserer Generation schon in den Genen mitgegeben wurde.

Wenn wir uns einmal in Korea sehen, müssen wir in eine kleine Kneipe gehen, Schnaps trinken und ganz viel miteinander reden. Wir könnten dann auch die schon fast vergessenen Lieder singen. Ich möchte an J. einen kurzen Brief schreiben und fragen, wie es ihr geht. Sagen würde ich auch, dass ich ein gutes Leben führe, aber sie nicht vergessen habe.

Unsere Fahnen, unsere Rufe und unsere Lieder werden bleiben und in ein neues Kapitel des Lebens übergehen.

Mein lieber Freund, ich erwarte deine Nachricht.

Berlin, im Mai

dein Freund, der die Sonne in Korea vermisst

Aus dem Koreanischen von Lie Kwang-Sook und Sylvia Bräsel

Nachwort

»Ich glaube, man sollte überhaupt nur solche Bücher lesen, die einen beißen und stechen«, schrieb Franz Kafka in einem Brief.

Diesem Motto fühlt sich der vorliegende Band in gewisser Weise verpflichtet. Er möchte Neugier wecken und dazu anstacheln, Geschichten zu lesen, die keine beschwichtigenden Texte aus einem »fernen« Land sind, sondern Erzählungen, die uns angehen, aufrütteln durch ihre sprachliche Intensität oder faszinieren in ihrer zum Teil auch fremd anmutenden, kafkaesken Themenführung. Dabei ist die Relativierung von Erfahrungen und Wertmaßstäben anhand von Beispielen aus einer anderen Kultur besonders bedenkenswert – denn erzählt wird ganz unspektakulär von Erinnern und Verdrängen, von Alltag und Geschichte, von Liebes(ver)lust und den Mechanismen von Anpassung und Entfremdung in einer modernen Industriegesellschaft.

Diese Erzählungssammlung mit acht der wichtigsten zeitgenössischen Autorinnen und Autoren aus Südkorea erfüllt zudem den pragmatischen Anspruch, einen ersten Überblick über die moderne südkoreanische Literatur und ihre Themen zu geben. In diesem Sinne kann der Band wie ein Kompendium zur jüngsten Geschichte, zu Entwicklungslinien und Tendenzen der koreanischen Literatur gelesen werden. Zwischen dem ältesten Autor Lee Hochol (geboren 1932) und der jüngsten Autorin Han Kang (geboren 1970) liegen fast vierzig Jahre Altersunterschied und viele bewegende Ereignisse der Weltgeschichte. Zieht man noch die Erscheinungsdaten der einzelnen Erzählungen hinzu, so wird eine ähnliche Zeitspanne (1961 bis 2004) ablesbar, die Bilder von globalen Umbrüchen und rasanten Veränderungen im Kopf skizziert.

Das Spektrum der Autoren reicht von der »Hangul-Generation« bis zur »Generation 386«. Mit dem Begriff »Hangul-Generation« bezeichnet man in Südkorea jene Schriftsteller, die in den dreißiger und vierziger Jahren geboren wurden (u. a. Lee Hochol, Su Jung In, Kim Wonil und Hwang Sokyong). Sie hatten erst nach der Befreiung von der japanischen Fremdherrschaft nach dem Ende des Zweiten Weltkrieges die Möglichkeit, sich in ihrer während der Kolonialzeit verbotenen Muttersprache Koreanisch (Hangul) auszubilden. Die damit verbundene Suche nach der eigenen Identität wurde jedoch bereits durch den Koreakrieg (1950–1953) und die nachfolgende Zementierung der Teilung der Heimat traumatisch gebrochen. So wird man in den Werken der südkoreanischen Gegenwartsliteratur immer wieder mit dieser Thematik konfrontiert, die oft anhand des Schicksals einer (durch Ideologien) getrennten Familie erzählt wird. In den letzten Jahrzehnten sind verstärkt literarische Wortmeldungen hinzugetreten, die – zum Teil über eine globale Befragung der jüngsten Zeitgeschichte (u. a. Vietnamkrieg, Zusammenbruch der Sowjetunion, Rolle der USA) – die direkte Auseinandersetzung mit den Jahrzehnten der Militärherrschaft und dem nationalen Trauma Kwangju suchen.

Im Mai 1980 hatte sich in Kwangju, der Hauptstadt der Provinz Chollanam-do, eine Widerstandsbewegung gegen die damalige Militärregierung unter Chun Doo-Hwan organisiert, die blutig niedergeschlagen wurde. Aus heutiger Sicht kann man sagen, dass dieses Ereignis der jüngsten südkoreanischen Vergangenheit das Land und seine Kunst nachhaltig beeinflusste und zudem nahezu generationsübergreifend einen schwierigen Befreiungsakt von Unterdrückung und Duckmäusertum eingeleitet hat. Neben renommierten

Schriftstellern wie Ko Un, Lee Hochol, Hwang Chi-Woo, Hwang Tong-gyu oder Hwang Sok-yong stehen nicht zuletzt jüngere Autorinnen und Autoren wie Gong Jiyoung, Kim Young-ha und Han Kang mit ihren auf den ersten Blick verschiedenen künstlerischen Konzeptionen für diese Tendenz. Sie werden – da überwiegend in die aufstrebende Industriegesellschaft Südkoreas der sechziger Jahren hineingeboren und durch die politischen Ereignisse der achtziger Jahre geformt – als »Generation 386« bezeichnet. In Südkorea schreibt man ihnen meist eine ähnlich aktivierende Rolle zu wie bei uns der 68er-Generation.

Die Hoffnungen auf eine freie Entwicklung Südkoreas wurden aber bereits nach dem Koreakrieg nicht eingelöst. Das autokratische, korrupte Regime unter Syngman Rhee in den fünfziger Jahren verhinderte eine schöpferische Demokratisierung und Modernisierung des Landes. Der Sturz des ungeliebten Regenten im April 1960 brachte nur kurzfristig Hoffnung auf eine »kraftgebende Frische der Freiheit«, wie der früh aus dem Leben geschiedene große Lyriker Kim Soo-Young (1921–1968) in einem die Stimmung der Zeit aufarbeitenden Gedicht formulierte. Rebellion und Aufbegehren gegen spießiges Mittelmaß, politischen Stillstand und ökonomischen Egoismus brachten einen für Korea bis zu diesem Zeitpunkt unbekannten künstlerischen Sprachgebrauch und eine thematische Radikalisierung hervor. Konfuzianistische Traditionen galten nicht mehr als unantastbar, und nicht selten wurde provokant mit Tabus gebrochen. Diese scheinbaren Entwurzelungsprozesse, die oft an eine intensive Aufarbeitung westlicher Literaturen gekoppelt waren, beförderten auf spezifische Art den Prozess der Identitätssuche.

An den Erzählungen von Hwang Sok-yong bis Han Kang sind diese Veränderungen individuell ablesbar. Nicht selten werden aktuelle Probleme des Einzelnen, die aus der Industrialisierung und einer damit verbundenen Entfremdung des Menschen erwachsen, als Auslöser für ein Erinnern der (nationalen) Geschichte eingesetzt. Das Erzählen wird zum Vorgang des Öffentlich-Machens und offenbart auf spezifische Weise diese unendliche Suche nach der eigenen Identität in Geschichte und Gegenwart, gebrochen durch das Erleben von Fremdherrschaft, Bruderkrieg, Teilung, Militärdiktatur und eben die rasante Industrialisierung. Vor allem das besondere Verhältnis zum Nachbarn Japan sollte nicht unerwähnt bleiben. Koloniale Unterdrückung und Beförderung des Weges in die Moderne stellen hier keinen Widerspruch dar. Der Diktator Park Chung-Hee bahnte schließlich die Modernisierung Koreas in einem atemberaubenden Tempo (Deutschland brauchte knapp einhundert Jahre für einen Industrialisierungsprozess, der in Südkorea nicht einmal dreißig Jahre dauerte) und die Annäherung an Japan durch eine geschickte Außenpolitik an. Andererseits jedoch verlor Korea genau dadurch sein ureigenes Ethos, denn das Militär dominierte über die Zivilgesellschaft.

Die in diesem Band vorgestellten Erzählungen spiegeln verschiedene Sichtweisen auf diese einschneidenden Veränderungen wider, die tief in Mentalität und Alltagskultur der koreanischen Lebenswirklichkeit hineinreichen. So gesehen ist Literatur, die mit einem illusionslosen Blick die Defizite auslotet, zu einem aktuellen Gradmesser von Vergessen und Verdrängen in der modernen Gesellschaft geworden. Die Erprobung neuer Schreibstrategien und Erzähltechniken und nicht zuletzt die Modifizierung von Themen und die Erschließung neuer literarischer Freiräume, die mit jeder Generation und den sich verändernden Lebensumständen und Erfahrungen verbunden sind, dokumentieren diese Rolle der Literatur. Der Band gibt somit »Zündstoff« an die Hand, der zu einer vielschichtigen »Grenzüberschreitung« zwischen Ostasien und Europa einlädt.

Am Beginn steht die Erzählung ›Panmunjom‹, die Lee Hochol bereits 1961 schrieb. Das Datum symbolisiert die Hoch-Zeit des »Kalten Krieges« und erinnert thematisch an Bücher wie ›Der geteilte Himmel‹ (Christa Wolf) und ›Mutmaßungen über Jakob‹ (Uwe Johnson). Im Zentrum steht die Begegnung eines jungen Mannes aus dem Süden mit einer jungen Frau aus dem Norden. Doch ein Happy End beziehungsweise eine Liebesgeschichte sind undenkbar. Die Dialoge zeigen nur das Labyrinth von Kommunikationsbarrieren, grotesken Missverständnissen und extremen Ängsten im Kopf, die auch mit einem Gespräch über Shakespeare oder Dostojewski nicht mehr auszugleichen sind. Die Wunden und Mauern, die bereits im Wortwechsel mit dem älteren Bruder vor Beginn der Reise anklingen, erweisen sich auf beiden Seiten als ein »Panzer«, der nicht abgelegt werden kann. Es ist bemerkenswert und aus dem historischen Kontext heraus mutig zu nennen, dass der selbst im heutigen Nordkorea geborene und aufgewachsene Lee Hochol schon 1961 in einem extrem antikommunistischen Südkorea die verschiedenen Sozialisationsmuster und Vorstellungen vom Zusammenleben der Geschlechter in Nord und Süd ohne die damals gängigen holzschnittartigen Feindbilder gestaltete. Lee versucht, über eine differenzierte Betrachtungsweise ein Nachdenken über die jeweils eigene Lebensform anzuregen. Aus dieser Einsicht wird der Süden nicht in jedem Falle als das ideale System dargestellt. Die Nordkoreanerin, die in gewisser Weise als eine selbstbewusste junge Frau erscheint, wehrt sich unter anderem verwundert gegen die traditionellen Vorstellungen von Frau und Ehe.

Mit »deutschen Augen« gelesen, lassen sich bei der ersten Lektüre einige gemeinsame Themen (zum Beispiel die Bildung von zwei Staaten als Ergebnis des Zweiten Weltkrieges, Erfahrung der Teilung und des »Kalten Krieges«, Auseinanderleben der Menschen in einem geteilten Land) finden, die jedoch einer detaillierten Parallelisierung nicht standhalten. Auch in diesem Sinne bietet der Band interessante Ansätze, über den künstlerischen Text Vereinfachungen und Ungenauigkeiten im Verständnis des jeweils »Anderen« zu problematisieren. Verwiesen sei dabei auf die Tatsache, dass sich die Probleme aus unterschiedlichen historischen Voraussetzungen heraus entwickelten. Korea wurde zum Beispiel im Gegensatz zu Deutschland schuldlos geteilt, den Deutschen hingegen blieb das Trauma eines »Bruderkrieges« erspart. Auch hat sich in Deutschland seit 1989 die Lage grundsätzlich gewandelt, auf der koreanischen Halbinsel aber existiert der »Kalte Krieg« fort. Diese unterschiedlichen Entwicklungen ermöglichen ganz spezifische und jeweils eigene Einsichten in den Umgang mit Erinnerungsstrukturen, die von einem Gedächtnis der Orte, von »Körperschriften« und Traumata gezeichnet sind.

Dass keine automatische Gleichsetzung mit deutschen Befindlichkeiten möglich ist, bezeugt etwa die Lektüre der 1982 veröffentlichten Erzählung ›Unvergessen‹ von Kim Wonil, die zur Aufarbeitung der Vergangenheit auf den innerkoreanischen Gedächtnishorizont und die Mechanismen der konfuzianistischen Familie setzt. Die in der koreanischen Literatur immer wieder auftauchenden starken Mutter-Figuren werden hier zum zentralen Punkt der Handlung und bieten, eingebettet in ein traditionelles (inzwischen historisches) Gesellschaftsbild, das es zu erschließen gilt, eine sehr eigene Auseinandersetzung mit dem Trauma des »Bruderkrieges« und den damit verbundenen Wunden und Hysterien, die bis in die Privatsphäre hineinreichen. Mit der Beschwörung der Familie versucht Kim Wonil (wie auch andere koreanische Autorinnen und Autoren) einer voranschreitenden Entemotionalisierung der Geschichte entgegenzuwirken und Authentizität für nachfolgende Generationen zu konservieren. Hier ist anzumerken, dass inzwischen auch in Korea die

Mehrheit der Bevölkerung keine eigenen bewussten Erinnerungen mehr mit dieser Zeit verbinden kann. An dieser Tatsache wird ein allgemeines Problem im Umgang mit Geschichte deutlich: Dem Hang nach Verfestigung oder Verengung von Erinnerung muss immer wieder neu entgegengewirkt werden. Das ist ein komplizierter Prozess, der nicht mit allgemeinen Thesen oder Schlagwörtern befördert werden kann. Die Stabilität von Erinnerungen wird jedoch nicht zuletzt von der Fähigkeit zu einer produktiven Erneuerung (über Kunst und Literatur) abhängen.

Bei Kim Wonil, dem traditionellen Erzähler, reflektiert der in der modernen Industriegesellschaft seine Identität suchende Enkel im Angesicht des Todes der achtundachtzigjährigen Großmutter die Familiengeschichte. So werden Einblicke in Hierarchien, konfuzianistische Denkweisen und damit verbundene Generationskonflikte möglich, die wiederum mit den in die Familien hineinwirkenden ideologischen Umbrüchen, der Verwerfung althergebrachter Lebensmuster und der einbrechenden Moderne verstrickt sind.

Diese Reisen in die (eigene) Fremde strukturieren nicht wenige Werke der modernen südkoreanischen Literatur in diesem Band. Die 1979 von Su Jung In vorgelegte Erzählung ›Heimkehr‹ und der 2004 nach einem längeren Deutschlandaufenthalt entstandene Text ›Die Stimme des Gewissens‹ der Autorin Gong Jiyoung markieren die Bandbreite der damit verbundenen Fragestellungen. Die Busfahrt aus der Hauptstadt Seoul in die ländliche Provinz, die Su Jung In schildert, symbolisiert die schon angesprochene rasante Entwicklung Südkoreas zur Industrienation in den siebziger Jahren. Der Gegensatz Stadt versus Land (reich versus arm) und die damit verbundene Entfremdung der jeweiligen Lebensverhältnisse wird an den drei Protagonisten skizzenhaft vorgeführt. Der Wert eines Menschen scheint sich über Statussymbole und Auftreten neu zu definieren. Mehr Schein als Sein hat Konjunktur, und die damit verbundene Versuchung, im Glanz der Reklame der großen Städte das schnelle Geld zu machen, entwurzelt und zerstört die traditionellen Strukturen.

Im Gegensatz zu Su Jung In, der den Weg eines Kleinkriminellen nicht ohne moralische Anteilnahme beschreibt, findet Hwang Sok-yong in seiner komplexen Darstellung von Ursache und Wirkung zu einem aggressiven Sprachgebrauch. Die Beichte eines Mörders ohne Reue provoziert regelrecht ein tiefgreifendes Nachdenken über die Oberflächenstruktur des Textes hinaus. Erzählt wird ein Lebenslauf, der auf kafkaeske Art zu einem Lauf ums Überleben wird. Die Konsequenz, mit der die Geschichte eines Menschen, der von »ganz unten« kommt, durchgespielt wird, kann nur in einer Tat enden, deren Dimension an die Tragik einer Figur von Georg Büchner erinnert. »Und es ist immer noch Krieg«, resümiert Hwang Sok-yong in seiner Erzählung ›Ein Mensch wie du und ich‹, die erstmals 1972 erschien. Er verarbeitet hier mit sezierendem Blick die Erfahrungen der eigenen Biografie. 1943 in der Mandschurei geboren – die von 1932 bis zum Einmarsch der Sowjetarmee 1945 ein von Japan abhängiger Vasallenstaat war, der insbesondere durch den Film ›Der letzte Kaiser‹ in unserem Gedächtnis verankert ist –, durchlebte er früh die Stigmata von Heimatverlust und Entwurzelung. Sein kompromissloser Einsatz für die Verlierer der Industrialisierung und Kommerzialisierung der südkoreanischen Gesellschaft basiert wohl auf dieser Erfahrung. Auch seine Erlebnisse als Soldat im Vietnamkrieg sind in die Erzählung mit eingeflossen, die somit indirekt bedenkenswerte Einsichten auf dieses weltpolitische Ereignis aus ostasiatischer Perspektive zulässt.

Südkorea nahm als Verbündeter der USA mit einem Truppenkontingent an den Kampfhandlungen teil. Das existenzielle Erlebnis Krieg und die damit verbundenen Grundmechanismen im Kampf ums Überleben werden auf den literarischen Text projiziert. Der in der Erzählung geschilderte symbolische Mord an der Persönlichkeit durch entwürdigende Arbeitsbedingungen und Entfremdung verschmilzt mit dem Handwerk des zivilen Krieges. Im Dschungel von Profitgier, Verlogenheit, Verrohung und Ellenbogenmentalität verwischen sich für den Protagonisten die Grenzen von Schuld und Unschuld. Der Verlierer, der die erbarmungslose Aggressivität der Gesellschaft spürt, aber nicht einordnen kann, mordet wahllos einen Menschen, der – so paradox es klingt – ebenfalls nicht zu den Gewinnern zählt. Die Spirale von Gewalt, Entfremdung und Kommunikationslosigkeit dreht sich weiter. Erzählen führt nicht mehr zur Erkenntnis oder zu einem Miteinander. Ein Dialog mit dem Zuhörer oder eine heilsame Botschaft bleiben aus.

Es ist interessant, dass der 1968 geborene Kim Young-ha in seiner Erzählung ›Klingende Weihnachtsgrüße‹ aus dem Jahr 2004 ebenfalls einen Mordfall zum Ausgangspunkt nimmt. Bei Kim hat jedoch der »Krieg« inzwischen die privaten Beziehungen erreicht. Misstrauen, Egoismus und Liebesunfähigkeit offenbaren sich hinter der Fassade einer im geruhsamen Wohlstand dahinlebenden Mittelschicht. Ein Mord und eine klingende Weihnachtskarte erinnern an das Verdrängen der eigenen Biografie, an Schuld aus Gedankenlosigkeit und menschliches Versagen. Die Erzählung liefert ein erbarmungsloses Psychogramm einer »polierten« Gesellschaft, die »ihr Gesicht« zu verlieren droht. Dabei werden zwischen Mann und Frau kaum Unterschiede sichtbar. Freundschaft wie Liebe entpuppen sich als entleerte Rituale. Die Ehefrau von Young-Su, die sich ihren Mann als potenziellen Mörder vorstellen kann, spielt im Kopf nicht ohne

Geschäftssinn die Medienwirksamkeit des Falls durch. Zwischen Mord und »Mordsgeschäft« bleibt nur ein schmaler Grat. Die Aufklärung der Tat löst kein tieferes Nachdenken mehr aus. Nur der Musikchip stört in seiner Automatik noch eine Zeit lang das wiedergewonnene Gleichgewicht.

Insgesamt legen die Texte der jüngeren Autorinnen und Autoren in diesem Band die These nahe, dass mit dieser in ein globales Zeitalter mit ihren Chancen und Risiken hineingewachsenen Generation ein formaler und thematischer Umbruch in der südkoreanischen Literatur eingeleitet wurde. Die Erzählungen von Han Kang, Kim Young-ha, Gong Jiyoung und auch Kang Sok Kyong sprechen auf spezifische Weise für eine grundsätzlich veränderte Sicht auf das Ich und die Welt, die innerkoreanische Geschichte in einer weltliterarischen Dimension und in einer Hinwendung zu einer konfliktreichen Innerlichkeit aufzuheben scheint. In einer oft unaufgeregten Sprache werden Innenräume vorgeführt und in Momentaufnahmen präzise ausgeleuchtet. Die deutlich konstruierten Handlungen sprechen globale Fragen von alltäglicher Entfremdung in einer anonymisierten Umwelt an, erzählen von Liebesunfähigkeit, Anpassung, Verlust an Gemeinsamkeit zwischen Fiktion und Illusion, Bewusstem und Unbewusstem bis hin zu traumatischen Verstrickungen und durchgespielten Aggressionen. Es geht um das Freilegen von Widersprüchen und die Artikulation von modernen Ängsten auf Kafkas Spuren, wie wir sie aus der eigenen Literatur kennen.

Schreibende Frauen wie Oh Jung-Hee, Yun Song-Hi, Kim Kyong-He, Jo Kyung-Ran und andere haben seit Beginn der Demokratisierung in ihrer Heimat verstärkt das Private zum Gegenstand ihrer Prosa gemacht. Die gestalteten Frauenfiguren, die nicht selten stark und zerbrechlich zugleich wirken, wenden sich gegen gängige Klischees von sanfter oder unterdrückter Weiblichkeit. Für eine konfuzianistisch geprägte Gesellschaft kam die damit unter anderem verbundene Offenlegung von Liebesanspruch – gekoppelt mit dem Recht auf eine gleichberechtigte Lebensführung in allen Bereichen – zum Teil einer kleinen Revolution gleich. Dabei geht es in vielen Texten keinesfalls um eng begrenzte oder radikale feministische Wortmeldungen, sondern um das Aufzeigen von notwendigen Veränderungen in der Gesellschaft, die Mann wie Frau gleichermaßen betreffen. Besonders überholte Denkmuster vom anderen Geschlecht, Liebesunfähigkeit (des Mannes), Einsamkeit und Kommunikationslosigkeit in den Familien werden in oft psychologisierenden Momentaufnahmen thematisiert und zur Diskussion gestellt.

Kann Liebesentzug krank machen? In ihrer Erzählung ›Hinter Glas‹ bebildert die Autorin Kang Sok Kyong am Beispiel einer verheirateten Frau aus der Mittelschicht den schleichenden Verlust an wirklichem Leben. Die Ehe ist zur Falle geworden, Einsamkeit und Inhaltslosigkeit drohen Hui-Su zu ersticken. Sie lebt abgeschottet in einem modernen Apartment, umgeben von quälenden (auch sexuellen) Sehnsüchten, Erinnerungen, Langeweile und der Welt der Illusionen, die ihr im Werbegeschäft tätiger Mann verkauft, der höchstens Geschenke, aber keine Zeit für sie übrig hat. Die Ausbrüche der jungen Frau ins Freie wirken wie »hinter Glas« und bringen weder Kommunikation noch einen Aufbruch »ins Offene«. Die Beschreibung eines »Nicht-Lebens« wird jedoch bei Kang Sok Kyong im konfuzianistischen Sinne am Ende durch ein hoffnungsvolles Naturbild (Kiefern und Pfingstrosen stehen in Ostasien unter anderem für Mut und Lebenskraft) gemildert.

Die 1970 geborene Autorin Han Kang nutzt weltliterarisches Potenzial für die Bearbeitung ähnlicher Fragestellungen und eröffnet damit eine neue Dimension. Die Verwandlung eines Menschen in ein Tier oder eine Pflanze ist Teil der Kulturgeschichte vieler Völker. Mythen, Sagen und Märchen erzählen von Selbst- und Fremdverwandlungen. Schon bei Pu Songling oder bei Dshuan Dshi in seinem berühmten ›Schmetterlingstraum‹ werden auf diese Weise Möglichkeiten zur Darstellung der inneren Welt ausgelotet. Die griechische Mythologie wie Mephistos Auftritt in Goethes ›Faust‹ sind nur einige der bekannten fantastischen Metamorphosen. Der französische Schriftsteller Michel Tournier hat wohl nicht ohne Wissen um das Werk von E. T. A. Hoffmann und Franz Kafka den Menschen als ein »aus Mythen lebendes Tier« bezeichnet. Kafka hat mit seiner »Verwandlung« des Gregor Samsa die Problematik in den nüchternen Raum der Moderne projiziert und mit seinem radikalen Konzept einen Kulminationspunkt für die Entfremdungsängste des heutigen Menschen geschaffen.

An diese literarischen Muster schließt Han Kang in ihrer erstmals 1997 publizierten Erzählung ›Die Früchte meiner Frau‹ auf äußerst originelle Weise an. Aus verschiedener Perspektive schildert die Autorin die allmähliche (Ver-)Wandlung einer Ehefrau in eine Pflanze. Inwieweit dieses Streben nach einer solchen pflanzlichen Existenzform – ohne regulierende Lebensnormen oder gesellschaftliche Zwänge etwa – Ausdruck eines reflektierenden Denkens ist, das die Wirklichkeit träumend überwindet, bleibt (wie bei Kafka) dem Leser überlassen. Die Hoffnung auf eine Wiedergeburt (im buddhistischen Sinne) und eine Wandlung, die die Entfremdung in den Beziehungen (zwischen Mann und Frau, Individuum und Gesellschaft) aufhebt, ist eine Option, die das »Prinzip Hoffnung« anklingen lässt.

Die letzte Erzählung des vorliegenden Bandes schließt den Kreis, indem sie verschiedene bereits angesprochene Themen bündelt und die kulturübergreifenden Kontexte sowie die geistige Verbindung zu Deutschland noch einmal prononciert in den Mittelpunkt stellt.

Der 2004 nach einem Deutschlandaufenthalt von der Autorin Gong Jiyoung (geboren 1963) geschriebene Text ›Die Stimme des Gewissens‹ lebt von einer zündenden literarischen Idee und basiert zugleich auf nachweisbaren historischen Tatsachen unter Einbindung einer bisher mehr in Korea als in Deutschland gewürdigten couragierten Leistung des deutschen Journalisten Jürgen Hinzpeter, der als ARD-Berichterstatter im Mai 1980 Augenzeuge der Ereignisse in Kwangju wurde. In der literarischen Verarbeitung der Stoffgrundlage begibt sich ein junger koreanischer Intellektueller auf Spurensuche nach der eigenen Geschichte und Identität. Die erdachte Begegnung mit genau jenem deutschen Journalisten, der einst die Welt über das Massaker von Kwangju informierte, wird zum auslösenden Moment des persönlichen Nachdenkens über verlorene Ziele und vergessene Ideale im Sog einer alles dominierenden Wohlstandsgesellschaft, die die Weisheit eines Laotse – »Liebt die Dinge, aber verliert euch nicht an sie« – vergessen zu haben scheint. Kwangju erweist sich dabei sowohl für den deutschen Journalisten der 68er-Generation wie für den jungen Doktoranden aus Korea der »Generation 386« als ein Schlüsselerlebnis. Mit den (übrigens wirklich existierenden) historischen Filmaufnahmen werden Lebensentscheidungen aus deutscher wie koreanischer Sicht rekapituliert und Fragen nach dem Sinn des gelebten Lebens in Europa wie Ostasien neu gestellt. Auf diese Weise bietet der fiktive Text in Miniatur eine interessante Reibungsfläche zum Nachdenken über das Beziehungsgeflecht von jüngster Geschichte und Gegenwart in Ost und West.

Erinnern und Analysieren mit den Mitteln der Literatur wird zum »Gegen-den-Strom-schwimmen« und zur Therapie im freudschen Sinne. Die geleistete Gewissens- und Trauerarbeit (ver)führt zu kulturübergreifenden Gedankenexperimenten im Gestern und Heute.

Kunst kennt und akzeptiert keine Grenzen und Begrenzungen. Das offenbart die vorliegende Anthologie koreanischer Erzählungen, die keine schöne Geruhsamkeit aufkommen lässt, auf ganz eigene Weise.

Sylvia Bräsel
Erfurt, im Mai 2005

Die Autoren

Gong Jiyoung, geboren 1963 in der Hauptstadt Seoul, studierte Anglistik an der Yonsei-Universität. Sie debütierte Mitte der achtziger Jahre mit Texten, die die Probleme der jungen Generation und insbesondere der Frauen in der im Umbruch befindlichen koreanischen Gesellschaft thematisieren. Sie nahm an Studentenprotesten und Demonstrationen teil und brach ihr Studium schließlich ab. Ein Jahr lang arbeitete sie in einer Fabrik für elektronische Geräte, 1988 erschien dann ihr viel beachteter Roman ›Am frühen Morgen‹. Im Zentrum ihrer Werke stehen heute Fragen der Vergangenheitsaufarbeitung und der Beziehung zwischen Mann und Frau in modernen Industriegesellschaften.

Die Erzählung ›Die Stimme des Gewisssens‹ (귓가에 남은 음성 – ›Gwitgae Nameun Eumseong‹) erschien 2004, © Gong Jiyoung.

Han Kang, geboren 1970 als Tochter des Schriftstellers Han Sung-Won in Kwangju in der Provinz Chollanam-do, studierte Koreanistik an der Yonsei-Universität in Seoul. 1993 erschien ihr literarisches Debüt, eine Sammlung von Gedichten und eine Erzählung (›Das rote Segel‹). Neben ihrer schriftstellerischen Tätigkeit arbeitet sie als Journalistin für verschiedene Literaturzeitschriften und engagiert sich für die Verbreitung moderner Kunst. Ihre Werke, die bewusst mit weltliterarischen Traditionen spielen, beschäftigen sich insbesondere mit Entwurzelung und Kommunikations- und Identitätsverlust des modernen Menschen. Sie lebt in Seoul.

Die Erzählung ›Die Früchte meiner Frau‹ (여자의 열매 – ›Naeyeojaui Yeolmae‹) erschien 1997, © Han Kang.

Hwang Sok-yong wurde 1943 in Zhangchun in der Mandschurei geboren. 1945, unmittelbar nach der Befreiung von der japanischen Kolonialherrschaft, zieht die Familie zurück nach Pjöngjang, 1947 dann weiter nach Seoul. 1962 durchwandert er den Süden Koreas und veröffentlicht seine ersten Erzählungen, die sogleich mit einem Nachwuchspreis ausgezeichnet werden. 1966 Einberufung zum Militärdienst und Teilnahme am Vietnamkrieg, in deren Folge er sich sozialkritisch engagiert und zum Aktivisten gegen den Krieg wird. Im Jahr 1972 schafft er mit seinem ersten Roman, ›Die Geschichte des Herrn Han‹ (dtv premium 24488) den literarischen Durchbruch. 1978 zieht er nach Kwangju, wo er 1980 den Aufstand gegen die Militärdiktatur miterlebt, dessen blutiger Ausgang ihn für eine Weile auf die Insel Cheju zwingt. 1982 kehrt er nach Kwangju zurück und veröffentlicht zwei Jahre später den zehnbändigen Roman ›Dschang Gilsan‹. 1989 reist er auf Einladung des Literatur- und Kunstverbandes zum ersten Mal nach Nordkorea, gefolgt von einer weiteren Reise im folgenden Jahr zur Versammlung aller Völker nach Pjöngjang. 1989/90 Aufenthalt als Gastschriftsteller in der Akademie der Künste in Berlin, 1991 bis 1993 Aufenthalt als Gastschriftsteller an der Long Island University in den USA. 1993 kehrt er nach Südkorea zurück und wird wegen seiner Reisen nach Nordkorea zu sieben Jahren Gefängnis verurteilt. 1998 wird er im Rahmen einer Amnestie für politische Gefangene vom neu gewählten Präsidenten Südkoreas, Kim Dae-Jung, freigelassen, als Wiedergutmachung offiziell zum Kulturvertreter ernannt und nach Nordkorea entsandt. 2000 erscheint der Roman ›Der ferne Garten‹ (dtv premium 24460), 2001 ›Der Gast‹ (erscheint 2006 auf Deutsch) und 2003 sein neuester Roman ›Fremde Erde‹.

Hwang Sok-yong gilt sowohl in Süd- als auch in Nordkorea als eine der wichtigsten literarischen Stimmen. Er setzt sich unermüdlich für die Demokratisierung und Wiedervereinigung des Landes ein, was sich in seinem gesamten literarischen Werk niederschlägt. Hwang Sok-yong lebt derzeit in London.

Die Erzählung ›Ein Mensch wie du und ich‹ (이웃 사람 – ›Iut Saram‹) erschien 1972, © Hwang Sok-yong.

Kang Sok Kyong, geboren 1951 in Taegu in der Provinz Kyongsangbuk-do, absolvierte ein Kunststudium an der Ewha-Frauen-Universität in Seoul. Ihre Karriere als Schriftstellerin begann mit der Verleihung eines Preises im Rahmen eines Schreibwettbewerbs vor etwa dreißig Jahren. Der große Durchbruch gelang ihr 1985 mit dem Erzählband ›Ein Zimmer im Wald‹. Sie zählt heute zu den bekanntesten Autorinnen Südkoreas und beschäftigt sich in ihren Texten mit Fragen der Industriegesellschaft im Kontext der alltäglichen Entfremdung in den zwischenmenschlichen Beziehungen, wobei sie sich jenseits von eingefahrenen feministischen Stereotypen bewegt. Sie lebt in Seoul.

Die Erzählung ›Hinter Glas‹ (물속의 방 – ›Mulsokui Bang‹) erschien 1984, © Kang Sok Kyong.

Kim Young-ha, geboren 1968 in Hwachon in der Provinz Kangwon-do, studierte Betriebswirtschaft an der Yonsei-Universität in Seoul. Während des Studiums beschäftigte er sich mit traditioneller koreanischer Musik und engagierte sich in der Studentenbewegung für die Demokratisierung Südkoreas. In den Jahren 1995 und 1996 erschienen seine viel beachteten literarisches Debüts, die Erzählung ›Betrachtungen über einen Spiegel‹ und der Roman ›Der Sterbehelfer‹. Kim Young-ha bricht bewusst mit den realitätsverbundenen Traditionen koreanischer Literatur und erprobt in seinem Schreiben moderne, an westlichen Literaturen orientierte Schreibstrategien und Themenkonstellationen. Er lebt in Seoul.

Die Erzählung ›Klingende Weihnachtsgrüße‹ (크리스마스 캐럴 – ›Krismas Kaereol‹) erschien 2004, © Kim Young-ha.

Kim Wonil, der 1942 in Chinyong in der Provinz Kyongsangnam-do geboren wurde, erlebte eine traumatische Kindheit, nachdem sein Vater aus politischen Gründen in den Norden ging. Später studierte er Literatur an der Sorabol-Kunsthochschule in Seoul und an der Yongnam-Universität und gab 1967 sein literarisches Debüt. Als anerkannter Vertreter des modernen Südkorea beschäftigen ihn vor allem Fragen der Teilung und des Heimatverlustes in Folge des Koreakrieges. Kim Wonil lebt in Seoul.

Die Erzählung ›Unvergessen‹ (미망 – ›Mimang‹) erschien 1982, © Kim Wonil.

Lee Hochol wurde 1932 in der Hafenstadt Wonsan (heute Nordkorea) geboren. Bei Ausbruch des Koreakrieges 1950 wurde er in die nordkoreanische Volksarmee einberufen und in den Kriegswirren von seiner Familie getrennt. Im Herbst desselben Jahres geriet er in südkoreanische Kriegsgefangenschaft. 1950 schlug er sich zunächst mit Gelegenheitsarbeiten in der südkoreanischen Hafenstadt Pusan durch und unternahm erste literarische Versuche, die vornehmlich autobiografische Züge trugen. Als Verfechter der Demokratiebewegung in Südkorea wurde er politisch verfolgt und im literarischen Schaffen eingeschränkt. Mit dem einsetzenden Demokratisierungsprozess in Südkorea wurde er rehabilitiert. Sein Werk ›Menschen aus dem Norden, Menschen aus dem Süden‹ gehört zu den viel beachteten Romanen der jüngsten Zeit in seiner Heimat. Seit den neunziger Jahren gilt er zunehmend als engagierter Befürworter einer Annäherung an Nordkorea (Sonnenscheinpolitik). Im Jahr 2000 begleitete er den ehemaligen Präsidenten Kim Dae-Jung auf seiner viel beachteten Reise nach Pjöngjang. Lee Hochol lebt in Seoul.

Die Erzählung ›Panmunjom‹ (판문점) erschien 1961, © Lee Hochol.

Su Jung In wurde 1936 in Sunchon in der Provinz Chollanam-do geboren. Er studierte Anglistik an der Nationaluniversität in Seoul und hat heute eine Professur an der Chonbuk-Nationaluniversität inne. Sein literarischer Durchbruch gelang ihm 1968 mit der Erzählung ›Der Fluss‹. Su Jung In verbindet in seinen Werken traditionelle Erzähltechniken mit modernen Fragestellungen in der Literatur zwischen Alltag und Geschichte. Er lebt in Seoul.

Die Erzählung ›Heimkehr‹ (귀향 – ›Gwihyang‹) erschien 1979, © Su Jung In.